29.958

D0463974

Janine Boissard

TOI, MON PACHA

roman

Fayard

FR 22, 570 ✗

Première partie

LA DERNIÈRE CHANCE

CHAPITRE 1

Premier dimanche d'octobre, roux à l'œil, craquant à la semelle, parfumé à la tarte aux clochardes tombées de nos pommiers, mêlées de noix fraîchement glanées dans l'herbe du jardin : le brou sur les doigts des enfants en témoigne.

« Nos » pommiers... « Notre » jardin... Pourquoi pas « notre » brou ? Avoir sa maison, c'est employer à tout bout de champ le possessif en sentant frémir ses racines.

Audrey et Charlotte sont venues déjeuner avec maris et couvée. Audrey, notre aînée, épouse de Jean-Philippe et leurs trois enfants, tous du même et unique lit, miracle ! Charlotte, la cadette, son Boris et leurs cinq petits, de trois couches différentes.

Audrey habite un appartement à Caen. Charlotte et Boris ont annexé la moitié de notre terrain pour y construire une isba-restaurant à laquelle ils ont donné mon nom : *Chez Babouchka*, sans me demander mon avis.

Dimanche, donc ! Parfumé à la tarte mais aussi, hélas ! à l'huile chaude, Jean-Philippe s'étant mis en tête l'idée funeste d'étrenner la friteuse haute technologie que la famille s'était auto-offerte pour mes soixante-quatre ans, chut !

Cet homme, mon cher gendre, sorti d'une grande école d'ingénieurs, se révèle être le cauchemar d'une maison lorsqu'il se mêle de mettre la main à la pâte. Déjà, retirant les yeux des pommes de terre – cancéreux aux dires de Charlotte-l'écolo – il s'était arraché un morceau de chair dans le gras du pouce, suscitant les cris d'horreur des enfants qui juraient qu'ils ne mangeraient pas des frites au sang et que, de toute façon, elles étaient meilleures surgelées.

« On n'affirme pas : "elles sont meilleures", on dit : "je les préfère", protestait désespérément le blessé, qui, n'ayant pas dominé la minuterie dernier cri de la friteuse, a récolté dans son panier des langues-de-chat brûlées...

« Là, tu as vraiment fait fort ! » a constaté son fils Gauthier, jamais en reste d'amabilités. Cette dernière flèche n'a pas été vraiment appréciée par Monsieur Catastrophe.

Il est quatre heures de l'après-midi. Enfants et petits-enfants sont tous dans le jardin, profitant du soleil d'automne dont certains grincheux prétendent qu'il est comme conseil de vieux : éclairant mais ne réchauffant pas. Qu'ils viennent faire un tour par ici, ceux-là ! Grégoire est dans ses pommiers, j'ai gagné notre chambre, et bien gagnée après avoir œuvré toute la matinée à nourrir en sourires et aliments terrestres une douzaine d'affamés.

Enfoncée dans mes oreillers, pieds en hauteur, je m'apprête à savourer quelques pages d'un polar comme je les aime, ni trop sanglant, ni pas assez : « à point » comme on dit d'un steak, lorsque ma troisième oreille, celle directement reliée au cœur des grands-mères, émet un bip.

Quelque part dans ces murs, un enfant pleure, un enfant a besoin d'aide.

Me revoilà dans le couloir, écoutilles (dirait Grégoire) largement déployées pour localiser l'appel. Il émane du sous-sol, deux étages plus bas. Je les dégringole sur mes chaussettes. Personne dans la cave ni dans la buanderie où tourne une énième machine à laver.

Nul doute, le SOS vient des vieux cabinets !

Cette vaste et belle demeure pétrie d'âme, acquise il y a une dizaine d'années sous les applaudissements de notre descendance, avait dû être conçue par de purs esprits : un seul cabinet pour huit chambres ! Triste réduit au sol cimenté, glacé aux pieds des insomniaques, éclairé par un soupirail, meublé d'une cuvette antique au siège de bois fendillé pinçant aux endroits sensibles. Et, pour couronner le tout, une chaîne qui, lorsque vous la tiriez, alertait à des lieues à la ronde.

« Pas question d'acheter une maison avec de telles commodités », avait déclaré Grégoire à la jeune femme qui nous faisait visiter. Et qui n'en est pas encore revenue...

Cet homme, le mien, ex-commandant de la Marine nationale, qui a bravé les tempêtes, dormi sur des châlits, mangé du singe, affronté les cieux les moins cléments, a toujours attaché la plus grande importance à ce qu'il s'entête à appeler des « lieux d'aisances ». Lieux qui, pour lui, doivent être nécessairement munis d'un siège confortable, papier en abondance et lectures variées. Enfance, enfance, par où tu nous tiens ! N'est-ce pas, monsieur Freud ?

L'agence avait installé à ses frais des toilettes modernes dans notre salle de bains. Toilettes privées, interdites au reste des résidents, condamnés à se contenter d'un siège neuf dans les cabinets du bas.

J'ai un don ! Je peins. De petites fleurs sur des coffres anciens, parfois un paysage. Il m'est aussi arrivé de vendre. C'est avec mon art qu'il y a deux ans j'ai offert aux miens des cabinets neufs au rez-de-chaussée, sacrifiant à cet effet un vestiaire de toute façon inutilisé, les enfants jetant sur le sol, à peine le nez dans la maison, vêtements de pluie ou de temps sec, bottes ou baskets, afin de profiter plus vite de l'accueil de leurs grands-parents.

— Je peux pas ouvrir... venez vite... j'étouffe...

La mélopée, entrecoupée de sanglots, derrière la porte des vieux cabinets, vient de Tatiana, six ans, dernière née de mes petits-enfants, fille de Charlotte et de Boris.

— Je suis là, ma chérie. Rassure-toi, je ne te quitte plus.

Les sanglots s'interrompent trois secondes puis une petite voix hoquette.

— Babou, j'ai peur, tu sais.

Oh, que oui, je sais ! Semblable épreuve m'est arrivée. J'avais sept ans, nous étions en visite chez une amie de maman, baronne, par-dessus le marché, je n'osais pas appeler, trop honteuse d'être surprise en un endroit dont on ne devait parler que tout bas.

Je ne m'en suis toujours pas remise. Jamais vous ne me verrez entrer dans l'un de ces habitacles disposés dans la rue, à ouverture automatique. Imaginez que le mécanisme se bloque, que je ne puisse plus sortir, qui songerait à me chercher là ? Combien de temps resterais-je enfermée ?

Le mécanisme s'est bien bloqué ce matin pour les frites !

En attendant, réfléchissons. Le verrou qui ferme ces petits endroits se pousse-t-il ou se tire-t-il ? Aucun souvenir. Bonjour Alzheimer !

— Écoute-moi, ma chérie. C'est avec le verrou que tu as fermé la porte ?

— Oui, Babou. Un gros tout rouillé.

— Alors regarde le bouton... il y a forcément un bouton. Tu vas le prendre entre tes doigts et, tout doucement, sans t'affoler, le tirer vers la droite.

— C'est où, déjà, la droite ?

Quelle malchance ! Tatiana est gauchère et, pour qu'elle ne nourrisse pas de complexes, on ne cesse de lui répéter que sa main gauche est pareille que la droite pour nous. Comment voulez-vous qu'elle s'y retrouve ?

— La droite, c'est la main avec laquelle tu ne tiens pas tes crayons de couleur, tu comprends ?

— Je cherche.

La voix d'Audrey, tante de la captive, épouse du massacreur de frites, interrompt le dialogue.

— Mais qu'est-ce qui se passe ici ?

Les cris de désespoir de la prisonnière ont tôt fait de la renseigner.

— Je tire, Babou, je tire de toutes mes forces et ça s'ouvre pas quand même.

— Mais voyons, maman, ce verrou ne se tire pas, il se TOURNE, affirme mon aînée avec la patience horripilante destinée au quatrième âge.

Elle prend ma place devant la porte.

— Tatianouchka, écoute-moi, mon cœur. Tu vas prendre le bouton et tourner à droite, surtout pas tirer, TOUR-NER.

Grattements de souris dans les cabinets. Nouveau cri de détresse.

— J'y arrive toujours pas... Je veux sortir, Audrey.

Je m'interdis de triompher. Apparition de Jean-Philippe, flanqué de ses deux fils, Tim et Gauthier, quinze et treize ans. Audrey se tourne vers eux.

— Qui se souvient du fonctionnement de ce verrou ?

— Pas nous, on ferme jamais, répond Gauthier.

Exact ! Aussi pressés de rentrer que de sortir, les enfants, du moins les miens, n'ont jamais appris à fermer une porte de cabinet. Renouveler un rouleau sur son support tient de l'exploit, la chaîne n'est tirée que pour l'important, et encore. Quant à nettoyer la cuvette, on peut toujours rêver. De tous temps, cette noble tâche a été l'apanage des maîtresses de maison.

— Mère, voulez-vous que j'aille chercher le pied-de-biche ? propose Jean-Philippe.

— Surtout pas ! Demandez plutôt à Grégoire de venir.

Mon gendre s'éloigne, déçu, laissant derrière lui des fragrances d'huile de friture. Le pied-de-biche, grands dieux ! Adroit comme il est, la maison n'y résisterait pas. Et puis ce « mère » qui me donne, à chaque fois, bas opaques et tour de cou.

La mélopée a repris derrière la porte : « Je veux sortir, j'ai peur, j'étouffe... »

— Y'a pas d'araignées, au moins ? interroge, faussement compatissant, le machiavélique Gauthier, et les hurlements redoublent.

— Tu es vraiment dégueulasse, remarque son frère, Tim, qui prend toujours la défense du faible, Tim le preux.

Ne manquait que la mère, Charlotte, précédée par Capucine et Adèle, dix ans : les inséparables.

— Le Pacha arrive, annoncent-elles. Il est un peu tombé du pommier, mais ça va.

— Pourquoi on ne me dit jamais rien, crie Charlotte en se jetant sur la porte. Mon trésor à moi, ne t'en fais pas, je suis là, je m'occupe de tout.

Et elle disparaît en courant.

À la voix de sa mère, les hurlements de Tatiana ont redoublé. Capucine, demi-sœur de la captive, colle sa bouche contre le bois vermoulu.

— Tu sais, moi, ça m'est arrivé une fois à l'école. On a presque appelé les pompiers. Je croyais que j'avais fini mais j'ai refait pipi dans ma culotte et c'était moi qui voulais plus sortir.

Les cousins rient comme des cinglés, Audrey gronde, ma tête tourne. Mais qu'est-ce qui m'a pris d'acheter cette maison !

— Laissez-moi passer, bon sang de bois, tonne la voix masculine qui, il y a quarante ans, a réveillé mon cœur.

La famille s'écarte, livrant passage au Commandant. Botté, terreux, feuilles et brindilles dans son abondante chevelure blanche.

— Tatiana, je suis là. Je me charge de toi.

Miracle masculin. La voix virile interrompt aussitôt les pleurs. Grégoire se penche vers mon oreille : « Ce foutu verrou, il se tire ou il se tourne, tu te souviens, au moins ? »

J'avoue mon amnésie, n'osant lui rappeler que c'était lui qui l'avait posé. Il se redresse, regarde à la ronde.

— Filez tous et que ça saute ! ordonne-t-il.

Le regard indique que je suis incluse dans le « tous ». Ça file à reculons, ça saute à regret, ça se retrouve à la cuisine où j'offre une tournée générale de jus de fruits et gourmandises au chocolat. Que fabriquent mes filles dans la cour ? On dirait qu'elles s'engueulent.

— Si le Pacha n'y arrive pas, est-ce qu'on appellera les pompiers ? demande Tim.

— Et pourquoi pas l'armée ? tonne Grégoire en apparaissant, une petite fille au visage boursouflé serrée contre sa poitrine.

Des applaudissements retentissent, les questions fusent : comment y est-il arrivé ? Si vite... Et ce verrou, finalement, il se tournait ou se tirait ?

Nous n'aurons pas notre réponse.

L'irruption dans la cuisine de deux hommes en uniforme, portant le casque de pompier, fige l'assemblée.

— Pourriez-vous dégager la cour afin qu'on puisse rentrer la voiture ? demande à notre Commandant celui qui semble être le chef.

Le teint de Grégoire a viré au rouge brique. Charlotte se fait toute petite. Il la foudroie.

— Puisque c'est toi qui as dérangé ces messieurs, débrouille-toi avec eux.

Et il s'est sauvé avec la rescapée, nous laissant aux mains de l'armée.

Plus tard, les esprits s'étant calmés, j'ai demandé à Tatiana pourquoi elle était allée dans les vieux cabinets alors qu'il y en avait d'épatants à l'étage. Du haut de ses six ans, elle a poussé un gros soupir.

— Je les déteste, mais ils me rappellent mon enfance.

CHAPITRE 2

La cafetière électrique ronronne sur le buffet de la cuisine. Contre la porte, un sac de classe vous brise le dos rien qu'à le regarder. Au mur, l'horloge Mickey indique sept heures quinze. Assis en face de moi, Justino, douze ans, oui, douze ans déjà, trempe dans son bol de céréales chocolatées une tartine de pain brioché à la confiture de fraises. Comptez sur lui pour n'en pas laisser une miette ! Dans la favela, au Brésil, où il a passé sa petite enfance, gaspiller de la nourriture équivalait à laisser un autre mourir de faim.

Voici plus d'un an qu'il est installé à la maison avec son père, Thibaut, notre fils. Toute une histoire. Lorsque Yocoto, l'amie de celui-ci, a décidé de rentrer dans son pays, Grégoire est devenu fou. Justino n'avait-il pas déjà perdu Estrella, sa mère brésilienne morte accidentellement ? Voilà que celle de remplacement, la Vietnamienne, disparaissait elle aussi. Impossible de laisser l'enfant à Caen, à un âge fragile, avec un père en vadrouille de jour comme de nuit.

Pour Grégoire, tous les âges sont fragiles lorsqu'il s'agit de ses petits-enfants. Bref, une maison avec présence féminine s'imposait.

La présence féminine a ouvert sa porte sans hésiter. N'avais-je pas prévu, dès l'achat de cette maison, alors même que je redoutais de ne les revoir jamais, une chambre pour mes exilés ? J'en avais même fait mon atelier, de peur qu'on la leur prenne.

Thibaut s'y est installé avec ses trois T-shirts, ses deux pantalons, autant de pulls, sa paire unique de baskets et sa guitare. Justino, lui, a choisi la chambre la plus proche de la nôtre.

« Super ! s'est écriée Charlotte la généreuse. Comme ça, on sera tous tout près. »

Si près que c'est elle qui prend en charge les trajets à l'école de Justino. N'est-ce pas la même que celle de Capucine ?

Les « Ruskoff », ainsi avons-nous baptisé – avec leur assentiment – la famille de notre cadette, comptent sept minutes pour descendre de leur isba-restaurant jusqu'à notre brave bâtisse normande. Il nous faut un peu plus pour monter chez eux, le terrain étant en pente et nos souffles moins performants.

« Bravo ! a grincé Audrey en apprenant que son frère s'installait ici. À trente-cinq ans, retourner chez papa-maman, quelle performance ! Ça ne vous gêne pas, vous ?

— Avec son salaire de misère, comment veux-tu que Thibaut se paye un loyer ? Et puisque nous avons la place...

— Ne cherche pas d'excuses, maman. On sait très bien pourquoi vous faites ça. »

Pour Justino. Parfaitement ! Jamais nous ne rattraperons tous les câlins, l'amour perdu pendant les huit années qu'il a passées au Brésil, sans un signe de nous.

— Tu ne manges pas, Babou ?

Sous les copeaux noirs des cheveux, deux yeux sombres de petit Indien m'interrogent.

— Je n'ai pas très faim.

Lui mord avec appétit dans sa troisième tartine.

— Comment il a fait le Pacha, hier, pour ouvrir la porte des cabinets ? Dommage que j'étais pas là.

— On n'a pas eu le droit de savoir, même moi... C'est pour nous punir parce que Charlotte avait appelé les pompiers.

Mon humour ne l'atteint pas. Il voue à son grand-père une admiration sans limites. Tout espoir de l'égaler un jour dans son estime m'a abandonnée.

— Au Brésil, remarque Justino, ça se passait au fond de la cour, en plein air, dans un trou avec de grosses mouches bleu et jaune.

Le trou, les mouches bleu et jaune, je m'en passerais bien à l'heure où « l'aube aux doigts de rose »... Justino se lève, place son bol dans la machine, enfile son blouson, vient appuyer ses lèvres sur ma joue.

— À ce soir, Babou. Le Pacha sera là ?

— Pas avant six heures : journée Scrabble.

Le lundi, Grégoire se remet du bruit de la horde en compagnie de ses amis, dans le riche silence des mots. Moi, il fut un temps où c'était dans les couleurs de ma palette.

L'enfant a disparu. Charlotte le prendra au bout du chemin. Je me précipite sur une casserole. Vite, chauffer l'eau, griller une tartine. J'ai menti à Justino, j'ai faim ! Je meurs toujours de faim le matin, mais s'il est un repas que j'aime à prendre seule, un œil sur la nuit qui se dissipe, l'autre sur la journée à venir, l'oreille tendue vers la radio, c'est le petit déjeuner.

— Justino est parti ?

Loupé ! Voici Thibaut. J'éteins vivement le gaz sous la casserole. La tartine qui chauffait sera pour lui. Nous l'aimons pareille : épaisse et de pain bis.

— Il y a une minute.

Le père pose ses lèvres là où le fils vient d'appuyer les siennes et prend la place toute chaude de Justino. Dans cette cuisine, les chaises n'ont jamais le temps de refroidir. Je lui verse du café.

— Et toi, maman, tu as déjeuné ?

— C'est fait.

Comment dire à son enfant : « Je t'adore, je t'ai attendu désespérément pendant huit ans, cela n'empêche que je n'ai aucune envie de boire mon café au lait avec toi » ?

Je prends place en face de lui.

— Ça va, *L'Étoile* ?

— Trop bien. On ne sait plus où donner de la tête.

En souvenir d'Estrella, son amour mexicain, Thibaut a baptisé *L'Étoile* le local dans la banlieue de Caen où il accueille des petits en difficulté familiale ou scolaire, ce qui revient au même. Passé huit ans, s'abstenir. Avec l'aide de bénévoles, il tente de leur apprendre à lire, écrire, compter, accepter qu'on leur dise non, demander plutôt que crier ou se battre. Au début, il n'ouvrait que le soir, après l'école : goûter puis travail. Et puis un jour, à midi, voilà qu'on frappe à sa porte : « Le goûter, m'sieur, ça pourrait pas être maintenant ? » C'était les enfants de « l'allocation cantine », cette somme versée imprudemment aux parents en début d'année scolaire, aussitôt dépensée à autre chose – les marchands d'audiovisuel le savent bien qui l'attendent en se frottant les mains – et picore où tu peux, mon fils !

C'est ainsi qu'à *L'Étoile*, on goûte à midi et, bien souvent, on dîne à quatre heures. Et voilà pourquoi mon Thibaut passe une partie de ses journées à faire la manche afin de nourrir ceux qu'il appelle ses bandits, ventres affamés n'ayant point d'oreilles.

Il mord dans sa tartine de pain bis recouverte de miel. Ça craque délicieusement. Ça fleure bon itou. La salive me monte à la bouche.

— À propos de cabinets (décidément !), tu sais ce qu'on a retrouvé dans ceux de *L'Étoile* ? De la coke. Probablement un petit à qui le frère aîné avait confié sa saloperie en voyant débarquer la police.

— De la coke ? Qu'est-ce que tu en as fait ?

— J'ai déclenché la chasse d'eau, répond-il calmement. Si je trouve celui qui l'a cachée là, j'irai voir les parents. Sans grand espoir, d'ailleurs. Ou ils sont complices, ou ils sont dépassés. Il y a des mères que leurs gamins de dix ans terrorisent... Ils font la loi à la maison. Tout notre boulot est d'empêcher les petits de suivre le même chemin.

Il me sourit par-dessus son bol. Le Brésil, les favelas, Estrella qui dansait pour sauver les enfants de la rue, lui ont donné le désir d'en sauver quelques-uns lui aussi.

Ma poitrine se gonfle : joie, admiration. Audrey n'a pas tort d'être jalouse. Chaque jour je tue le veau gras dans mon cœur pour le retour du fils prodigue.

Il termine sa tartine, vide son bol, se lève.

— Ce soir, je ne dînerai pas là, maman. J'ai concert.

Une autre façon de faire la manche pour ses gamins : avec sa guitare, dans les cafés.

Je l'accompagne jusqu'au garage où il range sa moto. Froid normand : vert, piquant, mouillé. Bientôt, il fera encore nuit quand mes hommes partiront.

— Et toi, maman, qu'est-ce que tu fais de beau aujourd'hui ?

De beau ? Quelle question ! Bref pinçon au cœur.

— Moi ? Rien de spécial. Le lundi, tu sais, je range.

— Ça me rendrait service que tu viennes à une sortie pêche avec mes bandits, mercredi en huit. Grande marée. Tu pourrais ?

— Bien sûr !

Me l'a-t-il proposé pour lui rendre service ou pour m'offrir du beau à faire ? Il roule sa moto hors du garage, s'apprête à enfiler son casque quand des appels retentissent là-haut, côté Ruskoff.

— Attendez-moi.

Anastasia, dix-huit ans, fille aînée de Boris, belle-fille de ma Charlotte, descend la pelouse au grand galop, s'arrête devant nous.

— Bonjour, Babou. Thibaut, tu peux m'emmener ? Mon deux-roues est en panne.

— Charlotte conduit bien son neveu à l'école, je peux déposer ma nièce à son travail, plaisante celui-ci en allant chercher un second casque.

Comme elle est belle, Anastasia ! Fine là où il faut, ronde là où il se doit. Elle rit tout le temps.

« Que vas-tu faire maintenant ? lui a demandé Charlotte après son succès au bac.

— Être heureuse », a-t-elle répondu.

Grâce aux relations de son père, elle pose pour des photos publicitaires.

La moto s'éloigne, moteur au ralenti pour ne pas réveiller le maître de maison. Je remets l'eau à chauffer et le pain sur le grill. Le soleil est dans le ciel, le café dans mon bol, la tartine, grillée à point, sur l'assiette. Allumons la radio. Ça va, la France ? Non ! Ça ne va pas : violence, grèves, déprime généralisée... Je rêve d'une station qui ne donnerait que les bonnes nouvelles, parlerait d'amour, de ciel bleu et d'espoir comme ces chansons que tout le monde plébiscite. Pourquoi ne nous parle-t-on que du mauvais ? Radio rose, je suis sûre que ça marcherait.

— Ma pauvre, mais qu'est-ce que tu fais là toute seulette ?

Et voilà ! Fleurant bon le savon à barbe, le cheveu encore humide de la douche, l'air guilleret d'un qui s'apprête à faire bombance de mots et de jarret de veau avec ses copains, mon Commandant !

— Mais... je t'attendais.

Il approuve d'un sourire, remplit son bol et prend place sur la chaise où Thibaut a succédé à Justino. Celle en face du plan de travail d'où l'on a vue, à bâbord sur les fleurs de la cour, à tribord sur la préposée à la soupe.

— Veux-tu que je te dise comment j'ai fait pour les cabinets, hier ? demande-t-il entre deux bouchées.

Décidément !

— Je me ronge de ne pas le savoir...

— Eh bien ! ce verrou, il ne se tirait pas, il ne se tournait pas, il se soulevait.

Tendre soupir de Grégoire :

— Que veux-tu, ma chérie, tout le monde ne peut pas garder sa mémoire de vingt ans !

Une autre tartine, une resucée de café au lait. Ce matin, Radio rose est en marche.

CHAPITRE 3

Aujourd'hui jeudi, grand jour : déjeuner-rentrée avec mes amies Diane et Marie-Rose. Car, pour trois anciennes copines de classe, l'année commence forcément en septembre, pas le premier janvier.

À l'école, on nous avait baptisées les « Trois Grâces ». L'appellation nous est restée : contrôlée depuis cinquante ans.

Diane, c'est l'aristocrate et la plus belle, chirurgie esthétique aidant. Marie-Rose, brocanteuse de son état, est la plus branchée. Moi... Moi qui ? Moi la plus quoi ? Arriver à soixante-trois ans et se poser encore la question, bravo ! Reconnaissons que sur les carnets scolaires, Diane était brillante, Marie-Rose qualifiée de rebelle, moi dans la moyenne. Ça m'est resté.

Alors que nos repas existentiels se déroulent ordinairement dans l'atmosphère épicée d'un petit restaurant thaïlandais à Caen, Diane a insisté pour nous recevoir cette fois dans la résidence-château quatre étoiles où elle coule avec son mari, ex-diplomate, une existence paisible. Si, dès la retraite sonnée, ils se sont précipités là, c'est que les enfants n'y sont tolérés que le mercredi et le dimanche. Et encore doivent-ils avoir déguerpi à dix-huit heures. Diane n'a pas la fibre grand-maternelle. C'est son droit. Et cela n'empêche pas la générosité. Elle s'occupe du secrétariat de *L'Étoile* où elle vient volontiers rendre visite aux bandits de Thibaut.

Je suis passée chercher Marie-Rose dans ma Rugissante, une deux chevaux qui fera un jour la gloire d'un musée.

— Surtout, ne parle pas à Diane de Sissi, me recommande la brocanteuse tandis que nous traversons le parc enflammé par l'automne. Elle la cherche encore partout.

Contrairement aux enfants, les animaux sont, eux, les bienvenus au château. Sissi, le loulou de Poméranie de Diane, y a terminé une existence choyée. Il repose depuis trois mois sous l'un de ces arbres.

Nous voici donc installées dans la salle à manger aux lambris dorés, réservée aux hôtes de marque. Louis, le mari de Diane, a été prié de prendre son repas avec le commun des résidents. Kir royal à la mûre pour commencer : la tradition. Nous levons nos coupes à nos précieuses santés.

— Dites-vous bien une chose, les filles. On a l'âge de ses rêves, décrète Marie-Rose. C'est pourquoi nous sommes bien plus jeunes que tous ces petits vieux de vingt ans qui débutent dans la vie en rêvant d'une retraite de fonctionnaire.

En pleine forme, Marie-Rose ! Dans la foulée, elle nous raconte ses vacances : une escapade-chasse au trésor de trois semaines chez les Indiens du Guatemala. Son compagnon, Jean-Yves, reporter à la télévision, quinze ans de moins qu'elle, était de la fête.

L'œil de notre amie prend un éclat suspect.

— Et si vous voulez savoir : extra sur tous les plans.

On devine de quel plan elle parle plus précisément et, merci, on ne tient pas à savoir. Ni Diane dont les coûteux ravalements de sa façade n'ont pas rendu vigueur à son diplomate, ni moi qui me satisfais du petit feu mêlé de tendresse qui couve encore entre Grégoire et moi après quarante années de lit commun.

Au soufflé au fromage, nous passons aux vacances de Diane qui épilogue longuement sur sa croisière-tripot dans le Grand Nord. Le splendide paquebot abritait un casino et, entre bridge, roulette et autres jeux palpitants, elle et son Louis (d'or) n'ont guère eu le temps de s'occuper des paysages : « Uniformément blancs », soupire notre amie.

Marie-Rose, qui ne flambe que pour la beauté, s'ennuie énormément. Je pose mille questions sans intérêt pour retarder le moment où toutes deux se tourneront vers moi, l'air gourmand.

— Et toi, Jo ? Cet été, comment s'est-il passé ?

Les vaches ! Elles le savent bien que, pour moi, ni chasse au trésor, ni croisière. Une maison qui, contrairement à cette résidence, ouvre prioritairement sa porte aux petits. Moi, Tatiana sous ma couette au chant du premier coq, des « Babou » trompettés à longueur de journée, des marchés astronomiques pour remplir la gamelle de vauriens affamés, plus préoccupés des gadgets cachés dans les paquets que de la qualité du produit. Le combat permanent contre télé, ketchup et mayonnaise en tube.

Mais, dans le jardin, des cris de joie montant jusqu'au ciel, des dessins pleins de fleurs et de cheminées qui fument, des larmes effacées d'un bisou. Pour moi : la tendresse, le bonheur, la galère...

J'offre un sourire paisible à mes amies.

— Eh bien ! nous avons eu les enfants comme d'habitude pour les vacances.

Marie-Rose échange avec Diane un regard qui ne me dit rien qui vaille. Que mijotent-elles ?

— À présent que les vacances sont finies, que comptes-tu faire des tiennes ? Reprendre la peinture ?

Le coup en traître. La botte, tueuse de bonne conscience. Oui, peindre a été mon but. Je faisais les Beaux-Arts lorsque Grégoire, passant par là dans son uniforme d'officier, a mis ses mains devant mes yeux. Quand j'ai récupéré la vue, je poussais un bébé dans un landeau, deux plus grands accrochés à mes basques, et ne créais plus que du ménager.

Certes, certes, j'ai réagi. Les enfants ayant grandi. Je m'y suis remise. J'ai même pris des cours de trompe-l'œil au Louvre, en copiant les artistes flamands. J'ai même payé aux miens, avec mon art, des cabinets neufs.

Est-ce ce trivial résultat qui a éteint mon feu sacré ? Depuis deux ans, plus rien. Mais il est également advenu que ma fille cadette a épousé un Russe et ouvert un restaurant à trois pas de la maison. Et il est advenu que Thibaut et Justino se sont installés chez moi, chez nous. Il est advenu...

Dans nos assiettes, des soles normandes ont remplacé le soufflé au fromage : moules, écrevisses, champignons, vin blanc.

— On espère toujours une réponse, raille Marie-Rose.

— Eh bien la voilà : je n'ai plus le temps.

— On trouve toujours du temps pour sa passion, professe Diane.

Je m'entends ricaner méchamment.

— Ah bon ? Et c'est quoi ta passion, ma pauvre ? A part entretenir ton corps de déesse ?

Sitôt envoyé, sitôt regretté. Diane ne supporte pas qu'on l'appelle « ma pauvre ». Elle adore être enviée. Mais j'étais venue ici dans l'espoir de vider un grand bol d'amitié, pas pour être mise à la question. Aujourd'hui où les femmes se sentent coupables de n'être pas assez à la maison, ces deux-là réussissent à me donner du remords d'y être trop.

Ulcérée par mon estocade, Diane ronge du regard ses ongles carmin, longs de deux bons centimètres. Le serveur remplit nos coupes. Nous avons décidé de continuer au champagne. Impitoyable, l'œil de Marie-Rose continue à m'interroger. Elle a toujours été la plus forte à ce jeu-là. Je m'entends avouer.

— Et puis, de toute façon, j'en ai marre de copier.

Reproduire les tableaux des maîtres en se donnant un mal fou, tout en sachant que l'on restera à des années-lumière de leur talent. Rêver de sommets près d'un mari qui aurait mille fois préféré me voir manier l'aiguille plutôt que le pinceau, de filles qui chuchotent : « Ça l'occupe », de petits-enfants qui m'estimeraient davantage si je savais un tant soit peu pianoter sur leurs ordinateurs ou jouer sur leurs consoles. Pas le moindre début de reconnaissance. Je vide ma coupe.

— Vous voulez que je vous dise ? J'ai l'impression de peindre pour des prunes.

— Pourtant, tu les vendais pas si mal, tes coffres, remarque Diane.

— Je ne parle pas de fric. Les petites fleurs sur mes coffres, ce n'était pas moi.

— Que veux-tu dire exactement ? demande Marie-Rose, l'œil soudain allumé.

— Que si je m'y remets un jour, ce ne sera pas pour copier ou faire de l'ouvrage de dame, ce sera...

— Ce sera ?

— Pour dire ce que j'ai envie de dire, MOI. Ce que personne ne dira pareil, parce que personne n'est MOI.

— Waou ! s'exclame Marie-Rose, dressant ses bras en V de la Victoire, tandis que les hôtes de marque se tournent vers notre groupe, choqués par ces vermeilles branchées. Enfin, l'y voilà !

Je rabats son enthousiasme.

— Me voilà nulle part. Je ne sais pas ce que j'ai envie de dire, et, de toute façon, je ne le dirai jamais aussi bien que Rembrandt.

— Tu veux être Rembrandt ? s'exclame Diane, bluffée.

— Je veux mettre de la lumière dans l'ombre, comme lui.

— De la lumière dans l'ombre..., approuve Marie-Rose. C'est ça, l'artiste. Dans notre ombre à tous, l'ombre universelle. Reconnaissons qu'en la matière, Rembrandt était le roi.

— Ce qui ne l'a pas empêché de mourir dans la misère, remarque Diane, désapprobatrice.

Le garçon se penche vers moi :

— Souhaitez-vous un peu plus de champignons, madame ?

Je le laisse me resservir. La voilà, ma vie ! Manger une sole normande aux champignons en rêvant d'être Rembrandt !

Je vide ma troisième coupe.

— Au lieu de te saouler, ferme les yeux, ordonne Marie-Rose.

J'obtempère volontiers. Ça m'arrange. On dirait que les larmes ne sont pas loin. Le ramollissement de l'âge.

— Qu'est-ce que tu vois ? interroge mon amie.

— Rien du tout.

— Arrête de te barricader. Regarde au fond de ta tête.

— Je vois la mer, du gris, du blanc, du vent, un tourbillon. Je l'entends même, le tourbillon. Ça doit être mon arthrose cervicale.

Je rouvre les yeux. L'arthrose n'a pas rencontré un franc succès. Diane a l'air gêné comme à chaque fois que nous abordons des sujets personnels. À éviter absolument dans la diplomatie. Marie-Rose reste paisible.

— Eh bien voilà ce que tu vas peindre : le tourbillon, le gris, le blanc, tes clairs-obscurs. La technique, depuis le temps, tu la possèdes. Il ne te reste qu'à plonger. Je te refais un coin à la *Caverne* ?

Sa brocante.

— Pourquoi pas ?

Soudain, j'ai faim. Je me jette sur mes champignons.

Nous avons pris le café dans la véranda, ouverte sur un tourbillon de feuilles mortes qui racontait les rêves d'enfance, les passions avortées, la vie qui va trop vite. Qui racontait le geste d'un fou lacérant une toile de Rembrandt parce qu'elle éclairait sa folie.

Nous avons parlé de tout et de rien, surtout de rien, histoire d'alléger le climat. Dans ma tête, je sentais du neuf, comme du sourire en coin.

Il était plus de quatre heures lorsque Diane nous a raccompagnées à ma vieille guimbarde, seule de sa catégorie au milieu de toutes belles, souvent à l'usage de deux passagers seulement. Celles-là, Grégoire les appelle des voitures d'égoïste.

La capote vermoulue de ma Rugissante était couverte de feuilles mortes et, sur le siège arrière, les enfants avaient laissé leurs marques : casquettes, peluches, livres. Même le doudou d'une attardée. Rembrandt était aussi grand-mère.

— Finalement, tout roule ? m'a demandé Diane en m'embrassant, un brin d'inquiétude dans la voix.

— Sans histoire, ai-je répondu pour la rassurer – et Marie-Rose, qui n'aime que les histoires, a fait la grimace.

Lorsque j'ai garé ma voiture dans la cour, la lumière brillait à la cuisine. La plupart du temps, on entre par là plutôt que par la porte principale qui donne sur le salon, question d'ambiance.

Capucine était attablée devant ses devoirs. *Chez Babouchka*, c'est trop bruyant, aussi les enfants préfèrent-ils descendre travailler chez Babou.

À mon entrée, elle a levé les yeux de son cahier.

— Maman est avec le Pacha, a-t-elle annoncé. Est-ce que tu crois qu'elle va redivorcer ?

CHAPITRE 4

Dix ans, haute comme trois pommes et demie, bouclettes de soie blonde, yeux marine revendiqués par son grand-père.

Et une vie avec déjà beaucoup trop d'histoires.

Un père épousé à l'église catholique, jeté par sa mère, ma fille, Charlotte, alors que Capucine n'avait qu'un an, au motif qu'il était ennuyeux comme la pluie. Comme si la pluie pouvait ennuyer, elle qui ne chante jamais pareil. Un beau-père, Boris, épousé selon le rite orthodoxe : artiste, une idée à la seconde – avec les risques que cela comporte – nanti de trois enfants d'une première épouse, cantatrice, qui devant le handicap de son petit Victor, avait préféré aller pousser ses trilles ailleurs.

Ajoutons au tableau la bien connue Tatiana, appelée « la vraie », par des frères et sœurs jaloux de n'avoir pas comme elle, vrai papa et vraie maman à la maison.

Et on prétend que seul l'exemple compte ! Charlotte n'a-t-elle pas eu, en la personne de ses parents, l'image d'un couple indestructible ?

« Est-ce que tu crois qu'elle va redivorcer ? »

Deux yeux inquiets attendent ma réponse. Restons calme. Prenons place en face de notre petite-fille comme si nous étions dans notre état normal, sans champagne dans les veines et rêves de grandeur au cerveau. Pour l'instant, la grandeur est de rassurer cette enfant.

— Pourquoi dis-tu ça, ma chérie ?

— Parce que Boris a crié qu'il allait retourner à Saint-Pétersbourg et que maman a répondu, en criant elle aussi : « Bon voyage, mais ne compte pas sur nous pour te suivre. »

Un oiseau de malheur passe dans le ciel candide des yeux bleus.

— Est-ce que « nous », c'est moi aussi, Babou ? Est-ce que je pourrai rester ici avec vous ?

— Mais bien sûr que tu vas rester ! Et Boris aussi, d'ailleurs. Tout ça, c'est rien que des mots, une petite dispute. Les disputes, c'est bon pour les parents. Et quand c'est fini, ça permet de se réconcilier, gros bisous et tout !

— Si c'est bon pour les parents, interroge Capucine avec doute, pourquoi tu te disputes jamais avec le Pacha ?

— Mais qu'est-ce que tu crois, on n'arrête pas de se disputer. Seulement, on le fait en cachette pour ne pas vous embêter.

Je prends entre les miennes les petites mains décorées au feutre et au chocolat du goûter.

— Je vais t'expliquer, Capucine. La colère, si tu ne la laisses pas sortir, ça fait une grosse boule dans ta poitrine et un jour, boum, ça explose et ça casse tout. Alors, il vaut mieux la sortir au fur et à mesure. C'est ça, Saint-Pétersbourg ! Rien qu'un pétard mouillé.

— Moi, le pétard, il est là, soupire Capucine en montrant sa gorge. Et il n'est pas tellement mouillé parce qu'il brûle.

— Attends !

Je me relève péniblement : pauvre mamie qui aurait adoré, au retour d'une fête, trouver chez elle le calme et l'harmonie. Du réfrigérateur, côté interdit aux enfants, je sors une boîte de boisson gazeuse américaine, autorisée seulement le week-end et pas après seize heures, pour préserver le sommeil. Je la pose devant ma petite-fille qui a déjà choisi la couleur de sa paille dans le tiroir de la table.

— Voilà pour dissoudre le pétard. Pas un mot aux autres ! Pendant que tu bois, je vais aux nouvelles.

— Tu me diras, Babou ?

— Compte sur moi.

Bien sûr, je lui dirai ! Le silence, c'est comme la colère rentrée. Sauf que c'est à l'implosion qu'il mène.

Seule la lampe de cheminée est allumée au salon. Dans son pull préféré, dix fois récupéré dans la caisse aux vieux chiffons, Grégoire a sombré au fond du canapé. À ses côtés, raide comme un piquet, Charlotte, cette fille qui, reconnaissons-le, ne nous aura jamais procuré que du souci, mis à part ses adorables petites filles. Encore lui aura-t-il fallu deux maris différents pour les faire.

Ils fixent en silence le foyer vide. Serions-nous privés de feu, ce soir ? Pour remédier à l'ambiance glaciale, j'allume tout ce qui se trouve sur mon chemin. Me voyant, Charlotte a sauté sur ses ravissantes bottes de cuir.

— Où tu étais, maman ? Tu as vu l'heure ? accuse-t-elle.

— Ai-je le droit de vivre un tout petit peu ma vie ?

La joue qui se dérobe à mes lèvres rend le verdict. C'est non. L'œil méfiant de Grégoire confirme. Grégoire a très peur que Marie-Rose, qu'il traite de dévergondée, me contamine. En revanche, Diane lui plairait plutôt. Tiens, un de ces jours, je me peindrai les ongles en carmin pour voir !

Charlotte a repris place sur le canapé. Le silence retombe.

— Puisque je suis ENFIN rentrée, puis-je savoir ce qui se passe dans cette baraque ?

L'œil de Grégoire m'assassine.

— Je te rappellerai que la baraque, c'est toi qui l'as voulue.

Exact ! Et même passionnément. Après le grand large, lui n'aurait pas détesté traîner ses babouches dans notre appartement à Caen, sa femme sous son œil. Reconnaissons qu'aujourd'hui, la baraque, il l'adore, même si la femme y a gagné de l'espace.

— Ce qui se passe, se décide Charlotte, c'est qu'on va devoir fermer *Chez Babouchka*.

Comme elle a dit cela ! À croire que c'est moi qu'on ferme. À croire que je l'ai voulu, ce restaurant, usurpateur de nom, qui mêle aux fraîches senteurs normandes de notre pelouse ses brûlantes odeurs ukrainiennes. Il est vrai que sans la baraque, *Babouchka* aurait été s'édifier ailleurs. Mais peut-on prévoir lorsqu'on fait l'achat d'une maison que sa fille s'éprendra d'un prince russe, reconverti sur le tard dans les blinis ?

— Et pourquoi devriez-vous fermer ? Je croyais que ça marchait du tonnerre.

— C'est bien pour ça qu'il nous emmerde.

— Ces termes choisis désignent qui ?

— L'inspecteur des impôts.

Prononcez ces trois mots et toute la France qui trime, entreprend, se saigne pour mettre quelques sous de côté, tombe dans la déprime, la rage et l'impuissance. Moi-même, qui n'ai jamais rien eu à déclarer – ce qui, entre parenthèses, n'empêche pas le fisc de piquer tout ce qu'il peut au fond de mon porte-monnaie chichement garni par Grégoire –, lorsque arrive une lettre recommandée, j'ai la chair de poule. Ce ne peuvent être que les impôts. Et ça ne manque pas. Il n'est qu'à regarder le sourire solidaire du facteur.

— Qu'est-ce qu'il vous veut, l'inspecteur des impôts ?

— Boris s'est planté dans sa déclaration de TVA. Du coup, on l'a sur le paletot. Il a épluché les comptes depuis l'ouverture : trois ans. Il prétend qu'on a tout faux. On va avoir un redressement. Et ce n'est pas le pire : il veut nous mettre au forfait. Tant par an à allonger sur les bénéfices et on ne discute pas. Les traites à rembourser, tout ça, il ne veut pas savoir. Pas son affaire !

Traites, TVA, redressement : le trio infernal. Je cherche secours du côté du Pacha. Il s'est retiré dans son igloo. Ah, comme son silence est éloquent ! « Elle n'avait qu'à ne pas l'épouser. » Épouse-t-on un hurluberlu à queue de cheval et boucle d'oreille ? Peut-il en venir autre chose que du mauvais ? La générosité de Boris, prêt à offrir du caviar aux « bandits » de Thibaut, son dévouement – n'a-t-il pas gardé Victor, l'enfant au rein greffé ? – Grégoire ignore. La boucle d'oreille bouche tout le champ rétréci de son cœur.

— Et il n'y a vraiment rien à faire ? La décision est sans appel ?

— Boris le craint. Ça fait six mois qu'on se bat.

— Six mois ! Et tu nous en parles seulement maintenant ?

— On espérait que ça s'arrangerait. Puisque Boris était de bonne foi. Le pire, c'est que ce salaud l'accuse d'avoir triché.

Un ricanement sauvage monte du canapé.

— Tricher ? Il n'en serait même pas capable.

Charlotte se tourne vers son père.

— De toute façon, toi tu l'as toujours détesté. Et le restaurant aussi. Eh bien ! tu peux te réjouir : on va dégager !

La voix s'est cassée. Le pétard est dans ma gorge et pas mouillé du tout. Charlotte se lève. Je l'imite. Si seulement j'avais du fric pour l'aider... Mais je n'ai jamais travaillé qu'à domicile et sans salaire aucun, pour faire plaisir à la bûche sur le canapé. Le peu gagné avec mon art est passé dans ces maudits cabinets.

Charlotte récupère le ravissant blouson à col de fourrure, offert récemment par Boris en vertu du principe bien connu que les plus fauchés sont les plus prodigues. Épaules basses, mine défaite, elle se dirige vers la cuisine. Qu'est-ce qui m'a pris d'allumer ce plafonnier pour mettre de l'ambiance ? Sa lumière crue montre les rêves éteints sur le visage de ma Charlotte. « On a l'âge de ses rêves », a dit Diane. Elle en a de bonnes ! Comment ma pauvre fille, avec sa tribu, son restaurant et l'inspecteur des impôts par-dessus le marché, aurait-elle le temps de les cultiver ? Dire qu'on l'appelait « Mururoa » !

Je l'arrête à la porte de la cuisine. Derrière celle-ci, une petite fille attend dans l'inquiétude.

— Si tu nous laissais Capucine ce soir ?

— Volontiers. Il faut reconnaître que l'ambiance n'est pas extra, là-haut. En plus, on a un banquet : vingt-deux couverts.

— On te la garde pour la nuit.

Chaque enfant a ici un pyjama, linge de rechange et brosse à dents.

Ils sont deux à présent, penchés sur leurs cahiers. Deux épaules jointes, deux langues tirées. L'un si brun, l'autre si blonde. Justino a rejoint sa cousine.

— Tu restes ici, mon ange, annonce Charlotte à sa fille. Je vous prends demain sur le chemin : huit heures moins le quart, d'accord ?

Elle a puisé dans son courage une voix presque réjouie. Elle embrasse deux fronts tendus, oublie le mien, disparaît.

— Ça y est, la réconciliation ? demande Capucine, trompée par le ton de sa mère. Gros bisous et tout ?

Et un banquet de vingt-deux couverts à servir avec le sourire, pour l'escarcelle de l'inspecteur.

CHAPITRE 5

J'aime dormir les rideaux entrouverts, juste ce qu'il faut pour que la lune me donne le bonsoir, et une branche de houx un vigoureux bonjour vert ou rouge selon la saison.

Grégoire adore raconter ça, avec des clins d'œil attendris, à des personnes qui n'en ont rien à faire.

« Une manie de ma femme », confie avec indulgence cet homme qui, lui, n'a que de bonnes et saines habitudes. Comme de ne pouvoir fermer l'œil si ses babouches marocaines ne sont pas dans un alignement parfait, à trente centimètres et demi de la tête du lit, côté gauche. Ou de se frotter de l'ongle l'aile droite du nez, lorsqu'il a à exprimer un avis. Ou...

Passons !

Le jour perce derrière les rideaux. À sept heures, des rires étouffés dans l'escalier m'ont rassurée : le réveil des enfants avait bien sonné. À huit heures moins le quart, des pas sur le gravier de la cour m'ont indiqué que Justino et Capucine allaient attendre Charlotte au bout du chemin. L'odeur du café, s'infiltrant dans le couloir, un quart d'heure plus tard, était signée Thibaut. Ce gentil a dû pousser sa moto jusqu'au bout du chemin pour ne pas troubler notre sommeil.

Comme si je dormais ! Plus d'une heure que je piaffe en attendant que mon voisin de lit ouvre l'œil. Ah, qu'il n'espère pas me voir debout avant lui, sortie peut-être lorsqu'il mettra le pied dans sa babouche.

Quand je glisserai le mien dans ma mule, nous nous serons expliqués.

La présence, hier soir, à la maison, de Justino et Capucine m'a empêchée d'interroger Grégoire sur son attitude inadmissible envers une fille dans la détresse. Après dîner, j'étais claquée. Trop d'émotions pour une seule journée. On ne passe pas impunément de *La Ronde de nuit* (Rembrandt), au *Bal des vampires* (le fisc). Je suis montée me coucher en même temps que Capucine et lorsque le Pacha m'a rejointe, je dormais comme un ange, aidée par mon poison.

Ce que Grégoire appelle ainsi n'est qu'un banal somnifère. Mais pour cette âme simple, qui sait parfaitement qui elle est, où elle va et pourquoi le bon Dieu l'a mise sur terre (courir les mers et chérir sa famille), le somnifère représente une fuite de la vie : à classer dans les drogues, à tort appelées « douces ».

Fuite de la vie ? Pas du tout ! De ceux qui vous la gâchent, oui ! Hier soir, comme quatre-vingt-dix pour cent d'insomniaques, j'ai avalé ma pilule rose pour échapper à l'inspecteur des impôts. Supprimez ceux-ci et la France dormira mieux.

Le vent agite la branche de houx déjà habillée pour Noël. Dis-moi, le houx, Charlotte et Boris seront-ils encore là pour t'admirer, le long de notre cheminée, le vingt-quatre décembre prochain ? Les jolies bottes de Charlotte, les chaussures sur mesure de Boris, les baskets des petits Karatine voisineront-ils avec ceux de leurs cousins et les brodequins des adultes ?

Alerte ! Ça bouge à mon côté, ça étire une tentacule, cela me cherche, cela me trouve. Un bras se glisse sous mes épaules, ma joue s'y pose naturellement...

Ne faites jamais lit à part ! Quand bien même il ne s'y passe plus que la tendresse, le lit reste l'endroit où l'on a la meilleure chance de se retrouver, l'obscurité aidant.

Ne cédez jamais à la tentation de lits jumeaux rapprochés. La rigole au milieu casse tout. Offrez à votre couple une couche sur mesure, garnie de draps et couette uniques, plus trois oreillers pour assurer le centre.

Mon Commandant se racle la gorge. La météo de la journée ne devrait pas tarder à tomber.

Elle tombe.

— Mais qu'est-ce qui a pris à ta fille d'épouser cet incapable !

Avis de grand frais. La nuit n'a pas porté conseil à Grégoire, d'autant que, sans « poison », elle a dû être agitée pour lui.

— Les voilà bien partis ! continue la voix sépulcrale. Qu'est-ce qu'ils vont faire maintenant, je te le demande.

— Et moi je te réponds : c'est TOI qui vas faire, Grégoire.

Le bras se retire. S'il y a une chose que mon mari déteste, c'est que je l'appelle par son prénom, signe que je requiers toute son attention alors que lui a, justement, décidé de se boucher les oreilles.

Les représailles ne se font pas attendre.

— Et de quelle façon, JOSÉPHINE ?

— En appelant de toute urgence ton ami Sergent. Il travaille bien aux impôts ? Et même à un poste important ?

— Je ne l'ai pas vu depuis dix ans.

— L'occasion idéale pour renouer.

— Idéale ? Ne penses-tu pas plutôt qu'il serait temps que ton gendre assume les conséquences de ses actes ?

— C'est à Charlotte et aux enfants que je pense.

— Parlons-en, des enfants ! ricane Grégoire. Crois-tu qu'il soit responsable d'en faire autant quand on ne sait pas où l'on va ?

Je repousse la couverture et mets pied à terre. À quoi bon discuter avec un handicapé de la communication ?

Surtout, surtout, passé un certain âge, ne faites jamais lit commun ! Optez sans hésiter pour deux lits franchement séparés, éventuellement deux chambres différentes si l'autre s'entête à vieillir mal.

Je passe mon déshabillé. Dire que je lutte pour rester désirable, même en tenue de nuit alors que de moelleuses chemises en pilou, des robes de chambre capitonnées tendent les bras à ma génération. Et pourquoi est-ce que je me prive ? Pour un homme qui traîne depuis trente ans le même pyjama de bagnard et qui ne songe même plus, en se réveillant, à passer la main dans les épis de sa tignasse dans l'espoir de me plaire encore un peu.

— C'est ça..., dit-il. Va-t-en, fuis la réalité. Ton gendre est bel et bien un irresponsable. Et, à son âge, cela a peu de chances de s'améliorer.

J'empoigne le bois du lit – cadre fait lui aussi sur mesure, une ruine, tout ça pour quoi ? – et je fixe l'occupant dans les yeux.

— Ce serait si bien qu'au moins une fois, une toute petite fois, tu le sois, irresponsable. Cela te permettrait de mieux comprendre les autres.

Il se redresse. Un mauvais sourire dévastant son visage.

— Mais je l'ai été, ma chère ! (Pire que Joséphine.) Je l'ai été, irresponsable. Et pas qu'un peu.

— Peut-on savoir en quelles circonstances ?

— Lorsque je t'ai épousée.

Les babouches marocaines filent sous la couche conjugale. Il faudra au moins la tête de loup pour les récupérer.

CHAPITRE 6

Dans la cuisine, sur le tableau : « Courses et messages », Capucine a dessiné un cœur avec une fleur dedans. Je mets l'eau à chauffer pour mon café en poudre. Une biscotte suffira. Voilà que Grégoire m'a coupé l'appétit !

En plus, il perd la mémoire ! Si irresponsable il y eut, ce fut moi. Puisque la demande en mariage avait été faite par ma personne, le pauvre n'osait pas, il me trouvait trop bien pour lui, trop artiste. Et qu'avait-il à m'offrir, cet écumeur de mer, même pas pirate ? De l'attente sous des ciels gris.

Fallait-il que je l'aie aimé !

Bien ! Et pour le dîner, quel potage ? Aurore ? Velours ? Saint-Germain ? Dubarry ? Florentine ?

S'il ne reste qu'un seul point sur lequel nous nous accorderons toujours, c'est le potage, rituel obligé du soir. Et pas du potage en boîte ou en sachet, du vrai, l'une des recettes déposées dans ma corbeille de noce par Félicie Provençal, ma mère. Pour celle-ci, la préparation d'une soupe, bouillon, bisque, consommé, était la meilleure façon de retrouver une sérénité trop souvent mise à l'épreuve par son mari.

En faisant chanter les couleurs et les parfums de la Terre avec un grand T.

Ce soir, Grégoire dégustera un potage « à la Corneille », héros de mon adolescence : drame intérieur, sentiments nobles, oubli de soi. Haricots blancs, lentilles, bouillon gras, jaune d'œuf pour lier, croûtons frits au beurre, régal des enfants.

Mes légumes trempent lorsque Brutus fait son entrée, tout contrit de l'offense qu'il m'a infligée. Il se verse une tasse de café mis en route par Thibaut. Du vrai. Je m'attaque à mon bouillon gras au moyen des os mis de côté à mon intention par l'ami boucher. Assis sur un coin de chaise, à un bout de table, Grégoire cherche comment renouer. Tendons-lui la perche.

Je désigne le cœur, signé Capucine, sur le tableau.

— Profitons-en. Nous n'y aurons bientôt plus droit !

Un sourcil en bataille, que je brûle depuis trente ans d'épiler, se dresse.

— Et pourquoi ça ? Pourquoi n'y aurions-nous plus droit ?

— Tu n'as pas entendu Charlotte hier ? Ils vont dégager. Boris songe à retourner à ses racines : Saint-Pétersbourg.

Le couteau avec lequel Grégoire s'apprêtait à beurrer sa tartine tinte dans l'assiette.

— Mais il est né en France, ton Boris ! Il n'a jamais mis les pieds en Russie. Il n'y a plus aucune famille.

— Un orphelin, en effet ! Qui aurait eu bien besoin d'un père. Quoi qu'il en soit, il paraît qu'aujourd'hui on peut entreprendre là-bas. Ce n'est pas comme en France. Tout est ouvert à ceux qui en veulent : queue de cheval ou pas.

Grégoire reprend son couteau d'une main hésitante. Je prépare le bouquet de carottes, navets et poireaux qui enrichiront l'arôme de mon bouillon. Maman avait raison, je respire déjà mieux.

— Sans compter qu'avec la vente de leur restaurant, ils pourront régler leurs dettes. Il leur restera même peut-être de quoi se lancer là-bas ?

Cette fois, c'est sa tartine beurrée que Grégoire laisse tomber.

— La vente de leur restaurant ? Mais qu'est-ce que tu me racontes là ? Et à qui le vendraient-ils ? Tu veux peut-être voir une pizzéria ou un Mac Do s'ouvrir sous tes fenêtres ?

— « Nos » fenêtres, pardon. Et je ne veux rien, moi, c'est Boris ! N'est-il pas temps qu'il assume les conséquences de ses actes ?

Méchante, je suis méchante ! Mais Grégoire n'a-t-il pas été cruel avec Charlotte hier ? Et il faut savoir ce que l'on veut. Et, tout à la fois, je veux que Grégoire appelle Sergent et je brûle de poser mes lèvres sur le champ de ruines de son front, en lui disant que je l'aime quand même.

Mon bouillon frémit. En plein débat cornélien avec moi-même, j'y précipite le bouquet de légumes lorsqu'une voiture pile dans la cour. Pas le temps de dire « ouf », la porte s'ouvre sur une Audrey dans tous ses états.

— Alors vous savez ? Charlotte vous a dit ?

Notre silence lui répond affirmativement. Elle nous embrasse malgré tout, puis tombe sur un siège.

— Depuis le temps que je lui disais de vous en parler !

Car, bien entendu, Audrey, elle, était dans le secret depuis le début des hostilités entre Boris et le fisc. C'est ainsi que pour ménager le cœur de ses vieux parents, au lieu de les préparer en douceur aux mauvaises nouvelles, on les leur assène d'un seul coup quand il n'y a plus rien à faire.

— Tu crois que Charlotte va aller à Saint-Pétersbourg ? demande Audrey d'une voix angoissée.

Ce renfort inattendu vis-à-vis de Grégoire ne m'apporte aucune joie. Car Charlotte a beau dire, si Boris part, elle le suivra, c'est sûr. Ils s'adorent. Ils s'entendent comme larrons en fête perpétuelle. Et les enfants suivront aussi. Et il n'y aura plus, le matin, sur le tableau de la cuisine, des fleurs dans des cœurs pour nous souhaiter le bonjour. Malgré tout l'amour qu'il nous porte, Justino ne s'abaissera pas jusque-là. Trop vieux.

Je remarque : « Les choses peuvent encore s'arranger. Imagine qu'une personne bien placée intervienne. »

— Quelle personne ? persifle Audrey. Jean-Philippe dit que c'est fichu. L'inspecteur ne reviendra pas sur sa décision.

— Et qu'est-ce qu'il en sait, Jean-Philippe ? explose le Pacha en se levant. Quand on n'est pas fichu de faire des frites, on ferait mieux de la boucler.

Il se tourne vers moi.

— Tu n'as pas vu mes lunettes de lecture, par hasard ? Sans elles, comment veux-tu que je trouve ton Sergent dans leurs foutus annuaires pour nains ?

De ma poche, je sors les lunettes, récupérées il y a un instant dans le carré du Commandant, près des dictionnaires où il puise réconfort dans les mots rares et flamboyants, lorsque ceux de la vie prennent de sombres couleurs. Je les lui tends.

— Les voilà. Je t'ai sorti l'annuaire de Paris. Il est ouvert aux Sergent. Malheureusement, il y en a trois pages et le prénom du tien m'a échappé.

— Il y a beaucoup de choses qui t'échappent en ce moment ! remarque gracieusement mon mari en m'arrachant les lunettes. Il s'appelle Grégoire, comme moi.

La porte claque.

— Qui est ce Grégoire Sergent ? s'enquiert Audrey.

— La personne bien placée... Un ancien ami de ton père qui travaille aux impôts.

— C'est quand même sympa de la part de papa de vouloir l'appeler..., admire la fille.

— Tu sais bien que pour ses enfants il remuerait ciel et terre.

Un peu rassérénée, Audrey se penche sur les récipients dans lesquels l'eau frissonne. Une casserole pour les lentilles, une autre pour les haricots blancs, le faitout pour le bouillon. Surtout, ne cuisez jamais ensemble vos légumes secs. Bien que de même famille, ils se combattent. Ce n'est qu'à la fin, lorsqu'ils sont à point, que peut se faire le mélange.

— Dis donc, ce ne serait pas un potage à la Corneille ? interroge avec gourmandise la digne petite-fille de Félicie Provençal.

— Exactement. Tu pourras en emporter pour ce soir si tu veux.

Toute remuée par le coup de téléphone matinal de sa sœur, Audrey avait sauté le petit déjeuner. L'appétit est de retour. Le mien, itou. Et grillent les tartines. Et revient l'humour.

— Il me semblait qu'existait un potage « à la russe », interroge malicieusement Audrey.

— Tout à fait. Mais celui-ci convient mieux à ton père.

Dans le potage à la russe, il faut une grosse poignée d'oseille. Ce délicieux légume donne la goutte à Grégoire, pas Corneille.

Un potage est fait pour lier, pas pour se venger. Dixit Félicie.

CHAPITRE 7

La mer s'est retirée au diable, livrant ses trésors aux oiseaux et aux enfants. Tout est gris argent, ailes des mouettes et des goélands, eau étale où repose l'horizon. C'est novembre et c'est la Normandie.

Un vent doux-amer pique les narines. Je voudrais trouver les couleurs pour le peindre, dire ce qu'il me confie : quoi qu'il en soit de nos minuscules existences de grains de sable, les vagues continueront à danser sous son souffle, ses odeurs à brasser du souvenir. Et l'on entendra des mamans inquiètes dire à leur enfant : « Le vent se lève, couvre-toi. »

Ils s'en fichent bien, les bandits de Thibaut, de mes divagations existentielles. Eux, c'est « maintenant » qui compte. Et, maintenant, jour de congé et de grande marée, il s'agit de trouver plus de coques et d'équilles que le voisin, dénicher la prise unique qui épatera ce Thibaut qu'ils vénèrent, ou la belle Anastasia. Et la prise unique ne se trouve-t-elle pas là où l'on n'a pas encore creusé ? Alors ils courent de tous côtés avec pelles, seaux et rateaux en hurlant leur plaisir.

C'est une plage sauvage entre Houlgate et Villers, loin des clubs et cabines, au bas d'une falaise riche en fossiles. J'ai embarqué trois gamins dans ma voiture, le reste a pris place dans le minicar prêté par la mairie à Thibaut. Quinze en tout, dix garçons, cinq filles. Plus quatre accompagnateurs puisque Justino et Anastasia ont été, eux aussi, réquisitionnés. Il ne devrait pas y avoir trop de perte !

Et tout à l'heure, à *L'Étoile*, cuisson et dégustation du produit frais.

— Je suis content que tu aies pu venir, dit Thibaut.

Nous marchons côte à côte, tous deux bottés de bleu marine. Les enfants, eux, sont pieds nus ou en baskets. Je souris à mon fils.

— Tu ne devineras jamais pourquoi je suis là ! Une petite phrase idiote que tu m'as dite l'autre jour : « Qu'est-ce que tu fais de beau aujourd'hui ? »

— Ma mère n'aurait-elle pas le droit de faire du beau ? demande-t-il en riant.

— Ta mère a soixante-trois ans !

— Coquette ! Sauf accident, d'après les statistiques, tu as encore une petite trentaine d'années devant toi. Ça ne te suffit pas ?

— J'ai aussi un mari rentré au port et qui ne rêve que de calme plat.

— Heureusement que les tempêtes de sa femme l'empêchent de s'endormir.

— Je me fais du souci pour Charlotte et Boris.

Thibaut s'immobilise. Je détourne les yeux. En plus de me parler philosophie, voilà que le vent me les brûle.

— Si tu arrêtais de tout prendre sur ton dos, maman ? Si tu pensais un peu à toi ?

— Ce n'est pas sur le dos que je prends. C'est dans le cœur. Crois-tu qu'on commande comme ça à son cœur ?

— Hélas non ! soupire comiquement Thibaut.

Un instant, j'ai l'impression qu'il va me confier quelque chose. Et puis l'un des petits lui déboule dans les pattes, s'accroche à ses genoux. Sept-huit ans, basané comme la plupart.

— Thibaut, ils m'embêtent, les autres...

— Et pourquoi ils t'embêtent ?

— J'ai pas de seau pour les coques, j'ai qu'un plastique...

Un sac de supermarché à moitié troué : la mère ne s'est pas foulée.

— À mon avis, c'est plutôt qu'ils sont jaloux, remarque Thibaut.

Il prend le petit aux épaules et le tourne vers moi.

— Je te présente Doumé, roi de Gustavia.

Gustavia ? Le gamin se rengorge.

— Va demander à Justino de partager son seau avec toi. Dis-lui que c'est de ma part.

Le petit garçon s'envole. Thibaut le suit des yeux.

— La coke dans les toilettes de *L'Étoile*, tu te souviens ? C'est lui qui l'y avait cachée. Exactement ce que je pensais : le grand frère la lui avait refilée en voyant arriver les flics.

— Et quand le grand frère a su que tu avais... actionné la chasse d'eau ?

— Il fait tout pour empêcher Doumé de venir à *L'Étoile*. Je suis allé voir la mère ; le père est en taule.

— Alors ?

— Résultat néant. Apparemment c'est le fameux grand frère qui fait la loi à la maison.

— Quel âge ?

— Un « vieux » : dix-sept ans.

Là-bas, Doumé a rejoint Justino. Ils parlementent. Le petit montre Thibaut du doigt.

— Sais-tu grâce à qui il a une petite chance de s'en tirer ?

— Grâce à Justino ?

— Pas du tout : grâce à Gustave.

Gustave... Gustavia... j'y suis ! L'ordinateur. Début septembre, on a fêté son arrivée à *L'Étoile*. Je soupçonne Diane d'avoir contribué à un achat que Thibaut jugeait indispensable pour ses bandits. Grâce au prof électronique, qui ne gronde jamais, mais sait applaudir et récompenser, ils apprennent à apprendre. En jouant.

— Doumé s'est tout de suite montré le meilleur, explique Thibaut. Il pianoterait jour et nuit, si on le laissait : une vraie passion. Ça le valorise. Demande-lui de te montrer, tout à l'heure. Pour lui, Gustave est un copain. Des copains, il ne lui reste qu'à s'en faire des en chair et en os, et là il est moins doué.

Nous faisons halte près de gros rochers incrustés de coquillages, coiffés de longs filaments verts. Nos cirés nous permettent de nous y asseoir. Les mouettes, pourchassées par les enfants, rivalisent de cris avec eux. La mer a laissé des flaques nacrées. Derrière nous, s'étend la falaise, fauve assoupi, roux et gris, dont les vagues viendront ce soir lécher les flancs.

— Regarde-les, dit Thibaut en montrant ses bandits. Ils ne demandent qu'à s'en tirer. Et c'est maintenant ou jamais. Dans deux, trois ans, ils seront peut-être de ceux qui mettent le feu aux voitures ou bombardent les autobus parce qu'on ne leur a pas appris à s'exprimer autrement.

Il me regarde avec malice : « À "faire du beau", par exemple. Le laid, ça peut aussi donner l'illusion d'être quelqu'un, mais ça ne te remplit que de vent. »

Un instant, j'appuie ma tête sur son épaule. Il me dit, ce vent, que la relation mère-fils est peut-être moins personnelle, moins proche que celle mère-fille, mais qu'elle vous ouvre des horizons plus vastes.

— Est-ce que je peux te demander quelque chose ? Préserve Justino. À cet âge, on a plus besoin de beau que de laid pour se construire.

Thibaut rit :

— On croirait entendre papa !

— Il arrive que ton père ait raison.

Cette fois, c'est Anastasia qui galope vers nous, suivie d'un ruban d'enfants dont font partie toutes les fillettes. Elle nous présente fièrement son seau où tressaute un long et fin poisson blanc, avec deux points noirs en guise d'yeux.

— Regardez mon équille ! Elle est belle, n'est-ce pas ?

Thibaut se penche.

— Elle est magnifique. Sauf que ce n'est pas une équille mais une vive.

Anastasia pousse un cri effarouché. Les enfants se regardent entre eux en riant.

— Vous savez d'où vient le mot « vive », bande d'ignorants ? interroge Thibaut qui ne perd jamais une occasion d'enseigner. Vive vient de vipère.

— Ça se mange quand même et c'est très bon, remarque un petit.

— Eh bien on te la réserve pour tout à l'heure, d'accord ?

Nouveaux rires. D'un pas dansant, Anastasia repart avec sa cour, tenant le seau à bout de bras.

— T'a-t-elle déjà parlé de sa mère ? questionne Thibaut.

— Jamais !

Galina, première femme de Boris, était cantatrice. Elle vit à Londres. Dimitri, l'aîné de leurs enfants, l'a rejointe là-bas.

— À moi, si ! Pour la première fois l'autre jour, m'apprend Thibaut. « Dire que maman ne sait même

pas que je suis bachelière... » Je lui ai répondu :
« Qu'attends-tu pour le lui écrire ? » Elle s'est mise en
colère : « Cette garce n'a qu'à faire le premier pas. »
Cela pour te signaler qu'il ne faut pas trop se fier à la...
légèreté d'Anastasia.

— Je ne la connais guère.

Elle est la seule de mes beaux-petits-enfants avec
laquelle je ne parviens pas à nouer le contact.
Charlotte, pas davantage. Anastasia a l'âge où l'on
préfère se confier à des copines qui vivent de
semblables expériences ou galères.

— C'est une fille étonnante, reprend Thibaut avec
chaleur. Originale, généreuse...

— Eh bien, quel enthousiasme ! Pas un peu
dangereuse sur les bords, aussi ? Rappelle-toi avec
Jean-Philippe.

Anastasia avait bien failli provoquer un drame en
faisant les doux yeux au mari d'Audrey. Celle-ci ne lui a
jamais pardonné.

Thibaut se referme.

— C'était juste un jeu, tu l'avais reconnu toi-même.
Cela n'aurait pas été plus loin.

— Ce genre de jeu peut faire très mal !

Pourquoi est-ce que je m'énerve tout à coup ? D'où
vient cet agacement ? Nous reprenons la marche.
Thibaut ne dit plus rien. Il me semble avoir laissé
passer une chance.

Laquelle ?

CHAPITRE 8

Il était seize heures trente, deux bonnes heures que nous étions là, lorsque Thibaut a battu le rappel. La nuit montait avec la vague, sans bruit, sans effets, soie sur soie. Il y avait dans les seaux de quoi nourrir un régiment.

— Alors, Babou, la pêche a été bonne ? m'a demandé Justino avec malice en regardant mes mains vides.

— Pour tout t'avouer, nous sommes surtout allés à la pêche aux mots avec ton père, ai-je répondu.

— Les mots aussi, ça nourrit, c'est le Pacha qui l'a dit.

— Alors, si c'est le Pacha...

Nous avons ri.

À marée basse, il faut compter vingt bonnes minutes de marche pour remonter jusqu'à la falaise. Là, un chemin étroit, dit « des douaniers », serpente entre les ronces, mène au terre-plein qui, l'été, sert de parking aux amateurs de fossiles.

Comme nous arrivions au bas de cette falaise, nous les avons vus.

Une dizaine, alignés là-haut comme des Apaches, face à la mer, à nous. Pour montures, leurs deux-roues, des casques en guise de plumes.

Instinctivement, tous les enfants sont venus se grouper autour de Thibaut.

— On dirait que nous avons de la visite, a constaté celui-ci.

Sa voix, son visage levé vers le terre-plein, étaient durs. Il m'a semblé découvrir quelqu'un d'autre. Que peut-être je n'avais pas su voir.

Soudain, Doumé a éclaté en sanglots. Il a fait demi-tour et s'est mis à courir vers la mer. J'ai pensé à la coke dans les cabinets de *L'Étoile*.

— J'y vais, a dit Anastasia en s'élançant.

Elle a eu vite fait de rattraper le fuyard. Ils ont parlementé un moment puis ils sont revenus vers nous. C'était Doumé que les enfants regardaient à présent, avec hostilité. Thibaut a pris la main du petit garçon avant de s'adresser à tous.

— Eh bien, qu'est-ce que vous attendez pour remettre vos baskets ? Vous avez l'intention de vous écorcher la plante des pieds ? Pressons ! N'oubliez pas que nous avons de la cuisine à faire.

Ils se sont précipités sur leurs chaussures. Un instant, je m'étais demandé si Thibaut n'allait pas décider de rentrer par un autre chemin, mais cela aurait été un détour de plusieurs kilomètres et nos voitures étaient là-haut.

Il s'est tourné vers moi. Il souriait. J'avais envie de lui dire qu'il était inutile de chercher à me rassurer : je tiendrai le coup.

— Je vais prendre la tête, a-t-il décidé. Si tu veux bien, tu passeras en dernier. Et prends garde à ne semer personne.

Quelques rires ont fusé, qui n'en étaient pas vraiment. La troupe attendait maintenant le signal de Thibaut pour démarrer. C'est de la falaise qu'il est venu : tous les phares se sont allumés en même temps. Fumées de guerre des Apaches ?

— Allons-y, a ordonné Thibaut d'une voix forte. Doumé, derrière moi !

La montée a commencé. Alors qu'à l'aller ce n'étaient que cris de joie et bousculades, on n'entendait que les bruits de pas et parfois un caillou qui roulait. Du chemin, on ne pouvait plus voir nos visiteurs. Justino me précédait. Il se retournait toutes les trois secondes pour s'assurer que je suivais bien. Il m'a semblé soudain très petit, très fragile. Dire qu'à la maison, on le classait parmi les « grands » !

J'ai ébouriffé ses cheveux.

— Si je m'envole, promis, ce ne sera pas sans toi !

Il m'a fixée de ses yeux sombres. C'est vrai qu'on l'appelait l'Indien. Mais, lui, avec quelle tendresse !

— Tu sais, Babou, c'est juste pour provoquer. Faut pas avoir peur. Ils ne nous feront rien.

— Je sais.

J'ai demandé à voix basse :

— Le frère de Doumé est là-haut, n'est-ce pas ?

Il a incliné affirmativement la tête :

— C'est la moto rouge, une toute neuve. Il a plein de fric, c'est dégueulasse.

L'argent de la drogue ?

Je n'ai pas insisté. Cela montait dur, mon cœur battait fort et ma gorge était plombée.

La peur ?

Alors, celle que l'on éprouve lors d'un tremblement de terre.

Vous vivez dans un monde à peu près ordonné, avec ses hauts et ses bas, ses tristesses que compensent ses joies. C'est la vie, ça va ! Chaque jour, par votre fils, les médias, partout, vous entendez parler d'un autre monde, où règnent la violence et la haine. Monde étranger, loin de ce qui vous permet, à vous, d'exister : des racines, une espérance, une foi, la confiance. Vous vous en inquiétez, mais il est loin. Et puis, qu'y faire ?

Et soudain ce monde vous tombe dessus. Il vous attendait.

La maison où je vis est fragile et je ne le savais pas.

Ils avaient tourné leurs phares vers le chemin où, un à un, nous avons débouché. La visière de leurs casques était baissée. Les plus âgés devaient être sur les motos, les autres sur des vélomoteurs. Cinq heures. L'heure entre chien et loup. Les loups étaient là et, en bas, le tam-tam de la mer battait comme une rumeur de guerre.

Thibaut avait pris la main de Doumé. J'ai posé la mienne sur l'épaule de Justino. L'une des motos était d'un beau rouge rutilant. Nos petits fixaient les cavaliers, clignant des yeux à cause de la lumière. Combien d'entre eux reconnaissaient-ils un frère ou un parent sur les engins ?

Sans se presser, Thibaut a fait les comptes : seize enfants, en incluant son fils. Plus trois adultes. Mine de rien, cela faisait du monde.

— Chacun va prendre la place qu'il occupait à l'aller, a-t-il ordonné. Essayez de ne pas renverser de l'eau partout, s'il vous plaît. Anastasia et Justino, vous vous chargez du service d'ordre.

Ignorant les Apaches, il est allé ouvrir la porte du car et y a poussé Doumé. Les autres gamins se pressaient derrière avec seaux, pelles et râteaux.

— Pas tous à la fois, a râlé Justino d'une voix fluette qui m'a percé le cœur.

Mes trois à moi étaient déjà près de la Rugissante. Les motos ne bougeaient pas. La clé tremblait dans ma main tandis que j'ouvrais la portière. Il me semblait qu'une étincelle aurait suffi à embraser toute la falaise : un peu trop de hâte, une manifestation de frayeur. Peut-être que Thibaut décroche le téléphone du minicar qui le reliait à la mairie.

Lorsque tous les enfants ont été embarqués, il a fermé la porte « passagers » et il est venu vers ma voiture.

— Cette fois, tu passes devant. Rendez-vous à *L'Étoile*. Tout ira bien.

Je m'étais garée face à la mer. Il m'a fallu manœuvrer pour me mettre dans le bon sens sans effleurer l'une des motos, sans être l'étincelle. J'ai dû m'y reprendre à plusieurs fois.

Un silence total régnait dans la voiture. Ainsi qu'une forte odeur de coquillages et d'enfants pas trop bien tenus. Grégoire allait encore se plaindre des parfums de ma vieille complice.

Thibaut, lui, avait en arrivant mis le car dans la bonne direction pour repartir. Une chance !

Nous roulions à présent sur le chemin qui mène à la route nationale. En retrouvant l'asphalte et la circulation, j'ai pu à nouveau respirer.

Les Apaches nous ont escortés jusqu'à l'entrée de la ville, puis ils ont disparu.

CHAPITRE 9

L'effort que nos prédécesseurs n'avaient pas fait pour les fameuses « commodités » de la maison, ils l'avaient placé dans la cheminée du salon. Et, après tout, un feu n'est-il pas, par excellence, une fabuleuse source d'aisance ?

« On pourrait, affirme Grégoire, y faire rôtir un porcelet. » Nous ne nous y sommes pas lancés, mais côtes de bœuf, gigots et brochettes, sans compter les poissons divers, y grillent bon train sitôt le barbecue en hibernation dans le garage.

Le feu est une fête dont Grégoire se veut le grand prêtre. Il aime officier devant un public attentif, installé sur les coussins et canapés en demi-cercle autour du foyer. Plutôt que d'en éloigner les enfants, il les associe à la cérémonie, ainsi en apprennent-ils les dangers. Les petits ont le droit, sous surveillance, de faire cuire sous la cendre châtaignes et pommes de terre. Les grands aident leur grand-père à le construire.

Car un feu se construit. Et pas question d'utiliser charbon de bois ou de ces briquettes qui donnent de la flamme artificielle, malodorante par-dessus le marché. Autant adopter de fausses braises, rougies à l'électricité, comme cela se fait, paraît-il, outre-Manche.

Ce samedi matin, dès dix heures, le Pacha et ses petits-fils ont préparé la flambée du soir. Tortillons de papier journal, serré ce qu'il fallait afin de laisser passer l'air, branchettes de prunellier pour leur parfum, petit bois de pommier. Et, en croix sur le tout, deux grosses bûches, l'une de cerisier dont la résine abondante encouragerait la flamme, l'autre de chêne qui en garantirait la durée.

Après le déjeuner, Jean-Philippe et Thibaut ont organisé une promenade à vélo avec les enfants. Justino a préféré rester à la maison. Depuis la sortie de pêche, il semble broyer du noir. Grégoire a vainement tenté de le faire parler : « Il faut l'aider à exprimer sa peur. » Mais Justino se referme sitôt que l'on évoque le sujet.

Le Pacha a, lui, manifesté son indignation à Thibaut.

— Pourquoi n'as-tu pas averti la police ?

— À quoi cela aurait-il servi ? Ces jeunes n'ont rien fait, papa. Rien ne leur interdisait d'être là.

— Tu attends qu'ils te tombent dessus ?

Pour ne pas inquiéter davantage Grégoire, je ne lui ai pas parlé de la drogue dans les cabinets de *L'Étoile*. Ce sera à notre fils de le faire s'il le juge nécessaire.

Mais je découvre quelque chose : ce fils a deux visages et nous n'en connaissons vraiment qu'un, celui, léger, plein d'entrain, de la maison : le visage éclairé du joueur de guitare. Sur la plage, j'ai entrevu l'autre, durci par l'inquiétude, décidé, le visage d'un combattant. Est-ce parce que son père ne veut pas nous mêler à ses ennuis que Justino se tait ?

Quant à moi, l'aventure de l'autre jour a assombri mon ciel. Il y a des turbulences sur Radio rose.

En attendant, il est cinq heures. Ils viennent tous de rentrer de balade, heureux de se retrouver au chaud, à la lumière de la maison. Le moment est venu de faire partir le feu.

C'est Adèle à qui, ce soir, en reviendra l'honneur.

Boucles châtains, yeux bruns, la petite fille ressemble à son père. En plus adroite... Toute rose de fierté, elle gratte l'allumette sur la longue boîte, traditionnellement offerte au Pacha par ses petits-enfants pour Noël. Il faut voir le regard d'Audrey sur sa fille, ravie qu'elle soit l'élue. La tendresse m'emplit.

Comme elles sont sensibles, ces jeunes mères ! La moindre remarque sur l'un ou l'autre de leurs enfants est prise dans la joie ou le tragique. Et ce n'est pas par hasard, à l'heure où les Karatine occupent toutes nos pensées avec leurs histoires d'impôts, que Grégoire a voulu honorer la famille Réville.

Audrey, la soi-disant « sans problèmes », craint de tenir dans nos cœurs une place moins importante que Charlotte, source inépuisable de soucis. Faux, bien sûr ! Aucun enfant ne tient une place identique dans le cœur des parents. Ce qui ne signifie pas de l'amour en moins. Encore cette fameuse histoire de veau gras. Géniaux, Jésus, saint Luc ! Toujours d'actualité, les Évangiles !

Adèle a glissé l'allumette embrasée sous les tortillons de papier. La flamme prend aussitôt, le petit bois craque tandis que l'odeur de prunellier s'élève.

— Super ! elle y est arrivée, se moque Gauthier-l'horrible frère de la ci-devant.

Celle-ci n'a pas le temps de protester que soudain, du conduit de la cheminée, provient un grand remue-ménage tandis qu'une petite pluie de suie tombe dans la flamme et qu'un long cri tremblé s'élève : « Hou... hou... »

Après une seconde de stupeur, tous les enfants se mettent à crier à la fois : « Arrêtez ! Éteignez ! » Déjà, Grégoire écarte les bûches, disperse l'œuvre d'art. Charlotte a couru chercher une carafe d'eau qu'elle précipite dans le foyer. « La dernière chose à faire », hurle le Pacha furieux. La flamme chuinte, la fumée emplit le salon. Là-haut, la plainte s'intensifie.

— Reculez tous, ordonne Grégoire. Vous voulez le sauver ou non, cet oiseau ?

Les enfants reculent. Adèle sanglote dans les bras de sa mère : l'oiseau va mourir par sa faute. N'est-ce pas elle qui a allumé le feu ?

— Que puis-je faire ? demande Jean-Philippe à son beau-père en train de s'assurer qu'il n'existe plus le moindre risque de redépart du feu.

— Surtout rien ! tranche celui-ci en relevant un visage de ramoneur qui me ferait sourire si l'heure n'était si grave.

— Pacha, tu veux que je monte sur le toit ? propose Justino qui se targue, en bon Indien, de n'avoir pas le vertige et, pour nous le prouver, nous le donne à chaque fois qu'il en a l'occasion.

— Je veux monter moi aussi, réclame Tim.

Je suggère :

— La tête de loup ?

— Ai-je une toute petite chance d'être écouté ? tonne à nouveau le maître de maison.

Le silence se fait, sauf dans la cheminée. C'est un drôle de cri, profond, aigre, qui vous donne le frisson.

— Soit un hibou, soit une chouette, décrète Grégoire. Une espèce protégée. En essayant de récupérer nous-mêmes cet oiseau, nous risquerions de le blesser.

Mi-courroux, mi-humour, il se tourne vers Charlotte :

— Nous allons appeler les pompiers. Et, cette fois, ce sera pour quelque chose.

— Ouais, les pompiers ! crient les garçons ravis en précédant leur grand-père vers le téléphone, placé loin du centre vital de la pièce pour que ceux qui en usent et abusent n'empoisonnent pas tout le monde.

— Maman, est-ce que je peux aller là-haut chercher les autres ? demande Capucine à Charlotte.

— Cours vite, approuve celle-ci. Ils ne nous pardonneraient pas de manquer le spectacle.

Les autres... Boris qui se fait discret, trop discret, depuis ses ennuis. Thibaut, monté disputer une partie d'échecs avec le petit Victor, interdit de longues balades à vélo après sa greffe de rein et qui a préféré rester chez lui.

Capucine s'envole.

Tout le monde se tait tandis que calmement, en termes précis, Grégoire expose la situation à son interlocuteur. Une parfaite leçon de maîtrise de soi... et de bon français, donnée en douce à une descendance plus captivée que par la meilleure des BD.

— Merci, capitaine. Nous vous attendons.

Il raccroche et revient vers le foyer en deuil.

— Ils seront là dans une quinzaine de minutes. Nous sommes priés de ne rien tenter avant leur arrivée.

La cheminée se tait. Dans un coin de canapé, Adèle, la grande prêtresse du feu, continue de pleurer. Le Pacha s'empare de sa main et l'attire contre lui.

— Dis donc, heureusement que tu l'as allumé, ce feu ! Imagine que tu ne l'aies pas fait. On n'aurait jamais su qu'un oiseau y était prisonnier. C'est pour le coup qu'il n'avait aucune chance de s'en tirer !

Il y a eu un ultime reniflement, puis le sourire d'Adèle est revenu.

Jean-Philippe a été chargé de vider la cour de ses voitures afin de permettre aux pompiers d'y entrer la leur. Notre cour est étroite. On s'y gare souvent les uns derrière les autres. C'est pourquoi une règle d'or a été instituée. Chacun suspend les clés de son véhicule au clou portant son nom, sur un tableau dans la cuisine. Ainsi, nul n'est obligé de courir jusqu'au bout du jardin pour les demander à celui qui le bloque.

Les garçons ont été priés de vider la cheminée sans faire de dégâts dans le salon. Grégoire ne voulait plus y voir un dé à coudre de cendre. Les pompiers devaient pouvoir travailler dans la propreté. Et que ça saute !

Avec l'aide de Thibaut et de Victor, descendus de *Chez Babouchka*, mais pas Boris, soi-disant trop occupé, nous avons repoussé les meubles afin de libérer le plus d'espace possible pour nos sauveteurs. Les trois petites filles sont allées guetter l'arrivée de la voiture rouge sur le chemin, espérant qu'elle ferait pin-pon ! rien que pour la famille.

Et puis quoi ? Quoi encore ?

Et puis je me disais qu'une famille, c'est aussi ce genre d'aventure et que les Apaches casqués de la falaise n'étaient peut-être que des enfants qui n'avaient pas connu de maisons à cheminée, d'oiseaux de nuit prisonniers, ni de grand chef pour donner des ordres en faisant les gros yeux et que ça saute !

CHAPITRE 10

Ils étaient trois : le sous-officier, appelé aussi « chef d'agrès », en charge du matériel, le sapeur, qui s'occupait de la communication, et le conducteur. Ce n'était pas les mêmes que ceux appelés pour rien le fameux jour des cabinets, et Charlotte a respiré.

Grégoire les a accueillis dans la cour. Après avoir serré la main de chacun, il a montré de quelle cheminée il s'agissait : la plus grande.

— L'oiseau ne se manifeste plus, mais nous pensons qu'il est toujours là, a-t-il dit.

De l'œil, l'officier a mesuré la hauteur du toit puis s'est tourné vers ses adjoints.

— L'échelle coulissante suffira.

Tandis qu'ils la préparaient, il est allé chercher dans le véhicule une grosse torche et un rétroviseur, puis il a suivi Grégoire au salon.

L'odeur de fumée était encore vive, le foyer brillait comme un sou neuf. On aurait souhaité que l'oiseau confirme sa présence, mais plus aucun cri ne venait du conduit. C'est toujours comme ça.

— Avez-vous de vieux journaux ? a demandé l'officier.

Les enfants se sont précipités pour lui en chercher. Il les a disposés dans le foyer.

— Nous allons commencer par localiser l'animal, leur a-t-il expliqué avec gentillesse.

Il s'est agenouillé sur les journaux, il a placé le rétroviseur de façon à voir dans le tuyau et y a tourné son visage.

— Ho ! a-t-il crié.

— Ho ! lui a-t-on répondu de là-haut.

Avec sa torche, il a sondé l'intérieur du conduit. Un silence total régnait dans la pièce. On se serait cru à l'église pendant la communion.

— Je le vois, a crié soudain l'officier. À peu près au milieu. Tu le vois toi aussi ?

— Affirmatif, chef, a-t-on répondu du toit. Là où il est, le mieux sera de le pousser.

— OK, tu prépares la palette.

Le chef s'est relevé, son regard s'est arrêté sur moi.

— Il me faudrait une vieille couverture, vous devez bien avoir ça ici ?

— Certainement, ai-je répondu. Je trouverai ça dans les aucazou.

Grégoire a eu un sourire triomphant et tout le monde a ri bêtement. Les « aucazou » sont les infâmes vieilleries qu'il refuse de jeter... au cas où elles pourraient encore servir. Il les conserve pieusement au fond du garage.

Les enfants m'ont suivie dans la cour, ne sachant où le spectacle était le plus palpitant. Le sapeur était redescendu de son échelle et préparait une sorte de petite pelle au bout d'un long bâton. J'ai trouvé un plaid datant de notre voyage de noces. En rentrant dans la maison, je me suis heurtée à Jean-Philippe, armé de son Caméscope tout neuf.

— Je vais vous immortaliser cette scène, a-t-il déclaré fièrement.

— Quelle bonne idée, ai-je répondu en priant pour que l'instrument ne nous fasse pas le coup de la friteuse, l'autre jour.

Le public entourait à nouveau l'officier devant la cheminée. Je lui ai remis la couverture. Le conduit restait silencieux.

— Et si elle était morte ? a demandé Adèle d'une toute petite voix.

— Ne crains rien, ça a la vie dure, ces bêtes-là ! a remarqué le pompier en regardant les yeux rougis de la petite fille.

— D'ailleurs, on dit « une vieille chouette », a remarqué Gauthier, tordu en deux à sa propre plaisanterie.

— Mais si elle n'est pas morte, pourquoi elle ne parle plus ? a insisté Adèle.

— Probable qu'elle doit être plutôt estourbie.

La main de Tatiana est venue se loger dans la mienne.

— Moi aussi, Babou, j'étais plutôt estourbie l'autre jour, dans les cabinets du bas, a-t-elle remarqué.

— Absolument. Et tout le monde s'est occupé de toi, comme ce soir.

— Même les pompiers, mais c'était trop tard, a-t-elle approuvé avec un soupir d'orgueil.

Charlotte lui a fait les gros yeux. Le conducteur a passé la tête dans le salon.

— On peut y aller quand vous voudrez, a-t-il dit à l'officier. On est prêts.

— Alors maintenant.

Le pompier s'est tourné vers Grégoire.

— Pouvez-vous éteindre toutes les lumières ?
Moins une. Ces oiseaux-là ont les yeux fragiles.

— Et si c'était le Père Noël ? a demandé Gauthier,
déclenchant une tempête de protestations.

Seul l'officier et moi avons ri.

Grégoire n'a laissé qu'une petite lampe allumée,
près de la bibliothèque. Impossible de filmer. À
regret, Jean-Philippe a abandonné son Caméscope.
Le pompier s'est à nouveau agenouillé sous le
conduit, la couverture déployée sur ses bras.

— Ho ! a-t-il crié.

— Ho ! a répondu le sapeur.

— On y va. Tu pousses. Tout doux.

Le silence est à nouveau tombé. Tatiana et Adèle
s'étaient réfugiées contre la poitrine de leurs mères.
La main de Capucine est venue chercher la mienne.
Dans la cheminée, on a entendu des raclements et
soudain, à nouveau le cri de l'oiseau auquel ont
répondu quelques applaudissements. J'avais le cœur
dans la gorge.

Brusquement, précédée par une nouvelle pluie de
suie, une boule noire a atterri dans la couverture.
Devant les immenses yeux sombres qui les
regardaient, les enfants ont tous reculé.

— C'est bon, je l'ai, a crié l'officier.

Il a refermé la couverture sur l'oiseau et s'est
relevé.

— Où peut-on la nettoyer ?

Je l'ai guidé vers la cuisine où je n'ai allumé que la
lumière la plus discrète. Les deux autres pompiers
nous ont rejoints, curieux de découvrir de quel
oiseau il s'agissait. Bien que la cuisine soit vaste,
nous y étions si nombreux qu'on avait du mal à
bouger. Grégoire a poussé Victor aux premières
loges. Lui qui a passé tant d'années à l'hôpital à

attendre sa greffe de rein se sent personnellement concerné par toute espèce en péril.

Une bassine d'eau tiède a été posée sur la table. J'ai mêlé à l'eau un peu de poudre à laver les lainages fragiles. L'officier a ouvert la couverture et il a fait glisser l'oiseau. Celui-ci se débattait faiblement, en émettant une sorte de ronflement. Nous l'avons nettoyé avec des éponges. Il a fallu changer plusieurs fois d'eau. Peu à peu, le plumage s'éclaircissait : le dessus d'un roux doré très pâle, la face et le dessous blancs comme neige. Face à cette métamorphose, tous les souffles étaient coupés.

— C'est une dame blanche, a dit l'officier. Il y en a beaucoup dans la région. Elles aiment les maisons. Et aussi les clochers. Celle-ci a dû être prise au piège en cherchant l'entrée de votre grenier.

Lorsqu'elle a été tout à fait propre, il a vérifié les ailes, le fonctionnement des longues pattes, elles aussi emplumées de blanc. Puis il l'a déposée dans une serviette éponge qu'un enfant avait été chercher.

— Une dame blanche, c'est quand même une chouette ? a interrogé Capucine.

— De la race des effraies, a précisé l'officier. Une espèce protégée.

— Le Pacha nous l'a dit, a opiné Justino.

Le pompier s'est tourné vers Grégoire :

— Voulez-vous que nous la déposions à la SPA ou acceptez-vous de la prendre en charge ?

— On la prend en charge, on la prend en charge ! ont crié les enfants avec un bel ensemble et les militaires ont ri.

— En voilà une qui ne manque pas de supporters ! a remarqué le conducteur, un jeune rouquin à l'air gentil.

— De toute façon, d'ici un ou deux jours, elle reprendra sa liberté, a expliqué l'officier. Dès qu'elle sera en état de voler.

Il s'est tourné vers Grégoire :

— Pour la nourriture, vous saurez ?

— Sans problème, a affirmé mon mari.

— Faudra-t-il la mettre dans une cage ? a demandé Audrey.

— Oh ! là, là ! surtout pas ! s'est exclamé le sapeur. Dans une cage, ces oiseaux-là se laissent mourir.

J'ai tendu mes bras :

— Donnez-la-moi.

Il y a déposé le paquet. Grégoire me regardait, étonné. Ma voix, sans doute. Sous mes doigts, je sentais battre le cœur de la dame blanche qui à la fois aimait les maisons mais se laissait mourir si on l'y retenait prisonnière.

— Le mieux sera de l'installer dans votre grenier, a recommandé l'officier. Lucarne ouverte, bien entendu. Elle choisira son moment.

Grégoire a offert à boire aux trois hommes. Tout le monde avait hâte qu'ils s'en aillent, que la chouette soit à nous seuls. Avant de remonter dans la voiture, l'officier a serré la main du Pacha en l'appelant « Commandant » et c'est Justino qui a déployé ses ailes.

CHAPITRE 11

On accède au grenier par une échelle en bois placée à cet effet au bout du couloir du premier. Lorsque nous avions acheté la maison, nous songions à y faire un dortoir pour nos petits-enfants. Le restaurant où tous les Karatine pouvaient loger, avait réglé le problème de place.

Il n'était pas question de laisser les enfants monter là-haut en même temps, le plancher n'y résisterait pas. Mais comment leur interdire d'aller voir leur oiseau ? On a établi un roulement. Ma proposition de passer en dernier a été accueillie avec reconnaissance.

La dame blanche était dressée dans un coin sombre, son visage en forme de cœur tourné vers la nuit. La lune éclairait vaguement le ciel, de l'air vif, aux parfums d'automne, rentrait dans le grenier. Une houle d'émotion a balayé ma poitrine. J'ai entendu comme un appel.

Lorsque je suis redescendue, Grégoire était en pleine activité dans la cuisine, sa cour autour de lui. Il avait sorti du réfrigérateur l'un des lapins destinés à être mis en casserole demain dimanche et en coupait de petits morceaux en expliquant aux enfants comment se nourrissaient les oiseaux de nuit.

Eh bien, ils avalaient leur proie tout rond : poils, peau, os. Non pas par gloutonnerie, comme certains qu'il connaissait et qui ne prenaient pas le temps de mâcher leurs saucisses ou leurs pommes de terre sautées dans l'espoir d'en récolter double portion, mais parce que ces animaux-là avaient de nombreux ennemis et qu'ils ne devaient jamais relâcher leur attention, même en se nourrissant, sous peine d'être engloutis par un autre. Les sucs digestifs de leur estomac faisaient tout le travail : le bon passait dans l'organisme, le mauvais formait une pelote que l'oiseau rejetait par le bec : pelote appelée de « réjection ». Ils pourraient en juger dès demain en allant visiter la dame en son grenier.

Et si le cœur leur en disait, ils lui apporteraient de gras lombrics à condition de ne pas en profiter pour dévaster son potager.

— Pauvres lombrics ! a soupiré Adèle.

L'occasion pour le grand-père de faire aux enfants un cours magistral sur l'histoire de l'homme, la lutte pour les territoires, le faible et le fort, le parasite à éliminer, la vie, quoi, et pas simple et tranquille du tout.

Comme ils aimaient à l'imaginer sur leurs jeux vidéo.

Ayant vite compris qu'en ce qui concernait l'informatique, ses petits-enfants le pileraient toujours à plate couture, eux qui étaient nés une console dans leur berceau, Grégoire a tiré un trait sur Internet et compagnie. Il s'efforce de leur transmettre un savoir tiré de son expérience, fleurant bon les racines du pays, ainsi que quelques bonnes vieilles valeurs, propres à les aider à tenir debout.

Durant le dîner, pris tous ensemble pour fêter la présence de l'invitée surprise au-dessus de nos têtes, Thibaut a beaucoup impressionné les enfants en leur racontant qu'autrefois les paysans imaginaient que les oiseaux de nuit portaient malheur et clouaient ceux qu'ils attrapaient aux portes de leurs granges. C'était pourquoi on en avait fait une espèce protégée.

— Les salauds ! a dit Tim.

— Tu veux dire les cons, a provoqué Gauthier.

— Plutôt de pauvres bougres qui vivaient misérablement et avaient besoin de croire que leur misère était due au mauvais sort et, qu'en le conjurant, ils seraient un peu moins malheureux, a conclu Grégoire.

C'est pour ce genre de profession de foi que j'ai épousé cet homme !

Dommage qu'il se montre moins indulgent envers son gendre que pour les pourfendeurs de chouettes.

Et puis, on a entendu la voix de Justino. Et comme depuis quelques jours il se taisait, tout le monde s'est tu pour l'écouter.

— Moi, j'en connais qui ne sont pas malheureux du tout, qui ne vivent pas misérablement, et qui fichent le feu rien que pour s'amuser, a-t-il lancé d'un ton de révolte en direction de son père.

— Quel feu ? Où ça ? De quoi veux-tu parler, mon chéri ? a interrogé Grégoire.

— Rien du tout, est intervenu vivement Thibaut alors que nul ne lui demandait rien. Il y a eu un petit départ d'incendie à *L'Étoile* avant-hier, aucun dégât sérieux.

J'ai croisé le regard de Grégoire. D'abord l'avertissement sur la falaise, puis l'incendie ? J'aurais dû lui parler de la drogue.

— Et tu n'as aucune idée des coupables ? a-t-il demandé à son fils.

Celui-ci a hésité. Thibaut est incapable de mentir.

— Peut-être, mais on n'a aucune preuve.

— Et même si on les connaissait, même si on avait des preuves, on pourrait rien faire, s'est rebellé Justino, fixant cette fois son grand-père, comme s'il l'appelait à l'aide. On les attrape, on les relâche et ils recommencent. D'ailleurs, ils l'ont dit à la télé.

— Ne crois pas que ce soit aussi simple, a tempéré Thibaut en passant le bras autour des épaules de son fils.

Celui-ci s'est dégagé avec brusquerie. C'était donc cela, son silence. Où est le bien ? Où est le mal ? Et si le mal n'est pas puni, comment savoir quel chemin emprunter ? Comment, à douze ans, vivre sans peur ?

Et sans mère, avec un père qui, la plupart du temps, se refusait à juger.

Justino ne savait plus où il en était.

— Eh bien si, pour moi, c'est très simple, a tranché Grégoire dont le front s'était empourpré.

Il s'est levé. Il a fait quelques pas autour de la table.

— Cela se passait sur *La Jeanne*, a-t-il raconté. Deux jeunes matelots avaient commis un sabotage pour se venger d'une réprimande à leurs yeux injustifiée. Justifiée ou non, ils ont été jugés sur-le-champ et sévèrement punis. Leur geste avait mis des vies en danger.

Il s'est interrompu. Thibaut regardait ailleurs. C'est à lui qu'il s'est adressé.

— Une société, un pays, c'est pareil qu'un bateau. Sans justice, sans autorité, ils coulent. Toute faute doit être punie, que ceux qui les commettent aient des excuses ou non. Pour les excuses, on voit après.

Il a repris place devant son assiette. Les enfants se taisaient, sentant bien qu'il s'était passé quelque chose d'important entre un père et un fils. Quelle journée !

— Dis donc, toi, a demandé le Pacha à Justino. Tu ne serais pas libre lundi à déjeuner, par hasard ? Qu'est-ce que tu dirais si je venais te chercher au collège ?

Justino est devenu rouge de plaisir.

— Et ton Scrabble ? a-t-il demandé timidement.

— Mon Scrabble se passera de moi. Il y a des priorités.

— C'est dégueulasse, a râlé Gauthier. Déjà, il habite ici où il te voit tout le temps. En plus, tu l'invites au resto.

Le Pacha lui a souri.

— Ça veut peut-être dire qu'ici, ce n'est pas encore assez. Pour le resto, à ta disposition !

De l'œil, il a fait le tour de la table :

— À la vôtre aussi, moussaillons, mais pas tous à la fois.

Les Réville rentraient chez eux, nous laissant les enfants qui pour rien au monde n'auraient voulu abandonner leur chouette. Au moment du départ, cela a été une vraie pagaille, Jean-Philippe s'étant embrouillé dans les noms en remettant les clés des voitures au tableau.

Et, curieusement, cela a remis les choses à l'endroit.

CHAPITRE 12

La dame blanche s'est envolée dans la nuit de dimanche à lundi. Peut-être aimait-elle les maisons, comme l'avait affirmé le chef des pompiers ; mais cette maison-là, avec son défilé ininterrompu de dévots lui apportant leurs offrandes, même un mulot trouvé dans un coin de la cave – une infection – avait dû lui sembler bien agitée. Sans doute nous avait-elle préféré la paix d'un clocher.

Hier soir, les enfants partis, j'étais montée la voir. Perchée sur mon chevalet, remisé là depuis deux ans, elle regardait le ciel sans étoiles où brillait un pâle croissant de lune. À plusieurs reprises, elle avait agité ses ailes dans un froissement d'espoir qui ne s'adressait qu'au ciel. À la fois, je souhaitais la voir s'envoler et un grand regret m'étreignait. J'étais restée longtemps à la regarder. En m'appelant, Grégoire avait interrompu ma lévitation.

Nous allions éteindre, il était près de onze heures, lorsqu'une agitation importante, comme une lutte, avait eu lieu dans le grenier. Puis, plus rien.

— On dirait bien que notre pensionnaire a plié bagage, avait remarqué Grégoire, la main sur mon poignet comme pour m'empêcher de courir voir là-haut.

Je n'en avais pas l'intention. Les adieux avaient été faits.

Justino m'a confirmé l'envol de l'oiseau lorsque nous nous sommes retrouvés au petit déjeuner. Il avait récolté quelques pelotes de réjection pour les montrer à son professeur d'histoire naturelle. On pouvait y distinguer du poil et des os.

— Ça ne sent pas du tout mauvais, a-t-il affirmé en avançant sous mon nez l'élégante assiette à entremets où il les avait déposées.

Décidément, dans cette maison, les petits déjeuners se déroulent sous le signe des cabinets...

— C'est mieux qu'elle soit partie, a-t-il ajouté tristement, mais on n'en aura pas profité bien longtemps.

Pour le consoler, j'ai accepté de sentir les pelotes : une odeur de poussière légèrement épicée. Après quoi, il les a serrées dans du papier journal tandis que je mettais ma précieuse assiette en sécurité dans la machine.

— Aujourd'hui, je déjeune avec le Pacha ! m'a-t-il rappelé fièrement. C'est moi qui choisirai le restaurant.

De peur d'être en retard pour la sortie d'école de son petit-fils, Grégoire est parti dès dix heures trente. À onze heures, je fonçais sur la route de Caen. Trente minutes plus tard, je poussais la porte de la *Caverne*.

La brocante de Marie-Rose est un vaste atelier aux abords de la ville : trois pièces sur loggia lui ont permis d'en faire aussi son logement. Après m'être assurée qu'il n'y avait pas de clients, j'ai suspendu la pancarte « FERMÉ » au heurtoir de la porte et tourné la clé. De son bureau, elle me regardait par-dessus ses lunettes.

— Il y a le feu ?

— Je me remets à la peinture, ai-je annoncé.

Elle a eu un geste pour applaudir. Je l'ai arrêtée. D'accord, d'accord, elle m'avait proposé un coin dans sa *Caverne*..., encore fallait-il qu'elle sache à quoi elle s'exposait. Il y a quelques années, lorsque je venais peindre ici mes fleurettes, cela ne prêtait pas à conséquence. En un sens, j'étais même une attraction pour les clients : la mamie à l'aquarelle. Charmant !

Plus de mamie, plus d'aquarelle et surtout pas de spectateurs. De la peinture à l'huile, quatre jours par semaine, de onze à cinq, qu'il pleuve ou fasse soleil, qu'elle soit présente ou non.

Sinon, je ne tiendrais pas.

Car autour de moi, pas d'illusion à se faire, on allait me mettre des bâtons dans les roues. Grégoire, dont mon absence bousculerait les chères habitudes, les filles qui devraient se contenter de m'avoir, corvéable à merci, seulement le mercredi et les week-ends, tais-toi. Marie-Rose, attends, je n'ai pas fini !

Tes bonnes odeurs d'huile de lin et de cire seront dévorées par celles de mes couleurs. Ton Jean-Yves, qui te rejoint parfois à midi pour pique-niquer ou autre chose, me trouvera dans ses pattes et peut-être que cela ne lui plaira guère, même si l'on peut espérer que « l'autre chose », dont tu nous rebats les oreilles à Diane et à moi, vilaine, se passe dans ton lit plutôt qu'à l'abri de l'une ou l'autre de tes antiquités. Ta bonne copine, tu risques d'en avoir vite assez, bien qu'elle s'engage à être discrète, à fermer ses « écoutilles », sinon ses yeux.

Et à accomplir l'œuvre de sa vie.

Il m'est arrivé par la suite de me demander ce que j'aurais fait si Marie-Rose avait dit non : non, tu demandes trop, après tout, il y a de la place chez toi pour l'œuvre de ta vie. Mais elle s'est contentée de sourire. Elle a pris la main de la petite fille qui finissait toujours par accepter de faire le mur avec elle à l'école (Diane, toute tremblante, répondait « présentes » pour nous à l'appel) et l'a guidée entre ses tables de nuit percées de cœur, ses chaises d'église, guéridons, dessertes, semainiers et autres âmes secrètes, jusqu'au fond de son atelier, la « clinique », où patientaient les meubles en attente de restauration.

Que cachait-elle derrière ce rideau ? Il ne me semblait pas l'avoir vu avant.

Elle l'a tiré d'un geste théâtral.

— Qu'est-ce que tu penses de ce coin ? Je l'ai dégagé après le déjeuner Rembrandt. Tu auras mis le temps pour venir !

La lumière tombait comme il fallait. Il y avait la place pour mon chevalet, mon matériel, mes quelques hardes de peintre. En état d'occlusion vocale, je me suis contentée d'incliner la tête comme une vieille cloche sans gong. Marie-Rose a ri.

— Cinquante ans que je te fréquente, ma belle ! Alors, quand tu prends ta grosse voix, ou que tu la perds complètement comme maintenant, je sais que c'est du sérieux. Quant à Jean-Yves, s'il n'est pas d'accord, ça reviendra au même. Un homme, ça se remplace. Pas une copine d'enfance.

L'occlusion vocale a été emportée par une rivière salée.

Toute autre que Marie-Rose, à commencer par Diane, m'aurait bombardée de questions. Qu'est-ce qui m'avait décidée ? Qu'allais-je entreprendre, moi

qui, la veille encore, prétendait ne savoir que dire ?
Mon amie ne m'a rien demandé.

Elle savait la fragilité d'une inspiration et que si
l'on en parle trop tôt, elle s'envole.

Et franchement, je ne me voyais pas lui répondre
qu'une chouette, de la race des effraies, qui aimait les
maisons mais se laissait mourir si on l'y retenait
prisonnière, m'avait hier, se perchant sur mon
chevalet, montré de l'aile la direction.

La Palette : *tout pour peintres débutants ou
chevronnés*, existait toujours dans une rue
commerçante de Caen, entre fleuriste et poissonnier.
Son propriétaire, un vieux monsieur d'aspect fragile,
vêtu d'une blouse blanche, m'a tout de suite
reconnue. Il s'appelait Legris, ce qui le contrariait
beaucoup.

— C'est vraiment curieux, madame Rougemont !
Figurez-vous qu'hier seulement, je me demandais ce
que vous deveniez. Et vous voilà !

— Votre question a dû me parvenir par les ondes,
ai-je répondu d'une voix légère avec, dans la poitrine,
une arche de cathédrale. Hier, j'ai décidé de me
remettre au travail.

— J'en suis heureux pour vous.

J'ai longuement flâné dans sa boutique. Ma tête
tournait en retrouvant les odeurs fortes de mes
jardins secrets. Je me suis arrêtée devant les toiles.
La première décision à prendre serait le format de la
mienne. Pour ne pas me tromper, il n'y avait qu'une
solution : en emporter plusieurs sur place.

— Pensez-vous à un paysage, une nature morte,
un portrait ? s'est enquis M. Legris en me voyant
hésiter.

— Un paysage, ai-je répondu. Un paysage...
habité.

Il m'a autorisée à emporter trois toiles parmi les plus grandes, ainsi qu'un viseur pour cadrer mon sujet.

Cinq heures viennent de sonner lorsque je gare ma voiture dans la cour de la maison. Pas de lumière à la cuisine, du feu dans le salon. Pourrais-je jamais regarder un feu dans une cheminée sans y guetter un cri d'oiseau ?

Au fond du canapé, Grégoire lit une revue. Sur un coussin, à ses pieds, Justino manœuvre un jeu électronique. Faut-il que son grand-père l'aime pour supporter ce bruit horripilant.

Le petit saute sur ses pieds en me voyant.

— Babou, on a mangé des boulettes piquantes et du couscous. On étudiera les pelotes de réjection au prochain cours de sciences, m'annonce-t-il en bloc.

— Merci pour tout, la chouette ! dis-je et cela le fait rire.

S'il se doutait de ce que contient mon « tout ».

Quoi qu'il en soit, le résultat est là. La gaieté de notre Justino semble de retour. Que se sont confiés le grand-père et l'enfant devant leurs boulettes piquantes ? Sans doute n'en aurai-je jamais le détail. Pour Babou, l'intendance, pour Grégoire les confidences.

— Et d'où viens-tu si tard ? interroge ce dernier.

— D'une grande décision !

Sourcils levés, regard perplexe. Comme j'aurais préféré monter directement dans notre chambre, m'étendre sur le lit, réfléchir, classer les riches événements de cette journée. Mais à quoi bon retarder le moment d'apprendre à mon sultan qu'il devra se passer de son odalisque quatre jours par semaine à l'heure du déjeuner ?... Et avouons que la présence d'un tiers bien-aimé m'arrange.

Je prends place sur l'antique tabouret de piano que les enfants adorent parce qu'il tourne.

Je tourne.

— Ne crois-tu pas que tu as passé l'âge ? demande Grégoire tandis que le tiers bien-aimé se bidonne.

— Ne laissez jamais passer l'âge ! C'est le début de la fin. C'est pourquoi j'ai décidé de me remettre à la peinture.

Troisième annonce de la journée. Pas la mieux accueillie. Grégoire ne dit pas « encore », mais je le lis sur ses lèvres.

— Marie-Rose m'a refait un coin dans sa *Caverne*.

— C'est vraiment dommage d'avoir une si grande maison, une si belle lumière, et de ne pas en profiter.

Je souris à mon mari :

— Il me semble que nous en avons déjà parlé.

... peindre en écoutant tourner les machines, tousser Grégoire, sonner le téléphone : Joséphine est là ? Maman est là ? Babou est là ?

— Puisque ta décision est prise..., grommelle Grégoire en replongeant le nez dans sa revue.

Pour de semblant, comme diraient les enfants. Ses lunettes de lecture restent perchées sur un front sillonné de rides de réflexion. Que se passe-t-il dans sa tête d'ex-commandant, de gentil mari bourru, d'agitateur de mots, aspirant à une existence sans histoire entre ses copains et sa femme ?

— Toi qui prétends que j'ai TOUT et qui te plains de ne pas savoir que mettre dans mes souliers pour Noël, tu vas pouvoir m'offrir l'essentiel : des couleurs et des pinceaux. Les pinceaux en martre, s'il te plaît : les plus chers mais les meilleurs.

— Pauvres martres, gémit Justino, imitant sa cousine Adèle.

On n'est pas conséquent avec soi-même ! J'aimerais que Grégoire s'enquiert de mon œuvre future alors que je ne pourrais pas encore lui répondre.

C'est l'Indien qui s'en charge.

— Tu vas repeindre des coffres, Babou ?

— Jamais de la vie. Cette fois, ce sera un tableau.

— Un vrai ? Comme au musée ? Et qu'est-ce qu'il y aura dessus ?

— Ce que tu vois en fermant les yeux.

Grégoire écarquille les siens. Justino baisse ses paupières. Il a encore l'âge de comprendre. Un sourire flotte sur ses lèvres. Que regarde-t-il dans sa tête de petit garçon tout neuf ? Des paysages d'espoir, j'espère.

— Et peut-on savoir ce que tu vois ? demande mon mari légèrement méfiant.

Je quitte mon tabouret tournant pour m'asseoir contre lui.

— C'est encore plutôt confus. La difficulté sera de l'éclairer. Si je te sens de mon côté, j'aurai l'âme plus sereine pour trouver.

— L'âme plus sereine... Que va-t-elle chercher ? répète-t-il en levant les yeux au ciel. Quant à moi, de ton côté, je ne sais pas, mais à tes côtés, il me semble que je l'ai toujours été, non ?

Si.

Ces nuances linguistiques n'intéressent guère Justino qui a repris son jeu. Entre deux « bips », il m'adresse un clin d'œil.

— C'est papa qui va être content !

CHAPITRE 13

Ce matin, j'ai regardé *La Grande Famille*, le tableau de Magritte, qui représente un oiseau sortant de la mer, portant le ciel dans ses ailes.

On a tout dit sur cet oiseau. On a surtout parlé de paix, de tranquille bonheur. Je lis dans son envol un message qui s'adresse à nous tous, éclaire cette urgence, propre à l'homme, d'aller plus haut que lui-même, d'échapper au piège du sommeil.

Comme un livre, comme la musique, un tableau raconte une histoire, nous révèle une vérité enfouie, commune à tous, différente pour chacun. L'artiste est celui à qui a été donné le pouvoir d'exprimer cette vérité. C'est en elle que l'on trouve parfois une définition de la beauté.

J'allais partir à sa recherche.

Rien que ça !

Il était près de midi lorsque, mes toiles sous le bras, un appareil de photo en bandoulière, je me suis retrouvée sur la plage, près des rochers où nous nous étions arrêtés un instant, Thibaut et moi. Lorsque je fermais les yeux, c'était cela que je voyais : une mer d'argent bleu-vert, du sable par endroits nacré, la falaise gris-roux d'où s'arrachait un oiseau blanc et doré.

Il ne porterait pas la paix dans ses ailes comme celui de Magritte, mais la douleur et l'espoir.

À l'aide du viseur prêté par M. Legris, j'ai cadré mon histoire. Ainsi que je le pressentais, la plus grande des toiles, format horizontal, me serait nécessaire. Il allait m'en falloir, des couleurs ! J'ai pris aussi tout un rouleau de photos. En général, ce sont des scènes de famille, mes petits-enfants, que j'immortalise. En appuyant sur le bouton, il me semblait, en quelque sorte, me fixer moi-même sur l'image.

— Alors, vous vous êtes décidée ? a demandé M. Legris lorsque je lui ai rapporté les toiles que je n'utiliserai pas.

— Au moins pour le titre du tableau : *La Dame blanche*.

— Tout un programme..., a-t-il remarqué en hochant la tête.

J'ai choisi quelques tubes de peinture à l'huile, pas d'acrylique qui sèche trop vite. Je suis plutôt du genre à revenir sur l'ouvrage. En bonne cuisinière, j'aime que ma pâte soit riche et onctueuse.

À propos de cuisine...

Alors qu'à la plage je rêvais à mon œuvre future, l'orage s'abattait à nouveau sur le restaurant de Boris.

Les derniers clients du déjeuner venaient de partir lorsque l'homme s'est présenté. Boris, ainsi que le personnel au grand complet, c'est-à-dire : Charlotte (l'hôtesse), Vladimir (le cuisinier), le serveur, et aussi, par malchance ce jour-là, Anastasia et Victor, dégustaient café ou boisson fraîche avant de remettre la salle en état pour le soir.

L'homme avait une trentaine d'années : costume, cravate. Il portait une lourde serviette. Il a déclaré être envoyé par l'URSSAF afin de vérifier que les déclarations concernant l'emploi étaient bien en règle. Il a refusé de boire quelque chose et demandé à voir feuilles et livres de paye, ainsi que le livre d'embauche.

On est allé les lui chercher.

Installé à une table prestement desservie, il s'est plongé dans sa vérification sous le regard inquiet de Boris. Très vite, il a relevé la tête, l'air surpris.

— Je ne vois que deux personnes inscrites sur ces livres, a-t-il remarqué.

— C'est que j'ai seulement deux salariés, a répondu Boris. Ma femme et le serveur.

L'agent de l'URSSAF a désigné Anastasia et Victor, occupés à débarrasser les tables.

— Et ceux-là ?

— Ceux-là, c'est la famille, a répondu Boris, la conscience tranquille. Mon fils Victor nous donne un coup de main lorsqu'il n'est pas au lycée. Ma fille Anastasia vient de passer son bac. Elle nous aide en attendant de trouver un emploi. Je ne les paie pas.

L'homme a fait signe aux enfants de s'approcher :

— Les coups de main sont-ils fréquents ? a-t-il demandé avec bonhomie.

— Les plus fréquents possible, surtout le week-end, ont répondu ceux-ci sans méfiance.

Cette fois, l'agent a désigné Vladimir.

— Et lui ? C'est aussi la famille ?

— Mon oncle, a acquiescé Boris. Lui s'occupe de la cuisine.

— À plein temps, je suppose.

— À vie ! a répondu l'oncle sous sa toque, dont on se demandait parfois s'il la retirait pour dormir.

— Et sans être rétribué non plus, je suppose ?

Vladimir s'est mis à rire. Rétribué par le petit ? Et puis quoi encore ? La vente de sa boutique de produits russes et sa retraite de commerçant lui suffisaient largement pour vivre. D'autant que sa pauvre épouse n'était plus de ce monde et qu'il avait peu de besoins. En le prenant ici, Boris lui avait permis de réaliser son rêve : passer derrière les fourneaux. Au goulag, avec un compagnon d'infortune, cuisinier au temps de la liberté, en avaient-ils échafaudé, des menus somptueux pour tromper leur faim ! C'était là-bas, grâce à lui, qu'il avait appris le métier.

Sur le sujet, Vladimir est intarissable, les clients en savent quelque chose. L'agent de l'URSSAF l'a laissé parler tout son saoul. Cet hypocrite a même eu droit à quelques recettes. Après quoi, il a sorti un bloc, une calculette, et le jugement est tombé.

— D'après vos propres déclarations, je suis obligé de conclure que trois personnes se livrent ici à du travail clandestin. Ou, si vous préférez, sont employées au noir.

Un vent de panique a balayé la salle, décorée par Marie-Rose et Diane, non rétribuées, elles non plus mais invitées permanentes du patron.

— Comment cela : « clandestin » ? a protesté Boris. Je n'ai jamais cherché à cacher personne. Et certainement pas « au noir » puisqu'ils ne reçoivent aucun salaire.

— Tout le personnel d'un établissement doit être déclaré et l'employeur est tenu de verser à l'URSSAF charges et cotisations sociales sur les salaires versés ou non, a répondu l'agent. En vous soustrayant à cette obligation, vous avez gravement enfreint la législation. Il est étonnant que votre comptable ne vous en ait pas informé.

Le comptable se trouvait sous son nez, pétrifié par l'indignation : Vladimir !

Durant quarante années, il avait tenu les livres de son petit commerce, sa femme pour unique salariée, sans être jamais inquiété par quiconque. Aussi, lorsqu'il avait proposé à Boris de se charger des comptes du restaurant, celui-ci avait-il accepté en toute confiance.

Vladimir, surnommé « Vlan » pour sa main leste, est entré dans l'une de ses fameuses colères. Fallait-il payer à l'État des cotisations sur des sommes que l'on ne versait pas ? L'entraide familiale était-elle interdite ?

— Concurrence déloyale, a répondu l'agent.

— Traitez-nous de tricheurs pendant que vous y êtes ! a réagi Boris.

C'était exactement ce que l'homme faisait, tout heureux d'avoir mis la main sur un nid de fraudeurs.

Victor et Anastasia n'y comprenaient goutte, mais lisaient sur le visage de leur père la gravité de la situation. Le fragile Victor, très anxieux de nature, est monté dans sa chambre en courant. Délit de fuite ?

L'homme a rembarqué bloc et calculette. Il disposait, a-t-il annoncé, d'éléments suffisants pour pouvoir fixer le salaire de chacun, donc les charges à payer. Boris devrait déclarer dorénavant tout son personnel. Des avis de redressement lui seraient envoyés ainsi que le montant des intérêts de retard, le tout partant de la date d'ouverture de l'établissement.

— C'est l'inspecteur des impôts qui m'a envoyé ce salopard !

L'idée en est venue à Boris après le départ de l'agent. En effet, grâce à l'ami Sergent, ordre était venu d'en haut, après étude du dossier, de montrer plus d'indulgence vis-à-vis du « coupable ». La mise au forfait n'avait pas été jugée nécessaire et la dette de Boris vis-à-vis du fisc étalée.

Désavoué, l'inspecteur se vengeait ?

La tête pleine de rêves, ma belle histoire au cœur, lorsque je suis rentrée à la maison, pauvre innocente, un furieux m'attendait pour déverser sa bile sur moi. Charlotte venait de partir. Elle avait conjuré Grégoire d'appeler à nouveau Sergent. Boris parlait d'attenter à ses jours.

Cette fois, Sergent s'était montré très froid. Ne déclarer que deux employés sur cinq, la faute était de taille et la cause indéfendable. Sergent commençait-il à douter de la bonne foi de Boris ? Il avait refusé d'intervenir. Tout au plus, notre gendre pourrait-il introduire un recours auprès de la caisse de la Sécurité sociale.

Recours qui avait peu de chances d'être entendu.

Le travail clandestin, je connais ! Je l'ai pratiqué en décorant mes coffres sans en aviser l'inspecteur des impôts ni celui du travail. J'ai caché mon butin, sonnant et trébuchant, sous mon linge de corps, troisième tiroir de la commode, chambre conjugale, là où les voleurs vont tout droit. Nous nous sommes plusieurs fois brouillés Grégoire et moi à ce sujet. Lui, qui n'a jamais caché un sou au percepteur, m'a prédit les pires calamités. Et, preuve que le fisc fait délirer les plus raisonnables, il a fait serment de ne jamais mettre les pieds, ou autre chose, dans les cabinets du bas, payés avec de l'argent noir.

— J'ai un mal affreux à l'estomac, a gémi mon mari en posant la main sur l'endroit sensible après m'avoir conté par le menu le nouveau cataclysme.

Grégoire a facilement mal quelque part lorsqu'il veut échapper à une discussion qu'il prévoit pénible. Là, il se trompait ! Je n'avais aucunement l'intention de défendre Boris. Mon pauvre homme n'avait-il pas eu largement sa part de mauvais sang, ces derniers temps ? Ma décision de me remettre à peindre, la menace que faisaient peser sur *L'Étoile*, les grands frères... Mais surtout, l'inconscience de notre gendre était vraiment confondante ! En voilà un qui avait cru vivre dans un pays de liberté, où l'on aidait les gens à entreprendre, où on laissait s'exercer la solidarité familiale, où l'on pouvait récolter les fruits d'un travail acharné. Quelle naïveté !

J'ai posé la main sur l'estomac douloureux de Grégoire qui s'est plié en deux en émettant un cri plaintif.

— Qu'as-tu mangé à déjeuner ? lui ai-je demandé, prise de remords d'avoir sauté le mien pour aller baguenauder sur une plage.

— Des croquettes de ris de veau, a-t-il avoué. La femme de Maurice les réussit à merveille.

Champignons, crème, œufs, beurre... Bien la peine de m'évertuer à lui faire des grillades !

— Ne va pas chercher plus loin.

Ce soir, nous n'avions ni Justino, invité chez Audrey, ni Thibaut, en concert ici ou là pour gagner quelques sous afin de fêter Noël avec ses bandits. Grégoire s'est contenté d'une infusion, un œil sombre sur mon potage Saint-Germain, l'un de ses préférés : pois cassés, croûtons, crème. Je me suis privée de crème pour ne pas alourdir son épreuve.

Je l'ai laissé sans l'interrompre reprendre l'antienne bien connue sur l'irresponsabilité de son gendre, les cheveux longs et la boucle d'oreille. Comme il est facile de vivre en couple lorsque l'un des deux s'écrase ! Reconnaissons que je n'avais pas trop de mal à me taire : quand ma tête commençait à chauffer, je m'échappais en pensée la rafraîchir sur ma plage.

Avant d'aller au lit, je suis sortie sur la terrasse. J'aime beaucoup dire bonsoir à un jardin passionnément désiré à l'époque où nous vivions entre les murs d'un appartement en ville. Je me dis que quoi qu'il arrive, il sera toujours là, avec ses pommiers tordus, son thym et son laurier à portée de main de cuisinière, le sourire aigrelet des fleurs de houx et tant d'autres splendeurs.

Là-haut, *Babouchka* brillait de tous ses feux. URSSAF ou non, le spectacle continuait. On entendait la plainte tzigane du petit orchestre qui accompagnait les dîners. Les musiciens étaient-ils déclarés ? Pauvre Boris ! J'ai eu soudain les larmes aux yeux.

— Tu viens te coucher ? a demandé Grégoire derrière moi. Il me semble que ça va un peu mieux. Tu as eu raison pour l'infusion.

Et pour la non-intervention ! J'ai accepté son bras : une soirée d'harmonie malgré tout.

La dernière avant longtemps.

CHAPITRE 14

Lorsque j'arrive à la *Caverne*, mon futur chef-d'œuvre sous le bras, la pancarte « FERMÉ » se balance au bel heurtoir de cuivre.

J'utilise les clés que Marie-Rose m'a confiées. Tout à l'heure, je reviendrai prendre dans ma voiture chevalet, palette et le peu de matériel acheté la veille chez M. Legris. Aujourd'hui, je m'installe !

À peine ai-je mis le pied dans la place que mon amie me hèle de la loggia.

— Enfin ! Monte vite.

J'abandonne ma toile et grimpe l'escalier qui mène à son logement, caverne miniature où elle a caché le meilleur de ses trouvailles, dont un lit Empire au creux duquel, dans les bras de son Jean-Yves, elle doit jouer les impératrices.

Il est là justement, Jean-Yves, attablé dans la pièce principale, devant un ballon de rouge et une abondance de charcuterie dont l'odeur me rappelle que midi est largement passé. Ne dirait-on pas que mon couvert est mis ? Bel encouragement au travail pour moi qui m'étais promis de me contenter d'une pomme.

— Tu es fraîche comme un bon pain sorti du four, déclare drôlement Jean-Yves en chatouillant mes joues avec sa barbe.

Barbe fleurie, queue de cheval, boucle à l'oreille – eh oui ! lui aussi – Jean-Yves a exactement l'air de ce qu'il est : grand reporter-baroudeur. Ses quinze années de moins que Marie-Rose ne semblent gêner ni l'un ni l'autre. Précocement orphelin, Jean-Yves devait se chercher une mère. Pour Marie-Rose, il est l'enfant dont la vie l'a privée. Ils se présentent joyeusement comme un couple « hors norme ». Pour devancer la critique ? Fi de la critique. Tant de messieurs mûrs aiment de petites jeunes filles qui, elles, les confondent avec papa.

Je montre le banquet.

— Qu'est-ce qu'on fête ?

— On ne fête pas, tranche Marie-Rose. On se leste pour préparer un plan d'attaque. Charlotte m'a appelée cette nuit.

— Cette nuit ?

— N'oublie pas que c'est ma filleule. Son Boris menaçait de jouer à la roulette russe. Elle m'a tout raconté.

Je baisse le nez. Comme chacun sait, le rôle de la marraine n'est pas simplement d'offrir des cadeaux. En cas de défaillance spirituelle ou physique des parents, elle est là pour suppléer. Me suis-je montrée défaillante ? Aurais-je dû, hier, monter voir Charlotte après le dernier service, au lieu de chouchouter Grégoire ? Ce matin, appelant *Chez Babouchka*, je me reprochais de ne l'avoir pas fait. Le répondeur était mis.

— Tu ne t'assois pas ? demande Marie-Rose.

Je tombe devant mon assiette, sur une chaise de même style que le lit, mais où je ne me sens rien d'impérial. La roulette russe : Boris en est-il vraiment là ?

— J'ai promis à Charlotte d'agir, m'apprend mon amie. Il n'y a pas de temps à perdre.

— Agir ? Mais que veux-tu faire contre l'URSSAF ? Il y a bien ce recours dont a parlé Sergent...

— Du pipeau ! Une bonne façon de se défiler. Un recours ne servira à rien. Boris s'est bel et bien fichu dans la merde. Même moi, je sais qu'il faut déclarer tous ses employés. C'est bien pour ça que je n'ai jamais embauché.

Elle se tourne vers son compagnon qui l'écoute, l'air béat. La *Caverne* et son enthousiaste propriétaire sont, pour le baroudeur, le repos du guerrier. Mais il est aussi, et l'accepte volontiers, la détente de la guerrière.

— Jean-Yves a eu une idée. Elle va te paraître folle. Pour tout te dire, j'ai commencé par hurler. Mais à y réfléchir, elle tient plutôt bien la route.

Que je n'aime pas ces préliminaires... Elle doit valoir son pesant d'embrouilles, l'idée !

— Je t'écoute ?

— La dernière chance, annonce Marie-Rose.

— J'ai compris. Et après ?

— On te parle de l'émission, intervient Jean-Yves. Celle avec Sylvestre, tu vois ? Le samedi soir.

Je vois ! *La Dernière Chance*, nouvelle émission, animée en effet par le bien connu Sylvestre, bat les records d'audience. On pourrait sous-titrer : *Confession publique*. Entre deux chansons, deux interviews de vedettes, un malheureux vient exposer son douloureux problème : travail, cœur, famille, santé, tout est bon à condition qu'il soit vraiment au bout du rouleau. Le public est invité à participer :

Mesdames et messieurs, vous êtes sa dernière chance. Tout est mis en œuvre pour aider la « victime » à régler ledit problème. L'émission se balade à travers la France.

Marie-Rose n'a tout de même pas pensé à y envoyer Boris !...

Si !

— Figure-toi que Sylvestre est un ami de Jean-Yves. Ils ont fait leurs premières armes ensemble, annonce-t-elle avec enthousiasme. Son émission vient à Caen dans trois petites semaines. Imagine que Boris soit choisi ?

— Tu veux rire ! Jamais il n'acceptera.

— Et voilà, soupire mon amie. Tout de suite défaitiste. Qu'est-ce que tu en sais ? De toute façon, qu'aurait-il à y perdre ?

— Sa fierté.

Boris est comme moi. Quand il a mal, il se cache pour pleurer. Il ne va pas sangloter en public. Mon cœur se serre. Plutôt la roulette russe ?

— *La Dernière Chance* a dénoué des quantités de situations prétendument désespérées, plaide à présent Jean-Yves. Si Sylvestre juge la cause défendable, il ne lâche jamais le morceau. Il a toute une brigade de juristes avec lui : de vrais rats. Le dernier cas, c'était un pauvre type, père de famille nombreuse, dont la maison se désagrégeait alors qu'il n'en était qu'aux premières traites. Défaut de fabrication. Grâce à l'émission, il a eu droit à une maison neuve.

— Tout ça n'a rien à voir avec Boris ! Boris n'est pas aux prises avec un promoteur véreux mais avec l'État ! Et comme Marie-Rose l'a reconnu elle-même, il est hélas totalement dans son tort.

Mon amie lève un doigt de prédicatrice.

— Mais de bonne foi... de bonne foi ! C'est cela qu'il devra plaider. Sans compter que des millions de gens vivent le même cauchemar et qu'il les aura tous derrière lui. Un samedi soir, en plus. Tu te rends compte ! La France entière vibrera.

— Pourquoi pas toute l'Europe ?

— Pourquoi pas ?

Marie-Rose a toujours vu grand. Là, elle déraille carrément. Autant m'écraser.

— Tu n'as pas faim ? s'inquiète Jean-Yves.

Je vide mon ballon de rouge avant de faire un tour d'horizon côté ennemis du foie. Pâtés divers, andouille de Vire, rillettes d'oie, grattons, tout ce que j'aime ! Tout ce qui est mauvais pour moi, sans compter le pain et le beurre. Tant pis ! Ça leur apprendra à m'arracher à ma future grande œuvre pour m'asséner leurs idées de fous. Ça apprendra à Grégoire à s'empiffrer en douce de croquettes de ris de veau, et à moi à avoir cru trouver la paix ici.

Je commence par les rillettes. Le couple hors norme me regarde avec attendrissement ruiner ma santé, trop souriants pour être honnêtes. Il y a autre chose, je le sais, je le sens. Si l'on m'a priée de me nourrir, c'est afin que je récupère avant l'assaut final. Autant prendre les devants.

— De toute façon, admettons que par miracle Boris accepte de se présenter, qui vous dit qu'il intéressera Sylvestre ?

Benoîtement, Jean-Yves rajoute une ligne de cornichons sur sa tartine de pâté de foie aux pommes et au calvados.

— Il l'intéresse ! lâche-t-il avant d'y planter les dents. Et même un max !

J'abandonne ma tartine à moi. Là, vraiment, je ne suis plus. Trop rapides pour moi, les amis ! N'est-ce pas hier après-midi que l'agent de l'URSSAF a frappé *Chez Babouchka* ? N'est-ce pas cette nuit que Charlotte a appelé sa marraine à l'aide ? Et Boris intéresserait déjà « un max » le célèbre animateur ?

— Quand on te dit « je vais me flinguer », tu te tournes de l'autre côté, toi ? interroge Marie-Rose qui, comme d'habitude, lit à livre ouvert sur mon visage. On a cogité toute la nuit. Jean-Yves s'est souvenu de Sylvestre. Il l'a coincé dès l'aube. Le petit artisan étranglé par le fisc et les charges sociales, il trouve ça géant. Un sujet canon. D'autant qu'ils ne sont pas légion à accepter de témoigner de peur du retour de bâton.

— Et Boris n'aura pas peur du retour de bâton ? Il témoignera, lui ?

— On compte sur toi pour le convaincre.

Voilà ! Cette fois, au moins, c'est clair. Les précautions oratoires, la divine charcuterie, le vin qu'on ne cesse de me resservir : une torture douce pour m'amener à aller contre mes convictions profondes. On respecte la liberté d'autrui. On ne le pousse pas à faire ce que, soi-même, on réprouve. Et aller se mettre tout nu devant la « France entière », comme vient de dire elle-même Marie-Rose, moi, jamais !

— Il y a une chose qui m'échappe... Pourquoi n'allez-vous pas vous-même parler à Boris de cette brillante idée ? Puisqu'elle vient de vous.

— Charlotte veut que ce soit toi. Elle assure que tu es la seule à avoir une chance.

— Parce que Charlotte est déjà au courant pour Sylvestre ?

— Évidemment ! Il fallait bien lui donner un espoir. La pauvre petite craquait elle aussi. Si tu l'avais entendue au téléphone !... Elle t'attend en début de soirée. Il faut agir vite car ce ne sont pas les candidats qui vont manquer à Sylvestre. Tout le monde rêve de passer à la télévision.

— Sauf l'intéressé, j'en mettrais ma main au feu. C'est bien notre chance.

— L'intéressé te vénère. N'a-t-il pas donné ton nom à son restaurant ?

Pour mon plus grand malheur.

Jean-Yves m'a aidée à porter mon chevalet derrière le rideau protecteur. J'y ai placé ma toile vierge. Dans quelques semaines, quelques mois peut-être, qu'y lirai-je ? Parviendrai-je à exprimer ce qu'un grand violoniste appelait si justement la « chair de la vie » ?

J'ai enfilé ma blouse. Aujourd'hui, j'allais enduire ma toile, précaution indispensable pour que l'huile ne l'endommage pas en y pénétrant trop profondément. Vous trouvez des toiles toutes prêtes dans le commerce. En m'acquittant moi-même de cette tâche, il me semble esquisser le premier pas vers l'œuvre future.

Tandis qu'à grands coups de brosse je passais une première couche de produit universel, je pensais à Grégoire, préparant le matin la flambée du soir, voyant déjà s'élever la flamme qui réchaufferait la maison et les cœurs.

Un tableau était-il autre chose qu'une flamme, transmise par l'artiste ? Certaines de ces flammes, par une mystérieuse alchimie, illuminaient le monde.

Que penserait mon pauvre Pacha d'une exhibition de son gendre à la télévision ? Voici qui ne risquait pas d'améliorer ses crampes d'estomac.

CHAPITRE 15

Dans le parking de *Chez Babouchka*, seules les voitures des Karatine sont garées : la familiale de Charlotte qui aurait besoin d'un sérieux lessivage, la voiture de collection de Boris : une Daimlair. Antiquité pour antiquité, c'est près d'elle que je gare ma Rugissante. Vladimir, le cuisinier-comptable-clandestin, n'a jamais, lui, tenu un volant. Lorsqu'il circule à vélo, c'est un poème.

Cinq heures. Le moment idéal pour avoir avec les enfants une conversation au calme. Je sonne. À la rigueur, Marie-Rose pourrait pousser la porte sans s'annoncer, pas moi ! Une mère se doit d'être discrète entre les discrètes, quand bien même, au-dessus de la porte, s'étale son nom en lettres flamboyantes. Imaginez qu'elle se croie chez elle !

Charlotte est tout de suite là. À croire qu'elle guettait mon arrivée. Sans maquillage, les cheveux tirés en arrière, elle m'offre un visage douloureux. Il crie : « Regardez comme je suis malheureuse ! » Oh, nostalgie... Comment ne pas évoquer le temps où, sous mon aile, ma « Mururoa » vivait sans soucis. Si heureuse. Si légère. Et pourtant, on le sait, il faut pousser les enfants dehors car l'aile protectrice, trop longtemps déployée est, elle aussi, mortelle.

Le couvert est déjà mis pour le soir dans la somptueuse salle à manger. Fleurs et bougies sur chaque table. Il paraît que lorsqu'ils découvrent ce palais de cristal où chaque soir flamboie un feu, les convives retiennent leur souffle. Et l'hôtesse, Charlotte, se régale.

De la cuisine, montent de puissantes odeurs. Le travailleur au noir est déjà à ses fourneaux. En voilà un qui ne compte pas ses heures.

— J'ai commencé à parler de *La Dernière Chance* à Boris, m'apprend Charlotte comme nous montons dans leurs appartements. Il m'a regardée avec de tels yeux que j'ai préféré ne pas insister. Il ignore que Sylvestre s'intéresse à lui. Vas-y doucement.

Cela s'annonce bien ! Cependant, je suis plutôt soulagée qu'elle ne m'ait pas laissée annoncer de but en blanc la grande nouvelle à mon pauvre gendre.

Nous entrons dans le vaste salon, meublé de beau moderne qui fera sans doute un jour de l'ancien recherché. Boris est étendu sur le canapé, les yeux clos. Une bouteille de vodka et quelques gobelets en argent sont posés sur la table basse.

— Boris ! C'est maman qui vient nous faire une visite, annonce Charlotte d'une voix qu'elle voudrait enjouée mais qui ne trompe personne.

Son mari se lève avec effort.

— Alors, vous êtes venue voir le sombre crétin ? lance-t-il.

— Face aux bureaucrates, nous sommes tous de sombres crétins.

Je l'embrasse en appuyant plus fort que d'habitude. Je ne l'avais pas vu depuis sa première affaire, celle avec l'inspecteur des impôts pour laquelle Sergent est intervenu avec succès. Il est méconnaissable. Un visage gris, défait, qui me rappelle celui qu'il avait lorsque sa boîte de publicité avait sombré, peu après son mariage avec Charlotte. Premier échec ! Il avait cru se rattraper avec ce restaurant.

Et voilà.

— Il y a une chose dont je ne douterai jamais, Boris, c'est de votre honnêteté.

— Voilà qui me fait une belle jambe, l'honnêteté ! répond-il avec un rire. Si j'avais été foutu de tricher, je n'en serais sûrement pas là.

Je prends place sur le canapé, à ses côtés. Il désigne la bouteille de vodka.

— Un godet ?

— Non, merci.

Il remplit le sien sous le regard inquiet de Charlotte. Les clients, nous a-t-il expliqué, ont tendance à vouloir trinquer avec le patron. Si celui-ci ne s'impose pas une discipline, il est fichu.

Il vide son godet d'un trait. En bas, le téléphone sonne. On décroche aussitôt. Quelques minutes plus tard, Victor apparaît.

— C'est pour samedi soir, annonce-t-il, tout fier, à son père. Huit couverts, j'ai pris !

Il vient m'embrasser. Depuis sa greffe de rein, il mène une vie à peu près normale. Cet « à peu près » est lourd de conséquences. Pas de sport violent, c'est-à-dire aucun de ceux que l'on apprécie à quinze ans. Un régime alimentaire excluant tout ce dont les ados se régalent. Avec sa petite taille, en dépit des hormones de croissance, il fait moins que son âge. Mais si l'on s'attarde au visage, il fait davantage. En aidant Boris au restaurant, sans doute Victor a-t-il eu l'impression, pour la première fois, de rendre un peu de ce qui lui avait été donné. Par exemple lorsque Boris était resté fidèle au poste après que Galina les eut plantés là.

Et voici qu'il apprend que cette aide était un cadeau empoisonné qui va coûter cher à son père. Lui interdira-t-on de jouer les standardistes ?

— J'y retourne, dit-il.

— Victor fait ses devoirs près du téléphone, explique Charlotte avec une fausse gaieté en accompagnant son beau-fils d'un sourire. Il prétend perfectionner ses langues étrangères en prenant les réservations... On aura tout entendu.

L'adolescent a disparu. Boris se tourne vers moi.

— Allez, je sais bien pourquoi vous êtes venue, Babou !

— Parce que je me fais du souci pour vous.

— Peut-être. Mais surtout parce que Charlotte vous l'a demandé. Elle s'est mise en tête de m'envoyer faire mon mea-culpa à la télévision. « Pardon, pitié, c'est pas ma faute, je ne recommencerai plus... » Que penseriez-vous d'organiser un Téléthon au profit des cons ? Ça devrait marcher, non ?

Jamais Boris ne s'était encore adressé à moi avec cette agressivité. C'est lui-même qu'il frappe. Il remplit à nouveau son verre, le vide, puis me fixe d'un regard farouche.

C'est clair ! Il n'ira pas voir Sylvestre.

Et ni moi, ni personne ne pourra le faire changer d'avis. C'est sa fierté qui est en jeu. Depuis qu'il a épousé notre fille, Boris n'a eu de cesse de nous prouver qu'il était digne, lui l'immigré, d'entrer dans une famille bien implantée. Aller mendier cette dernière chance serait attenter à sa dignité, détruire le peu d'estime qu'il doit conserver de lui-même. Impossible de le lui demander.

Je fixe ses yeux rougis, où brille un pauvre défi et la colère monte en moi. Cet homme a entrepris, il a fait du bon boulot, il a réussi. Pourquoi irait-il faire son mea-culpa face à des bureaucrates assurés de leur avenir et qui, d'une cache douillette, tirent sur tout ce qui dépasse ?

— Je vous comprends, Boris. Je comprends que vous refusiez d'y aller.

Le soulagement envahit ses traits. Davantage ! La reconnaissance. On me poussait à commettre une mauvaise action : saboter l'honneur d'un homme. Charlotte me regarde d'un air horrifié. J'en veux à Marie-Rose de lui avoir mis cette idée insensée dans la tête, cette impossible dernière chance.

— Mais maman, Sylvestre réussit presque à tous les coups. Laisse au moins Boris essayer ! proteste ma fille d'une voix cassée qui me ravage le cœur.

— Je ne cherche pas à l'en empêcher, ma chérie. J'ai simplement dit que je comprenais son refus.

— Alors c'est moi qui irai ! crie-t-elle.

Boris se lève d'un bond, l'ouragan sur le visage.

— Et puis quoi encore ? J'enverrais ma femme à ma place ? Jamais, tu m'entends ! Jamais !

Il quitte le salon. La porte de sa chambre claque. Charlotte vient coller son visage au mien.

— Bravo, dit-elle. Merci d'être venue. Maintenant, c'est vraiment foutu. Il n'a plus qu'à se flinguer.

Elle sort à son tour.

Dans le beau salon blanc, j'ai avalé cul sec un godet de vodka, puis je suis redescendue. En prenant mon manteau au vestiaire, j'ai remarqué, un peu plus loin, Victor qui faisait ses devoirs à côté d'un téléphone mobile. Je suis allée l'embrasser en m'efforçant de

sourire. Ses yeux se sont éclairés. Merci, Babou,
a-t-il murmuré.

Grand Dieu, merci de quoi ?

Le brouillard tombait. Décembre était proche.
Noël. Soudain, j'ai eu envie de montagne. Où respire-
t-on aussi bien qu'à la montagne ? Où l'hiver devient-
il complice ? Cela devait bien faire vingt ans que je
n'avais pas vu un sommet digne de ce nom. Grégoire
n'aimait pas le ski, partir était hors de prix et nous
préférerions garder les petits pour permettre à leurs
parents de souffler un peu.

J'étouffais.

J'ai fait quelques pas sur le parking qui, dans un
instant, serait plein de joyeux amateurs de saumon,
caviar, blinis et autres spécialités goûteuses. Lors de
la construction du restaurant, Grégoire avait exigé la
plantation d'une haie d'épicéas pour protéger notre
jardin. Je m'en suis approchée. Les petits y avaient
creusé un passage. C'était le chemin le plus court de
Chez Babouchka à la maison et, après avoir râlé, les
adultes avaient fini par l'emprunter eux aussi.

En bas, bien plantée, costaude, campagnarde, se
dressait cette maison dont j'avais rêvé comme d'un
lieu de paix et de rencontre. Un bon gros nœud de
racines pour enfants et petits-enfants.

Les fenêtres du salon étaient éclairées. Grégoire
devait être en train de lire. Il allait falloir me taire
pour éviter une nouvelle colère. C'est dommage de
ne pas pouvoir tout partager quand on dort dans un
même lit et que l'amour est là. Dommage de se
rendre compte qu'il n'y a pas d'amour parfait et que
les « âmes sœurs » n'existent que dans les romans.

Soudain, il y a eu un pas derrière moi.

— Alors toi, vas-y ! a ordonné Charlotte.

Je me suis retournée, refusant de comprendre.

— Aller où ?

— À *La Dernière Chance*. Boris ne peut pas te l'interdire. D'ailleurs, on ne sera même pas obligés de lui dire que tu y passes. Il ne regarde jamais la télé. En plus, un samedi soir...

— Mais tu es complètement folle, Charlotte ! Jamais je ne lui ferai un coup pareil. Et qui plus est, en douce. Est-ce que tu te rends compte de ce que tu me demandes ?

— De le sauver, maman. Tu as vu dans quel état il était. Il est capable de tout.

J'ai essayé de rire.

— De toute façon, ma pauvre fille, crois-tu que Sylvestre sera intéressé par une vieille grand-mère ?

— Pas si vieille que ça.

Malgré ma détresse, je n'ai pu m'empêcher de sourire. Les compliments de Charlotte étaient rares et toujours bons à prendre. J'ai montré la maison en bas.

— Et ton père ? Tu imagines peut-être qu'il sera d'accord ? Il aura la même réaction que Boris ! Pas question. Jamais.

— Papa, on n'a rien à en faire. Il pense que Boris a mérité ce qui lui arrive.

— Il l'a quand même adressé à Sergent.

— Parce que tu l'y as obligé. Si tu crois qu'on ne le sait pas.

Je suis revenue à la voiture, totalement dans le cirage. Moi à la télévision ? Pourquoi pas dansant le french cancan ? L'angoisse faisait perdre la tête à ma fille.

— Arrête de divaguer, ma chérie. Demain, on réfléchira calmement. On trouvera bien une solution.

— Il n'y a pas de solution, maman. Tu le sais aussi bien que moi. Et je ne divague pas. Tout le monde passe à la télé. Il n'y a pas de honte. Les gens se battent même pour y être invités.

L'énervement m'a gagnée. Je suis montée dans la voiture.

— Alors mettons que je n'ai pas envie d'être tout le monde. D'autant que ça ne mènera à rien.

J'ai mis le contact. Ma main tremblait presque aussi fort que le jour des Apaches sur la falaise. Cette fois, l'attaque venait du cœur de ma famille.

Charlotte s'est redressée. Ses yeux étaient pleins de larmes.

— Excuse-moi, maman. Je croyais que tu nous aimais.

CHAPITRE 16

Comment avaient-elles deviné, mes soi-disant amies, que ce matin-là je serais seule à la maison, Grégoire ayant filé dès l'aube, direction ministère de la Marine à Paris, pour un déjeuner d'anciens combattants ?

Comment Marie-Rose, mon prétendu mécène, avait-elle subodoré qu'elle ne me verrait pas à la *Caverne* aujourd'hui ? « Peins, vas-y, exprime-toi, enfin... » Facile d'encourager quelqu'un à pratiquer son art pour, sitôt l'inspiration venue, l'arracher à son projet sous prétexte de priorité familiale.

Ah, comme cela lui allait bien, à Marie-Rose, fille unique et elle-même sans descendance, de se préoccuper de la famille ! Et avait-il d'autre priorité que son art, Rembrandt ?

Il était neuf heures du matin, je projetais de me remettre au lit après une nuit catastrophique, sans possibilité de partager mes idées noires avec mon ronfleur, lorsque Diane et Marie-Rose ont débarqué.

Seule certitude dans mon cerveau embrumé : Charlotte avait encore sévi.

— Si tu nous offrais une tasse de thé ? a demandé Diane, le petit doigt déjà levé.

Au salon, bien entendu – la femme de l'ambassadeur ne fréquentant pas les cuisines. Et du vrai thé, pas un de ces sachets qui sentent la hâte et le papier. Et dans la théière en argent, s'il te plaît, récupérée en haut de l'armoire et dévêtue du papier de soie qui l'empêchait de ternir entre deux visites de ma mère.

Nous nous sommes installées autour de la table basse. Et là, tandis que je faisais le service, voici que contre toute attente, une petite onde de bonheur m'a caressé l'âme. C'était bon, quand même, l'amitié ! Et peut-être mes vieilles rosses n'étaient-elles venues que pour me soutenir dans l'épreuve. À moins que Diane, toute neuve sur le sujet, n'ait eu une idée, cette fois raisonnable, à proposer pour aider Boris. Ne connaissait-elle pas, grâce à son Louis d'or, les personnages les plus haut placés ?

— Tu dois bien te douter qu'on ne s'est pas arrachées du lit si tôt rien que pour une visite mondaine, a commencé Marie-Rose, balayant d'un trait toutes mes illusions. D'autant qu'il fait un temps de chien.

Il bruinait. J'avais oublié de regarder le ciel ce matin, c'est dire ! Par la porte-fenêtre, je découvrais un jardin assorti à mon cœur, un saule triomphant de malheur dans ses atours dégoulinants, des pommiers résignés, pas d'oiseaux, pas même mon cher couple de pies. Et plus de dame blanche, ni dans le grenier, ni dans ma tête.

— Charlotte m'a appelée hier pour me raconter ta brillante prestation auprès de Boris, a attaqué Marie-Rose. Il paraît que tu as réussi à le dissuader d'aller à *La Dernière Chance*.

— On peut présenter les choses comme ça ! J'ai simplement compris que j'étais trop nulle pour le décider à participer à cette splendide émission. Mais je suis certaine que vous aurez plus de succès que moi. Tu devrais y monter avec Diane. Veux-tu que j'appelle ta filleule ?

Sans daigner répondre, Marie-Rose a échangé avec Diane un clin d'œil des plus louches.

— Inutile de déranger Charlotte. C'est toi qui nous intéresses. Nous t'apportons une grande nouvelle, a-t-elle annoncé.

Lorsqu'elle mijote un coup tordu, Marie-Rose prend exactement cette voix suave. Je me suis préparée au pire.

Le pire n'a pas manqué.

— Jean-Yves a réussi à joindre Sylvestre ce matin pour lui faire part du refus de Boris. Eh bien figure-toi que la grand-mère montant au créneau pour défendre son gendre n'a pas eu l'air de lui déplaire. Bref, il n'a pas dit non à une candidature de ta part. Il vient à Caen demain. Il est d'accord pour te recevoir.

— Moi ? Me recevoir, moi ?

Marie-Rose a regardé autour d'elle.

— Je ne vois pas ici d'autre grand-mère en service, a-t-elle feint de s'étonner de la même voix doucereuse. Mais n'espère pas être la seule à postuler. À chaque émission, il paraît que ça se bouscule.

Neuf heures trente ont sonné au bon vieux cartel qui moulinait à l'oreille de mon aïeule des heures tranquilles et monotones, à une époque où, pour le plus grand bien des familles, le chapelet remplaçait la télévision.

— Il y a un détail que Charlotte a dû oublier de vous signaler, mes très chères, c'est que je ne suis pas candidate. Vous pourrez en faire part à Sylvestre.

Pour rien au monde, je n'irai sortir mes tripes à la télévision.

— Pas même pour sauver ton gendre ? a demandé Marie-Rose sévèrement.

J'ai cherché secours du côté de Diane, obstinément silencieuse. Et pour cause ! Elle se serait immolée par le feu plutôt que de montrer en public un millimètre de son cœur. Pour le corps, c'était une autre affaire. Il faut bien amortir les coûteux ravalements.

— Et toi, Diane, tu irais ? La vérité, s'il te plaît.

Elle a levé à regret le nez de sa tasse où elle le gardait plongé dans l'espoir de n'avoir pas à intervenir.

— La vérité est que ce ne sont pas de tes tripes qu'il s'agit mais de celles de Boris, a-t-elle répondu avec une moue de dégoût et une énorme mauvaise foi. Cela change tout.

— N'empêche qu'elles fumeront tout pareil à l'écran, ai-je insisté lourdement. Que ce soit celles de Boris ou les miennes. Sans compter que Grégoire demandera le divorce.

Marie-Rose a ri de bon cœur. Bien que trouvant mon mari plutôt sympathique, un divorce ne lui aurait sans doute pas déplu : une façon de mettre du mouvement dans ma vie et point d'art sans mouvement.

— Ne va pas trop vite en besogne : ta candidature n'est pas encore acceptée.

— Vu mon irrésistible aura, le risque me paraît trop sérieux pour que je le prenne. C'est pourquoi je n'irai pas.

Il m'arrive de mentir. Le plus souvent par charité. Pour ne pas faire de peine à mon frère humain. Je crois cependant pouvoir affirmer que je ne me suis jamais menti à moi-même. En claironnant « Je n'irai pas », je savais très bien que je finirais par céder.

Durant toute ma nuit blanche, les paroles de Charlotte avaient dansé leur ronde mortelle dans ma tête : « Il n'a plus qu'à se flinguer. » Je revoyais le visage de Boris, son regard. J'entendais claquer la porte. J'entendais aussi, comme en écho, le timide « merci » de Victor.

« Merci de sauver papa ? »

J'irais présenter ma candidature à cette foutue émission. Une fois de plus, je céderais au chantage familial.

Une famille, c'est un bras de fer permanent. Pour les petites choses : télé, ketchup, mayonnaise en tube, dis « s'il te plaît », dis « merci », je ne m'en tire pas trop mal. Pour les choses importantes, celles qui engagent une vie, comme le mariage de Charlotte avec un Russe irresponsable, ou l'annexion de mon jardin pour un restaurant calamiteux, je me suis toujours écrasée.

J'irai. Par acquit de conscience, comme on dit. Mais que leur Sylvestre ne compte pas sur moi pour me livrer au grand déballage. Il allait la garder en travers de la gorge, sa grand-mère montant au créneau et comprendre vite qu'il ferait mieux de chercher ailleurs.

N'ignorant rien du combat que je me livrais à moi-même, Marie-Rose m'a permis de capituler sans perdre la face en sortant de sa manche une carte maîtresse.

— Si tu m'avais laissée aller jusqu'au bout, je t'aurais appris que l'invité de Sylvestre peut, s'il le souhaite, garder l'anonymat. C'est un de ses coups géniaux. Permettre à tous ceux qui subissent un même malheur, ou une même injustice, de penser que l'on est en train de parler d'eux. À ta demande, ni toi, ni Boris, ni le restaurant ne seront nommément cités.

— Aurais-je aussi le droit de porter un masque et déguiser ma voix ? ai-je persiflé.

— Ta fameuse aura en souffrirait trop, a répondu joyeusement Marie-Rose, comprenant que c'était gagné. Tu as rendez-vous demain à Caen à dix heures. Passe à neuf heures trente à la *Caverne*, Jean-Yves t'accompagnera.

Du haut de sa vie libre et sans entraves, Diane m'a lancé un regard chaleureux.

— Bravo ! J'étais sûre que tu te sacrifierais pour les tiens.

J'ai horreur de me sacrifier. J'adorerais avoir des « miens » sans histoire et une vie personnelle pleine d'exaltantes aventures. J'adorerais que l'on se sacrifie pour moi. Tiens, en me laissant peindre par exemple.

Sans plus s'occuper de ma personne, Marie-Rose et Diane ont commencé à se bagarrer au sujet de la tenue vestimentaire adéquate pour séduire le beau Sylvestre. Pour Marie-Rose, une tenue décontractée s'imposait : jean, pull et chaussures de bateau. Selon Diane, il me faudrait rester classique : tailleur et gabardine. Les laissant à leur match, je suis allée ranger le plateau de thé. J'ai remis la théière dans son papier de soie, en haut de l'armoire, en prenant mon temps. Cela m'a fait du bien.

Plus tard, quand Charlotte a frappé à la porte-fenêtre, j'ai compris ce qu'avait été fabriquer Marie-Rose avec son sac fourre-tout, dans les cabinets neufs, et pourquoi nous l'y avions entendue bavarder avec animation. Maudits soient les téléphones portables.

— Merci maman, a dit ma fille d'une voix aussi brouillardeuse que le jardin.

Les trois femmes ont convenu qu'il était inutile de mettre Grégoire et Boris au courant de ma candidature puisque rien ne disait qu'elle serait acceptée. Que je porterais pour l'entrevue un pantalon classique, égayé par un corsage hip-hop de Marie-Rose et prendrais rendez-vous demain chez le coiffeur afin d'y faire ma couleur.

Grand-mère, oui ! Pas obligée pour autant de montrer ses racines.

CHAPITRE 17

Alors c'est cela, l'envers du décor, l'autre côté du miroir que, comme Alice derrière son lapin, je découvre en suivant Jean-Yves dans les bâtiments de la télévision.

Des couloirs et encore des couloirs, gris, anonymes, donnant sur des pièces-boîtes à sardines où grésillent des appareils, carillonnent des téléphones, s'agitent des gens en uniforme – jeans et pulls – le style décontracté prôné par Marie-Rose.

Déception ! Rien ici de la magie qui auréole le petit écran : une usine à vidéos.

Jean-Yves s'arrête devant une porte.

— Nous y sommes. Ça va, Joséphine ?

— Ça va.

Un des rares avantages de l'âge : j'ai jeté ma timidité au panier. On me prend comme je suis, sinon tant pis. Mais alors que Jean-Yves frappe à la porte numéro quatre cent vingt-deux, un petit rien d'anxiété, et un petit plus que rien de culpabilité m'étreint. Grégoire... Boris... S'ils me voyaient là !

— Entrez !

Derrière un bureau, un homme se lève, la quarantaine, chevelure flamboyante, œil pétillant : le bien connu Sylvestre. Il vient vers moi, la main tendue.

— Bonjour, madame Babouchka.

Le choc, quand même ! À présent, il tend un doigt accusateur vers Jean-Yves.

— Depuis trois jours, pas un matin où ce salaud ne me tire du lit dès l'aube en claironnant votre nom !

— Je jure que je n'y suis pour rien.

Sylvestre rit. Il se tourne vers une jeune femme, debout contre ce que l'on doit appeler ici une fenêtre.

— Je vous présente Vanessa, ma partenaire. Nous animons l'émission ensemble.

Je serre la main de Vanessa. Cheveux longs et lisses, lèvre supérieure rembourrée, sourire un tantinet boudeur, corps filiforme. Est-ce la jalousie qui me souffle que, quelle que soit la chaîne choisie, j'ai vu ce modèle-là cent fois, sorti d'un moule parfait. Trop parfait ?

— Asseyez-vous, je vous en prie. Un café ?

C'est « non merci ». Mon cœur bat assez fort comme ça. Jean-Yves, lui, accepte le café mais refuse le siège. Il reste debout derrière moi tel un ange gardien. Vanessa perche sur un coin de bureau une fesse ronde à souhait, moulée par un caleçon écossais. Oui, il doit bien y avoir un brin de jalousie.

Sylvestre se penche vers moi.

— Alors, racontez-nous vos malheurs, Babouchka.

Ça commence mal ! Ce n'est pas pour moi que je suis venue. Moi, ça va ! J'ai décidé d'être claire à ce sujet.

— Il ne s'agit pas de moi, monsieur, mais de mon gendre.

— Pas « monsieur », me reprend le célèbre animateur. Sylvestre... Et que lui arrive-t-il au gendre ?

Comme s'il ne le savait pas, avec ses trois réveils à l'aube. Mais il teste la candidate. Il espère des trémolos dans sa voix, un regard embrumé. Je le fixe sans émotion.

— Mon gendre a créé un restaurant qui marche formidablement. Mais pour l'inspecteur des impôts, comme pour l'URSSAF, il a tout faux. On l'accuse d'avoir employé trois personnes au noir et avec les sommes qu'on lui réclame il est bon pour mettre la clé sur la porte.

Pardon, Boris, d'avoir débité ça si froidement. C'est pour ne pas te trahir. Et voici qu'afin de me racheter, je te tutoie dans mon cœur.

— Trois personnes au noir ! répète Sylvestre avec un sifflement admiratif. Quand même ! Il devait bien se douter que ce n'était pas très catholique. Êtes-vous certaine qu'il n'a pas un tout petit peu essayé de tricher ? On le comprendrait avec le matraquage dont sont l'objet les artisans.

— Certainement pas ! D'abord, s'il avait voulu tricher, il en aurait caché un, pas trois. Et puis c'est un artiste. Il ne se préoccupait que de faire du beau et du bon. Le reste, il le laissait à un vieil oncle qui, lui, depuis qu'il a failli mourir de faim au goulag, ne songe qu'à ses casseroles. Vous imaginez le résultat.

— Et vous avez décidé de venir le défendre ?

Je fixe l'animateur droit dans les yeux. Promesse faite à moi-même : une totale sincérité.

— Je n'ai rien décidé du tout, monsieur. Pardon... Sylvestre. Boris n'était pas en état de venir. On m'a fortement... encouragée à prendre sa place. Personnellement, je n'y tenais pas.

Derrière moi, je sens la désapprobation de l'ange gardien. Un sourcil levé, Sylvestre examine ce spécimen rare qui ne souhaite pas passer à sa mirifique émission. Va-t-il me reconduire tout de suite à la porte ?

— Et qu'est-ce qui vous a décidée ?

Je revois le visage de Boris, les larmes de Charlotte. Ma poitrine s'alourdit.

— Mon gendre menace de jouer à la roulette russe. Il se trouve qu'il en serait bien capable... Le tempérament slave.

Allons bon, ma voix s'est cassée ! Par bonheur, le téléphone sonne, m'accordant un répit. Je n'ose regarder Jean-Yves. Sa main vient une seconde sur mon épaule ce qui, à la fois, me réconforte et me fragilise. Vanessa, finalement pas tout à fait parfaite, ronge ses ongles en me regardant par en dessous.

— Qu'on ne me dérange plus, je suis en conférence, ordonne Sylvestre avant de raccrocher.

Puis il scrute attentivement mon visage tout en passant la main dans sa crinière. L'idée soudaine qu'il doit se faire faire des Brushing me détend un peu.

— Si je comprends bien, madame, vous avez décidé de vous sacrifier pour la famille ?

— Je ne vois pas comment j'aurais pu refuser.

Sylvestre hoche la tête, se tourne vers sa partenaire.

— La grand-mère : dernière chance de la famille... Qu'est-ce que tu en penses, ma chérie ? C'est un vrai sujet, ça. Non ?

« Ma chérie » cesse de se ronger les ongles pour acquiescer mollement. Sylvestre revient à moi.

— Nous vivons une curieuse époque où les grands-parents sont partout sur la brèche, remarque-t-il. En haut, ils soutiennent leurs propres parents, forcément âgés, parfois dépendants. À l'étage en dessous, ce sont leurs enfants, bien souvent en galère. Et, au rez-de-chaussée, les petits-enfants qui, eux, ont besoin de points fixes. Vous êtes d'accord ?

— En ce qui concerne le sommet, ma mère a quatre-vingt-dix ans et j'ai parfois l'impression qu'elle est en meilleure forme que moi, dis-je pour ne pas trahir Félicie Provençal en plus de Boris et de Grégoire. Mais pour le rez-de-chaussée comme vous dites, il est vrai qu'on a du pain sur la planche. À ce propos, savez-vous que l'on reproche à mon gendre d'avoir demandé un coup de main gratuit à ses enfants ? Belle façon de leur apprendre la solidarité familiale...

— La solidarité familiale..., répète Vanessa, les yeux écarquillés, comme si la notion était neuve pour elle.

— C'est beau, n'est-ce pas ? approuve Sylvestre. Expliquez-nous donc, Babouchka, comment vous la voyez, cette famille. Vos petits-enfants plus précisément.

Enfin un terrain non glissant ! Un sujet que je possède à fond et sur lequel je peux être aussi intarissable que Vladimir sur son goulag. Mais qu'ils ne comptent pas sur moi pour comparer la qualité des différentes couches-culottes ou la saveur des petits pots, sujets barbants par excellence. Tout comme aujourd'hui la lutte au couteau que se livrent mes pensionnaires du week-end sur leur marque préférée de céréales.

Intarissable pour dire cette merveille de voir se former le caractère d'un enfant, et, à une époque de pensée en « kit », l'aider vaille que vaille à se forger un esprit libre. Intarissable quant au rôle impossible et passionnant que peuvent jouer les grands-parents vis-à-vis de ces petits sauvages que vous fabrique en série une télévision – pardon Sylvestre – faisant son beurre de violence, de sexe et de dérision. Ce qui, Dieu merci, n'empêche pas la majorité des enfants de n'avoir qu'une envie : croquer la vie et l'amour à belles dents !

Me voilà embarquée dans les repères, les tuteurs, les barrières, les garde-fous, les valeurs. En pensant à Tim le Juste, à Gauthier l'iconoclaste, à deux féministes en herbe, au « merci » dévastateur de Victor, à un petit Indien sans mère et, pourquoi pas, à une bande d'Apaches sans rien du tout.

Vanessa prend des notes. Sylvestre sourit en laissant couler le fleuve. J'ai presque oublié pourquoi j'étais là. Jean-Yves me le rappelle en se plaçant dans mon champ de vision et me faisant discrètement signe que ça suffit. J'arrête net.

— Pardon ! J'ai tendance à prendre feu sur ce genre de sujet.

— Prenez feu, prenez feu, approuve Sylvestre en riant. Au moins, en vous entendant, nul ne pourrait douter de votre sincérité. La langue de bois, la pensée unique, apparemment, vous vous en foutez.

— Je ne m'en fous pas, je les vomis.

— Et, partir en guerre, au nom de cette famille, contre l'ennemi public numéro un : l'État avec ses impôts et ses charges sociales, cela ne vous effraie pas ?

— Pourquoi cela m'effraierait-il ? Le seul ennui c'est que je ne connais rien aux chiffres ni aux lois. Pas la moindre idée de ce qu'aurait dû faire ou ne pas faire Boris.

— Ce ne sera pas votre affaire, tranche Sylvestre. Nos spécialistes se chargent du côté matériel. Vous, vous n'êtes là que pour le côté humain. Dans le cas présent, pour convaincre le public de la bonne foi de votre gendre. Bref, de son honnêteté.

Voilà qu'il parle comme si ma candidature était retenue. Il me semble retomber sur terre.

— Jean-Yves vous a-t-il dit que vous pourriez garder l'anonymat ?

— Sinon je ne serais jamais venue.

Voici que je réponds comme si j'acceptais d'être le côté humain.

Il se lève, tout guilleret.

— « Babouchka défendant *Chez Babouchka* »... Cela aurait pu faire un joli chapeau, regrette-t-il. Dommage !

Il me désigne sa partenaire.

— Vanessa va prendre vos coordonnées. Vous lui indiquerez les moments où l'on peut vous joindre. Il vous faudra revenir afin qu'elle vous explique le déroulement de l'émission.

Il a un sourire chaleureux :

— Gardez-nous votre soirée. Après, nous avons l'habitude de sabrer le champagne.

À présent, il se dirige vers Jean-Yves. Le cœur en débandade, je me lève à mon tour. Suis-je vraiment retenue ? Est-ce possible ? On m'avait dit qu'il ne s'agissait que d'une entrevue de candidature. Et les autres candidats ?

Et Grégoire qui ne sait rien !

— Dès demain, il faudra que nos avocats prennent connaissance du dossier, explique Sylvestre à Jean-Yves. Pourras-tu les mettre en contact avec Boris ?

— Tu peux compter sur moi, répond Jean-Yves.

— ATTENDEZ !

Je viens me planter entre les deux compères. Mes jambes sont en coton.

— Je n'ai pas encore dit oui.

Ils se tournent vers moi, semblant tomber des nues.

— Je ne peux pas accepter sans consulter mon mari. Il n'est pas au courant. Il se peut qu'il ne soit pas d'accord.

— Allez, allez, répond Sylvestre avec un rire crispé. Je parie que vous n'aurez pas grand mal à le convaincre.

— On voit que vous ne le connaissez pas ! Grégoire est peut-être la seule personne que, sur certains sujets, je n'arrive pas à faire bouger d'un pouce.

— Alors envoyez-nous Grégoire... Ou revenez avec lui.

— Là, je peux vous donner tout de suite la réponse. Ce sera non et non.

Jean-Yves semble au martyre. Le visage de Sylvestre s'est fermé. Il échange un regard avec Vanessa qui ronge à nouveau ses ongles. Facile de deviner leurs pensées : « Pourquoi est-elle venue, celle-là, si elle n'avait pas l'intention d'accepter ? Croit-elle que nous ayons du temps à perdre ? »

Puis-je avouer que je suis venue avec la quasi-certitude de n'être pas retenue ?

— Vous avez la journée pour vous décider, tranche Sylvestre en me tendant la main. Il me faut une réponse au plus tard demain. Au cas où elle serait négative, vous comprendrez que nous devrons chercher un autre candidat.

Il ouvre la porte. Son sourire est de retour, mais plus éblouissant du tout.

— Croyez que nous le regretterons. Et le premier à en pâtir sera certainement votre Boris.

Car, bien entendu, nul n'a dit au célèbre présentateur que la grand-mère monterait au créneau en cachette de l'intéressé.

CHAPITRE 18

Vous avez choisi pour annoncer la nouvelle à votre mari le moment du petit déjeuner afin de ne pas lui gâcher sa nuit avant une journée, pour lui bénie : aujourd'hui, il accompagne ses amis à la chasse.

Grégoire ne se sert plus d'un fusil depuis le matin fatal où, jeune homme, il avait par erreur abattu son chien. Mais pour rien au monde il ne manquerait les marches en tapinois dans les champs ourlés de rosée ou aux orées des petits bois. Ni la pause déjeuner dans un relais campagnard où chacun peut, sans s'exposer aux sourires féminins, conter longuement d'anciens ou récents exploits.

Et après ce que vous lui aurez révélé, une bonne journée en plein air ne pourra lui faire que du bien !

Maurice doit passer le prendre à sept heures trente, ce qui laissera peu de temps à l'inévitable secousse. Car, vous n'en doutez pas, l'annonce de votre possible apparition sur le petit écran créera un miniséisme.

Plus encore que vous, Grégoire déteste les déballages de sentiments, excepté lorsqu'ils ont lieu sur un terrain de sport, entre solides gaillards dont les effusions, après avoir collé un pion dans le buffet du camp adverse *(sic)*, font trembler le pays d'allégresse.

Vous avez longuement affûté chacun de vos arguments : l'état inquiétant de Boris, la crainte d'une brouille durable avec Charlotte, le souhait de ne pas voir vos petits-enfants partir Dieu sait où, probablement au diable.

La seule chose que vous espérez est qu'il ne sorte pas en claquant la porte sitôt le premier mot prononcé, qu'il daigne vous écouter jusqu'au bout et vous permette de donner votre réponse à Sylvestre.

Avant midi, dernier délai.

Vous êtes descendue la première afin de préparer le café et tiédir au four la tresse briochée, gourmandise préférée de Grégoire, achetée la veille au sortir de la télévision, dans la meilleure pâtisserie de la ville, histoire de panser votre mauvaise conscience. Derrière les carreaux, la nuit cède peu à peu. Lorsque le jour aura gagné, l'épreuve sera terminée. Au moins, vous serez fixée.

Le voilà !

Dans sa tenue de camouflage, vert des bottes à la casquette, il est magnifique. S'il était arbre, il serait chêne : tendresse et force sous la rude écorce. Que de fois avez-vous reproché à votre compagnon de ne plus vous regarder que comme l'un des objets familiers de sa maison ? Et vous, alors ? L'épreuve à venir vous rend votre regard de jeune femme : c'est le fringant officier que vous revoyez dans l'uniforme de chasseur. L'officier a perdu son bateau, le chasseur son fusil, qu'importe. Ce matin, vous vous avisez que l'homme est resté séduisant.

Le café versé dans la tasse – un dé à coudre de lait froid –, la tresse sortie du four et posée sur la planche, c'est le moment de vous lancer.

— Jean-Yves, tu sais ? Le compagnon de Marie-Rose... Il est ami avec un type qui s'appelle Sylvestre et qui anime une émission...

— *La Dernière Chance*, laisse tomber Grégoire en se taillant un morceau de brioche.

Vous aviez tout prévu sauf ça ! Que Grégoire qui n'allume son poste que pour regarder le sport ou les vieux films, de préférence en noir et blanc, connaîtrait la fameuse émission.

— Tu connais ?

— Je suis peut-être né de la dernière pluie mais je me tiens au courant des imbécillités offertes à mes compatriotes. Maurice me raconte. Avec sa Marguerite, le pauvre n'échappe à aucune. Eh bien ?

— Eh bien il serait question que je passe dans cette émission pour donner sa chance à Boris.

— Jamais ! tranche Grégoire. Je te l'interdis, tu m'entends ?

Une poussée d'adrénaline me rend un peu de vigueur : j'ai passé l'âge des diktats.

— Même pour sauver ton gendre ?

— Mon gendre doit être en train de préparer sa prochaine connerie.

— Exactement ! Et ce sera la dernière. Il menace de se flinguer.

Grégoire lâche son morceau de tresse sans même avoir mordu dedans. Il a un rire sinistre.

— À d'autres ! Il aime trop la vie pour ça.

— Ce n'est pas l'avis de Charlotte.

— De toute façon, Charlotte est folle.

Soudain, son regard devient fixe. Ce sont mes cheveux qu'il vise. Comme une illumination le traverse.

— Tu as vu ce clown ! accuse-t-il. Tu as rencontré Sylvestre sans me le dire. C'était pour lui, le coiffeur toute la journée avant-hier. Et tu as eu le culot de me demander de t'y accompagner.

— Tu avais des courses à faire en ville. Et il s'agissait seulement d'une entrevue de candidature. Je ne pensais pas être acceptée.

— Ce qui veut dire que tu l'es ?

J'acquiesce. Grégoire garde le silence un moment. Mauvais signe, finalement, qu'il ne sorte pas en claquant la porte. Lorsqu'il sort en claquant la porte, c'est qu'il a compris que quoi qu'il puisse dire, je n'en ferai qu'à ma tête et s'y est en quelque sorte résigné.

Cette fois, il a décidé de se battre. Son ton solennel est du plus mauvais augure.

— Joséphine, tu es en train de tomber dans un piège.

Comme si je ne le savais pas ! Piège tendu par mes meilleures amies avec les encouragements de ma fille.

Ce n'était pas ce que Grégoire voulait dire.

— Sais-tu ce qu'est l'Audimat ? interroge-t-il de la même voix redoutablement calme.

— Tout le monde le sait. Le nombre de personnes qui regardent une émission.

— C'est du fric, rectifie-t-il. Des paquets et des paquets de fric. Plus il y a de téléspectateurs qui regardent, plus il y a d'argent à la clé. Et pour gagner à ce petit jeu, dis-toi que ton Sylvestre est prêt à tout. Boris, il s'en fout. Toi, il s'en contrefout. Il va t'exhiber comme une pauvre pomme. Si tu te fais hara-kiri sur le plateau, il épongera le sang en pleurant de reconnaissance.

La « pauvre pomme » n'apprécie pas.

— Parce que tu crois que je me laisserai faire ? Tout ce qu'on me demande est de répondre à quelques questions pour prouver la bonne foi de

Boris. Rien de plus. Sylvestre espère lui obtenir les circonstances atténuantes. Comme Sergent l'a fait auprès de l'inspecteur des impôts.

— À la différence près que Sergent n'a pas pour autant ameuté toute la France.

« Toute la France »... Voilà qu'il parle comme Marie-Rose et comme Charlotte.

— Et pourquoi Boris ne va-t-il pas lui-même à cette merveilleuse émission ? demande-t-il.

— Il n'en est pas capable. Il est à bout. Charlotte s'est proposée, il a refusé.

— Mais toi, il accepte. Que sa belle-mère aille au casse-pipe, peu lui importe.

Dois-je lui révéler que Boris n'est pas au courant ? Certainement pas : il décrocherait illico le téléphone pour lui annoncer la nouvelle et, sans doute, l'engueuler.

Il avale une gorgée de café qui provoque un bruit inquiétant dans sa gorge. L'odeur délicieuse de la tresse flotte en pure perte dans la cuisine. Peut-on espérer faire fléchir un homme qui se prive du plaisir de chasser depuis quarante ans pour se punir d'avoir confondu son chien et un lapin ?

En attendant, pour me punir moi, il se condamne à mourir de faim toute la matinée, à avoir, qui sait, une crise de glycémie. Sept heures vingt-cinq, Maurice ne devrait plus tarder à klaxonner et je n'ai toujours pas ma réponse. Le moment est venu de sortir la dernière cartouche.

— Personne ne saura qui je suis. L'invité est autorisé à garder l'anonymat. Et ni le nom de Boris, ni celui de son restaurant ne seront cités.

À nouveau, le rire sinistre.

— Et mes amis ? Crois-tu qu'ils ne te reconnaîtront pas ? Et les voisins ? Les commerçants ?

— Ceux qui m'aiment comprendront. Les autres, je m'en balance.

— Pas moi ! Je ne m'en balance pas de voir ma femme se ridiculiser.

Là-bas, sur le chemin, un bref coup de klaxon retentit. Grégoire se lève, coiffe sa casquette. Il me paraît déjà moins beau. Les chênes, ça prend toute la lumière, il ne faut pas vivre trop près.

— Si je ne me trompe pas, tu me mets devant le fait accompli. Tu as déjà accepté.

— Pas encore. J'attendais de savoir si tu serais « à mon côté », comme tu l'as dit l'autre jour.

— Jamais ! tranche-t-il. Jamais pour une folie pareille. Si tu y vas, sache que ce sera à mon corps défendant. Et que graves seront les conséquences.

À mon corps défendant... graves seront les conséquences... parle-t-on encore ainsi aujourd'hui ? Tu vis trop dans tes dictionnaires, Grégoire, pas assez dans la vie.

La porte claque. Le jour se lève et rien n'est réglé.

CHAPITRE 19

Au-dessus de ma pauvre tête, côté Brésil, la douche s'est déclenchée. Ils n'allaient pas tarder à apparaître. J'ai écrit « Bonjour » sur le tableau des courses et suis vite montée me cacher dans ma chambre. La règle étant la discrétion, aucune chance qu'ils ne viennent y frapper.

Audrey ! Vite, appeler mon aînée, la raisonnable, la calme Audrey, qui redoutait tant de voir partir sa sœur pour Saint-Pétersbourg ou ailleurs. Elle aurait certainement un avis.

C'est Jean-Philippe qui, chaque matin, dépose les enfants à l'école avant de se rendre à son travail. Un travail régulier, bien payé, d'ingénieur à la SNCF. Tous les avantages. Ma fille était au calme chez elle, dans le duplex que ses beaux-parents avaient permis au couple d'acheter à Caen, quartier résidentiel.

La réaction a été sans appel.

— Passer à cette émission de ploucs ? Tu n'y penses pas, maman !

— Pourquoi une émission de ploucs ? Je connais des gens très bien qui la regardent.

— Écoute... Quand on était petits, tu n'arrêtais pas de nous répéter qu'en cas de malheur, on devait

« se tenir ». Ne jamais pleurer en public, rester dignes. Et tu irais sangloter devant la terre entière ?

— Je n'ai pas l'intention de sangloter.

— Et mes beaux-parents ? a-t-elle glapi. Tu as pensé à leur réaction s'ils te voyaient ?

— Parce qu'ils regardent cette émission de ploucs, tes beaux-parents ?

Un silence ulcéré est tombé dans le bel appartement de Caen. Négocier, dialoguer : les mots clés de notre époque. Dans les familles aussi, il faudrait parfois nommer des médiateurs.

— C'est pour Boris, Audrey ! Il est dans un état catastrophique. Charlotte craint qu'il ne fasse une bêtise.

— Une bêtise ? Tu parles ! Demain ou après-demain, il aura une autre idée de génie et ce sera reparti.

— Espérons-le. Mais probablement reparti à des kilomètres d'ici. Je croyais que tu tenais à ta sœur.

— Je tiens encore plus à ma mère. Aucune envie qu'elle se ridiculise.

Les mots de son père.

Question : Parlaient-ils pour protéger ma réputation ? Ou de crainte que la leur ne souffre de mon apparition en public ?

Lorsque je suis arrivée à *L'Étoile*, Thibaut passait l'aspirateur. Les murs étaient déjà couverts de décorations de Noël, exécutées par ses bandits. Où en serions-nous, nous, à Noël ? Dans quel état ?

Mon fils m'a accueillie avec un grand sourire.

— Maman ! On ne t'a pas vue, ce matin. La tresse était fameuse, merci.

— Je crois bien que je ne pourrai plus jamais en manger de ma vie.

Son regard s'est fait plus attentif. Il a rangé son instrument.

— On va prendre un pot ?

Nous étions installés dans l'arrière-salle d'un café minable où, malgré mon angoisse, je vivais un moment d'exception. « Prendre un pot » avec Thibaut, pour moi qui avais perdu tant d'années de lui, aurait toujours un goût de champagne. J'ai bu la première gorgée de mon Viandox à nos retrouvailles. Cesserais-je jamais de retrouver mon fils ?

Je lui ai raconté toute l'histoire, sans rien omettre de mes états d'âme et autres turbulences intimes. Ces nuits où je me réveille en nage, le cœur battant, imaginant avoir entendu un cri, là-haut, revoyant le regard farouche de Boris, les larmes de Charlotte. Mon incrédulité, suivie de panique, lorsque Sylvestre m'a fait comprendre que j'étais sélectionnée. À présent, l'angoisse de passer outre l'interdiction de Grégoire. Entre une fille et un mari, comment choisir ?

Le temps était soudain arrêté. Parfois, un poids lourd faisait trembler la baie vitrée, rappelant qu'au-dehors la vie continuait. C'était si bon de pouvoir parler à cœur ouvert. Vis-à-vis de Grégoire et d'Audrey, qui me tiraient à dia, je jouais les va-t-en-guerre. Mais moi ? Où étais-je dans l'histoire ? Une pauvre grand-mère incapable de se décider, dépassée par les événements.

— Et je dois donner ma réponse à midi, ai-je conclu.

Thibaut a eu un large sourire.

— Ma mère sous les projecteurs, diable, ça va flasher !

Mon cœur a bondi :

— Alors, tu me conseilles d'y aller ?

Il a pris mes mains dans les siennes. Les miennes étaient froides.

— Mais maman, tu sais parfaitement que tu iras ! Pour la bonne raison que Boris est réellement coincé et que tu ne peux pas lui refuser cette chance. Et aussi parce que tu sais très bien que si tu n'y vas pas et qu'il lui arrive quoi que ce soit, tu te le reprocheras toute ta vie.

Dans ma poitrine bloquée, il y a eu comme un appel d'air. Oui, j'avais toujours su que j'irais ! Sans doute dès le soir où, sur le parking de *Chez Babouchka*, Charlotte m'en avait fait la demande. Mais cela n'empêchait pas l'angoisse.

— C'est ton père qui me reprochera toute sa vie de lui avoir désobéi !

Le visage de Thibaut s'est assombri. La rancune paternelle, il était bien placé pour la connaître.

— Il te fera la gueule quelque temps, puis ça se tassera. Tu sais bien qu'il ne peut pas se passer de toi.

Autre phrase dont je me souviendrai plus tard !

Nous sommes retournés à *L'Étoile*. C'est de là que j'ai appelé Jean-Yves. Il était onze heures trente.

— Alors, ton Grégoire est d'accord ? a-t-il demandé.

— Non, mais j'ai décidé de passer outre.

— Tu es bien sûre ? Tu ne vas pas refaire marche arrière ? a-t-il insisté, méfiant. Cette fois, si tu dis oui, pas question de reculer. Dès demain, la machine s'enclenche.

Tandis qu'il parlait, je pouvais voir Thibaut disposer sur les tables assiettes et gobelets en carton pour ses bandits affamés de midi. Je ne lui avais même pas demandé des nouvelles de Doumé, du grand frère. Comment s'appelait-il déjà ? Al. Oui, Al. Thibaut pouvait-il se tromper, lui qui était aux prises quotidiennement avec la vie, l'essentiel, le fondamental ?

— C'est bien oui, ai-je promis à Jean-Yves.

Il a semblé soulagé. Il avait dû m'en vouloir de ma reculade d'hier.

— Sylvestre va être ravi. Tu sais que tu lui as tapé dans l'œil ? Je l'appelle tout de suite.

Il a eu une brève hésitation.

— Il faudra te méfier de Vanessa. J'ai entendu dire qu'elle avait tendance à en faire parfois un peu trop.

— Un peu trop comment ?

— Un peu trop dans la rigolade. C'est elle qui a la charge de faire participer le public.

J'ai revu la jeune femme se rongeant les ongles.

— Cette petite ne me fait pas peur.

Jean-Yves n'a pas insisté.

CHAPITRE 20

Ce matin, j'ai fait une chose impossible à imaginer il y a seulement quelques jours : j'ai écrit une lettre à l'homme qui partage ma vie depuis bientôt quarante ans, l'homme que, contre vents et marées, et parfois tempête, je n'ai jamais cessé d'aimer, hier avec passion, aujourd'hui avec moult énervement et tendre conviction.

Depuis que j'ai donné mon accord à Sylvestre, Grégoire ne me parle plus qu'en cas d'absolue nécessité : « Tu n'as pas vu ma veste marron ? »... « La visite pour la chaudière aura lieu mercredi matin, essaye au moins d'être là. » « As-tu seulement remarqué qu'il n'y avait plus que deux bouteilles d'eau minérale ? Il serait temps d'en commander. »

L'eau minérale pour son précieux estomac dont il prétend souffrir à nouveau. Chantage ?

Thibaut a essayé d'amener son père à davantage de compréhension. Peine perdue ! Il s'est fait vertement remettre à sa place. Justino traîne des airs de martyr, ne sachant quel parti prendre entre un Pacha vénéré et une Babou déterminée à sauver Boris dont, par Victor son ami, le petit n'ignore rien de l'état calamiteux.

J'ai laissé ma lettre bien en vue sur la table de Scrabble, dans le carré de Grégoire, puis je me suis sauvée au marché. Je promettais de rester sur mes gardes lors de l'émission, de ne pas me donner en spectacle. Je redisais mes craintes pour Boris. Et puis c'est trop bête à la fin de se faire la tête, se rendre malheureux, alors qu'on sait très bien que l'on ne pourra jamais se passer l'un de l'autre. Tiens, j'ai froid la nuit dans cet imbécile de lit géant depuis que tu te replies à bâbord. Vivement que tout ça soit fini et qu'on se fasse un dîner en amoureux, comme il t'en vient l'idée tous les trente-six du mois, un dîner avec vraies nappes, à carreaux de préférence, et bougies sur les tables, d'accord ?

Grégoire a répondu.

Trois lignes en bas de ma missive (inutile de gâcher du papier ?) : « Si tu y vas, quelque chose sera définitivement cassé entre nous »…

Si j'y vais… Comme si je pouvais reculer.

Ainsi que m'avait avertie Jean-Yves, sitôt mon accord donné, la machine s'est mise en marche. Charlotte a déjà rencontré plusieurs fois les avocats de l'émission. Clandestinement, bien entendu. À la *Caverne*. Elle s'entête à ne pas vouloir avertir son mari de ma décision, persuadée que s'il l'apprenait, il ferait tout pour m'obliger à renoncer. Mis dans la confidence, Anastasia et Victor contrôlent les appels téléphoniques. Aucune chance que Boris, qui réserve ses dernières forces à la marche du restaurant et vit cloîtré le reste du temps, apprenne quoi que ce soit avant le grand soir. On lui racontera quand tout sera terminé.

Et que la dernière chance lui aura été accordée.

Il s'appellera Francis, moi, Béatrice, mon second prénom que j'ai toujours préféré au premier, celui de la muse d'un grand poète qui s'appelait Dante et non pas Grégoire.

Hier, je suis retournée à la télévision. Cette fois pour rencontrer Vanessa. Marie-Rose m'a accompagnée. Elle et Diane se réjouissent fort d'assister à l'émission.

La partenaire de Sylvestre nous a expliqué le déroulement. Trois parties, chacune coupée par de la variété.

Un : le cas désespéré est exposé par Sylvestre. On me présente. Première salve de questions. (Je n'ai pas apprécié le mot « salve ».)

Deux : c'est au tour de Vanessa de m'interroger et faire, s'il le désire, participer le public.

Trois : le verdict. Boris-Francis se verra-t-il accorder sa dernière chance ?

Sur ce point, la jeune femme m'a laissé entendre que celle-ci n'avait jamais été encore refusée : le côté « baguette magique » de l'émission. Le candidat est choisi en conséquence.

Elle m'a à nouveau interrogée sur la famille, sujet qui semblait la passionner. En aurait-elle été privée ? Certains de mes propos, notamment sur l'entente qui, bon an, mal an, régnait à la maison, ont paru la surprendre. Était-il vrai que nous nous disions tout ? Qu'une certaine discipline était acceptée, le sens des valeurs donné aux petits ? J'évitais de parler de Grégoire pour ne pas le trahir davantage. J'étais bien résolue à ne pas le citer durant l'émission.

Que m'avait dit déjà Jean-Yves au sujet de Vanessa ? « Tendance à en faire un peu trop dans la rigolade. » Elle paraissait, au contraire, prendre les choses très au sérieux et notait mes remarques dans un petit carnet d'écolière, ce qui m'a fait sourire.

Marie-Rose l'a trouvée attendrissante.

— Babou, Babou, c'est vrai que tu vas passer à la télé et qu'on n'a pas le droit de le dire ?

Patatras !

Justino l'a confié à son grand ami Tim. Celui-ci n'a pas résisté à en faire part à Gauthier. De Gauthier à Adèle, d'Adèle à Capucine… Seuls Tatiana, Boris et Vladimir ne sont pas au parfum.

Profitant d'une absence de Grégoire, j'ai convoqué toute la troupe dans ma chambre, le dimanche précédant l'émission. Moins Gauthier, cloué au lit par la grippe.

— Savez-vous au moins pourquoi je vais passer à la télé ?

Victor a poussé un soupir lamentable.

— Parce que papa s'est complètement planté pour les impôts et tout ça.

— Pas du tout ! C'est pas lui qui s'est planté, c'est Vladimir, a rectifié Tim gentiment.

— Parce que si Babou n'y va pas, le restaurant fermera et nous on descendra habiter ici, a émis Capucine non sans gourmandise.

— Alors, nous on descendra aussi, c'est pas juste, a protesté Adèle qui tient beaucoup de sa mère.

Ils étaient tous installés sur le grand lit où je souffrais la nuit, loin des bras de Grégoire : les filles côté oreillers, au chaud sous la couette, les garçons au pied. À une époque, ils avaient baptisé ce lit « le parloir ». On imagine qu'ils grandissent, finalement, pas tellement !

J'ai réclamé le silence.

— Je vais passer à la télé pour plaider la bonne foi de Boris.

L'occasion de leur expliquer que la mauvaise foi, c'est se mentir à soi-même ce qui est le plus inconfortable des mensonges.

Lorsque je leur ai demandé de promettre de ne parler de rien à leurs copains, un grand silence m'a répondu. Mon exposé sur le mensonge portait déjà ses fruits : ils se montreraient francs avec moi.

Pour les copains, c'était trop tard.

Hier, j'ai fait le fond de mon tableau. Certains préfèrent travailler sur une toile blanche. Pas moi. Le blanc total existe-t-il dans la nature ? J'ai choisi un gris-bleu léger. Sans doute m'arriverait-il de le laisser transparaître entre les couches plus épaisses de peinture, comme un lointain message.

J'ai regardé longuement les photos prises sur la plage, essayant de m'en imprégner. Le peintre est celui qui, devant le sujet choisi, ou plutôt devant le sujet qui s'est imposé à lui, parvient à saisir la lumière secrète qui le transfigure. S'il ne sait pas voir cette lumière, quand bien même il posséderait la technique la plus perfectionnée du monde, son tableau serait sans vie.

Derrière les rochers, les flaques nacrées abandonnées par la mer, la falaise gris-roux, j'ai vu la nostalgie, l'innocence perdue. Sous mes paupières fermées, un oiseau s'en est arraché. L'oiseau-espoir ? Un vertige m'a traversée.

Saurais-je dire tout cela ?

La lettre recommandée à en-tête de l'URSSAF est arrivée *Chez Babouchka* vendredi, veille de l'émission. Charlotte a réussi à l'intercepter et en a transmis photocopie aux avocats. Tout y était calculé : salaires des trois employés, redressements, intérêts de retard sur les cotisations dues. Une somme astronomique à ajouter à celle réclamée par les impôts.

La ruine.

Charlotte a caché la lettre dans un tiroir de sa commode, sous son petit linge. Telle mère, telle fille.

Et puis c'est le grand jour : un samedi pas comme les autres. S'il était comme les autres, nous serions allés tôt au marché, Grégoire et moi, acheter les produits frais. Il aurait ensuite préparé ses braises pour griller la viande dans la cheminée et, dès onze heures, commencé à consulter sa montre, inquiet : « Qu'est-ce qu'ils fichent ? Tu es sûre qu'ils viennent tous ? »

Il s'est levé alors que je venais seulement de m'endormir après une nuit agitée. Quand je suis descendue à la cuisine, il était déjà parti. Où ? J'ai éprouvé un lâche soulagement. Diane devait passer me chercher à onze heures. Grégoire absent, je n'aurais pas à lui dire au revoir.

« Si tu y vas, quelque chose sera définitivement cassé entre nous. »

Cette phrase alourdissait mon cœur tandis que Diane me conduisait chez son coiffeur où elle avait pris rendez-vous pour moi. Jamais encore je n'avais enfreint un ultimatum de Grégoire. Il est vrai que, jusqu'à aujourd'hui, l'occasion ne s'était pas présentée et j'avais toujours fini par l'amener à céder. Ma première désobéissance. Flagrante. Publique.

— Tout se passera bien. Tu verras que Grégoire finira par t'être reconnaissant d'y être allée, m'a rassurée Diane.

Me voyant débarquer sous une coiffure mi-barbe à papa, mi-montgolfière, Marie-Rose a poussé des cris. « Tu fais trop dame ! » Elle a détruit les trois quarts du travail de l'artiste sous l'œil consterné de Diane.

Jean-Yves avait été prié de nous laisser entre filles. Marie-Rose avait préparé un en-cas : des canapés à l'anguille fumée et des œufs de saumon. J'adore. J'ai été incapable d'y toucher.

Nous avions rendez-vous à la télévision à dix-huit heures trente pour le maquillage et un dernier tour d'horizon avec Sylvestre. Dès cinq heures j'étais prête. Mon tailleur-pantalon en chintz saumon, réservé aux mariages, et le corsage bleu roi acheté pour l'occasion, le bleu étant, comme chacun sait, la couleur qui passe le mieux à l'écran. Porterais-je le collier que Grégoire avait offert jadis à sa docile fiancée ? Un cœur suspendu à une chaînette d'or que je considérais depuis comme mon porte-bonheur ? Il serait bien capable d'y voir un sacrilège.

— Mais puisqu'il ne le regardera pas ! m'a rappelé Diane.

Cela, c'était une certitude. J'ai donc mis le cœur en découvrant qu'en certains cas exceptionnels, un sacrilège peut se transformer en protestation de fidélité.

Diane s'était, elle aussi, faite élégante. Marie-Rose avait revêtu sa plus belle tenue de bohémienne de luxe.

À chaque fois que le téléphone sonnait, mon cœur battait plus fort. Grégoire ? Même pas ! J'étais soulagée. J'étais déçue.

Nous étions sur la route lorsque le portable de Marie-Rose s'est manifesté. Charlotte pour moi. Sa voix tremblait.

— Maman ? Boris vient de trouver la lettre de l'URSSAF dans mon tiroir. Cette fois, il touche le fond. On n'a plus que toi.

CHAPITRE 21

Les gradins, peints de couleurs vives, pour ne pas
dire criardes, sont emplis d'une petite foule qui bruit
et s'agite comme avant un match.

Sur une estrade, face à cette foule, trois fauteuils
devant une table en forme de palette. Bon signe, la
palette ? Un seul siège est occupé, par Vanessa.

Elle est ravissante dans son pull moulant léopard
sur lequel tombent ses cheveux lisses, brillants,
retenus par un bandeau de même couleur que le pull.
Elle compulse tranquillement des fiches. Sur la
table, trois verres remplis d'eau.

Entre gradins et estrade, un large espace où
s'affairent des techniciens autour de caméras
montées sur des trépieds. Six caméras en tout... J'ai
compté.

Dès mon arrivée, Sylvestre m'a menée ici pour
m'expliquer le déroulement des opérations. Durant
l'émission, j'occuperai le fauteuil du milieu, entre
Vanessa et lui. Mais je n'y serai pas au début.
J'attendrai dans les coulisses d'où je pourrai tout voir
sans être vue. Je ne devrai pas m'inquiéter : son
assistant ne me quittera pas et m'indiquera le

moment d'entrer en scène lorsque après avoir exposé le cas de Boris, Sylvestre m'appellera.

Il m'a désigné une pendule aux chiffres rouges. « Lorsqu'elle marquera vingt heures quinze. » Il m'a conseillé de ne pas regarder les caméras.

La pendule indique dix-neuf heures trente-cinq. L'assistant est venu me chercher en salle de maquillage et m'a installée sur un tabouret, dans un coin sombre d'où j'ai vue, en effet, tant sur le plateau que sur le public.

Tiens ! Voilà mes amies. Au second rang des gradins, côté cœur. Bon signe, cela aussi ? C'est fou ce que l'inconnu peut vous rendre superstitieux. Car on a eu beau m'expliquer dix fois ce qui m'attend, je suis bel et bien en terrain inconnu. Et Marie-Rose, qui visiblement jubile, est la première à le savoir, elle qui m'y a engagée. Depuis l'enfance, elle ne cesse de me pousser vers l'aventure. Cette soirée n'est-elle pas son apothéose ? Grâce à elle, je vais être présentée à la « France entière », comme elle prétend.

Le public est mélangé : tous les âges, toutes les tenues, d'habillées à décontractées. Pour ces gens aussi cela doit être excitant de se trouver là. C'est vrai que beaucoup rêvent de « passer à la télé ». Et il y a, paraît-il, dix fois plus de candidats que d'élus.

Sylvestre surgit soudain près de moi. Il s'est changé. Il porte une chemisette à col ouvert d'un beau jaune poussin et lui aussi est passé au maquillage.

— Pas trop impressionnée, Babouchka ?

— Un peu quand même.

Il rit :

— Tout ira comme sur des roulettes, promis !

Dix-neuf heures quarante à la pendule. Un technicien vient accrocher un minuscule micro au revers de ma veste et me demande de glisser un boîtier sous ma ceinture.

— Maintenant, ne vous en occupez plus. Oubliez-le !

Facile ! Comme d'oublier que dans une petite demi-heure, quelques millions de téléspectateurs découvriront ma bobine sur leur petit écran.

Drôle de bobine !

La séance de maquillage a duré plus de trente minutes, dont une bonne moitié consacrée aux seuls yeux. Anticernes, ombres diverses, mascara. « Vous avez de longs cils, madame. » Les lèvres sont venues en dernier. « Que diriez-vous d'un saumon comme votre tailleur ? » La jeune artiste maniait houppettes, pinceaux, crayons, avec dextérité. Il y a sur mon visage plus de couleurs que je n'en mettrai jamais sur tous mes tableaux réunis.

À l'issue de la séance, j'ai eu du mal à reconnaître celle qui me regardait dans la glace. Plus belle ? Sans doute. Mais pas du « vrai » en langage petits-enfants ; ceux-là mêmes qui, à l'heure actuelle, à la maison ou chez Audrey, doivent être installés devant la télévision, force victuailles et boissons à l'appui, attendant le passage historique de Babou. Ils ont été furieux en apprenant que mon nom ne serait pas cité.

« Alors personne saura que tu es notre grand-mère ? »

Audrey s'est invitée à dîner chez ses beaux-parents afin d'éviter qu'allumant leur poste, ils ne tombent sur moi. Chez les Réville, pas question de regarder la télévision pendant les repas. Ils doivent en être à l'apéritif. Ils passeront bientôt à table.

Dix-neuf heures cinquante.

Sylvestre vient de rejoindre Vanessa sur l'estrade. Quelques personnes ont applaudi lorsqu'il est apparu. Ils parlent bas. Pour Boris, l'animateur m'a confirmé que, sauf événement hautement improbable, il aurait sa dernière chance. Côté avocats, ceux-ci sont optimistes. Ils espèrent obtenir des délais de paiements et la remise, au moins en partie, des pénalités. Le recours est prêt à être introduit dès lundi.

Aucune crainte donc à avoir quant au verdict. Mais si la voix me manquait ? Ne suis-je pas coutumière du fait ? « Quand tu as ta grosse voix ou que tu la perds complètement... », a remarqué Marie-Rose récemment. Et si je la perdais ?

Je la regarde sur son coin de gradin vert pomme. Vert comme l'espérance. Jean-Yves l'a rejointe, se plaçant entre les amies. Marie-Rose m'aurait-elle envoyée ici si elle avait pensé que je me planterais, elle qui prétend me connaître mieux que je ne me connais moi-même ? Certainement pas ! Rassurons-nous.

Mais peut-être aurais-je dû accepter la pilule calmante proposée par Diane avant de quitter la *Caverne*. Pilule interceptée par la brocanteuse furibonde : « Tu tiens vraiment à ce que Joséphine ronfle sur le plateau ? »

Ça, pas de danger.

— Générique dans cinq minutes, annonce un technicien à voix haute, direction Sylvestre.

Celui-ci passe les doigts dans ses cheveux, plus « crinière » que jamais, descend de l'estrade et vient se planter face aux caméras.

— Le silence, s'il vous plaît !

Celui-ci se fait aussitôt. Vingt heures moins une. Je voudrais reculer que ce serait impossible. Je suis liée au fil noir du micro qui permettra aux téléspectateurs de m'entendre.

— Trente secondes...

On a allumé tous les projecteurs. Il fait chaud. N'aurais-je pas dû accepter de laisser ma veste dans la salle de maquillage comme on me l'a proposé ? « Vous risquez d'étouffer. »

— Dix secondes...

Ne plus penser qu'à Boris. Non, Francis ! Surtout ne pas prononcer le nom de mon gendre.

— Cinq, quatre, trois, deux, un...

La musique éclate tandis que le générique se déroule. Puis elle se dissipe très progressivement et Sylvestre apparaît en gros plan sur tous les écrans.

— Bienvenue à *La Dernière Chance* !

Souriant, il pointe le doigt vers les téléspectateurs.

— Qui vous dit, madame, ou vous, monsieur, que demain ce ne sera pas vous notre invité ? À vous que nous offrirons la dernière chance, l'ultime, celle à laquelle on se refuse de croire de peur d'être une fois de plus déçu. À vous que nous tendrons la main.

Ma gorge se noue. Sylvestre est un excellent acteur. On la voit se tendre, cette main. Je vois Boris, j'entends la voix de Charlotte tout à l'heure : « On n'a plus que toi. »

À présent, l'animateur raconte l'histoire de Francis et de son restaurant condamné à fermer. Lorsqu'il prononce les mots « impôts », « charges sociales », des hou ! hou ! montent des gradins. Il laisse faire, puis reprend.

Qu'on ne s'y trompe pas : Francis est bel et bien fautif, passible de tout ce dont on le menace. Il a gravement enfreint la loi. Sa seule excuse ? Sa bonne foi. Pas un instant il n'a pensé tricher. C'est du moins ce qu'il affirme. Et c'est sur cette bonne foi que tout va se jouer ce soir. Nous allons, ici même, tenter de l'établir avant de décider s'il mérite ou non la dernière chance qui lui permettra de garder son restaurant.

Tandis que Sylvestre parle, je l'imagine, ce restaurant, en plein boum comme tous les samedis soir. Anastasia et Victor ont promis d'enregistrer l'émission. Auront-ils la possibilité de s'échapper de temps à autre pour suivre le débat ? Et mon Vladimir qui s'agite en cuisine sans savoir que son sort est en train de se jouer !

Les chiffres de la pendule indiquent vingt heures douze. L'assistant me fait signe de me lever. Mes jambes flageolent. Mon cœur fait des siennes. « Attention aux câbles », me rappelle le jeune homme. Sylvestre m'a déjà mise en garde : ils courent comme des serpents sur le plancher entre public et estrade. Il s'agit de ne pas m'y prendre les pieds.

— Le moment est venu de vous présenter notre invité, déclare Sylvestre. Vous vous attendez à voir Francis ? Eh bien non ! Francis n'a pas souhaité venir. Francis ne croit pas un instant qu'il peut s'en tirer...

De nouveaux hou ! hou ! montent du public. Le ton de Sylvestre se dramatise.

— Francis ignore que *La Dernière Chance* est capable de soulever des montagnes...

Les gradins exultent.

— Mais quelqu'un d'autre a courageusement décidé de venir le représenter. Quelqu'un de sa famille...

Il se tourne vers moi, le doigt pointé.

— Cette personne, c'est BÉATRICE.

L'assistant me pousse aux épaules. Je m'avance vers Sylvestre sous les applaudissements. Celui-ci me tend les mains.

— Jeune, belle, dynamique grand-mère des enfants de Francis. Venue défendre l'honneur de la tribu.

D'un geste galant, il m'aide à monter sur l'estrade. Nous prenons place dans nos fauteuils. Comment ne pas nous voir tous les deux sur tous les écrans ?

— Alors, Béatrice, prête au combat ?

— Plutôt impressionnée.

Rires sur les gradins. C'est ma voix. Ma « grosse voix ». Sylvestre me tend mon verre. Je bois sous quelques sifflets bon enfant tout en cherchant Marie-Rose qui m'adresse des signes encourageants.

— Francis emploie dans son restaurant cinq personnes, commence l'animateur. Sur les cinq, deux seulement sont déclarées. Deux ! Les autres ? Inconnues au bataillon. Et cela depuis l'ouverture de l'établissement : trois ans !

Il se tourne vers moi :

— Franchement, Béatrice, ne trouvez-vous pas que c'est un peu fort de café ? Peut-on ignorer si superbement la loi à une époque où l'on ne parle partout que de charges sociales excessives et de travail au noir ? Francis devait bien se douter que ce n'était pas très catholique ?

— Absolument pas, dis-je. Parce que ces trois personnes, il ne les a jamais payées. Pas un sou. Il ne savait pas que l'on devait verser des charges sociales sur des salaires qui n'existaient pas. D'ailleurs, moi aussi, je l'ignorais.

Quelques rires dans le public.

— Pas un sou ? On travaille donc gratis chez Francis ? feint de s'étonner Sylvestre.

— Quand on est de la famille, oui. Et ces trois personnes en sont. Famille proche, qui plus est. S'il avait dû embaucher à l'extérieur, il n'aurait jamais pu ouvrir son restaurant. Il n'a même pas fini de payer sa construction !

— Au bout de trois ans ! s'exclame Sylvestre. Le malheureux ne sait donc pas compter ?

— Il n'a jamais su. C'est un artiste.

Nouveaux rires légers. Est-ce bon signe pour moi ? Pour Boris ? Je ne suis plus inquiète pour ma voix. Tant bien que mal, elle passe.

— Je voudrais que vous nous parliez du chef, continue Sylvestre. Un vieil oncle à la retraite, je crois. Et seul maître à bord aux fourneaux ?

— Soixante-douze ans, dis-je.

— Alors on ne peut guère parler de nouvelle cuisine ! plaisante Sylvestre. La tambouille est bonne ?

— Sans doute, puisque les clients en redemandent.

Rires encore. Sylvestre semble satisfait. Vanessa me sourit.

— Ce vieil oncle, employé au noir, ne l'oublions pas, a, je crois, une histoire extraordinaire, reprend Sylvestre. Vous voulez bien nous la raconter, Béatrice ?

Il ne pouvait me faire plus beau présent ! Que pèsent les mots fraude, triche, magouille, face au courage, à l'héroïsme ? Je raconte le camp, la faim, les menus pantagruéliques élaborés par deux hommes pour échapper au désespoir et à la mort. La promesse qu'ils se faisaient de les mettre un jour à exécution. C'est dans ce but qu'ils ont tenu.

— En lui offrant une toque de cuisinier, Francis a permis à Vladimir de tenir sa promesse. Chaque jour il se venge du passé dans le fumet de ses casseroles. Il paierait pour que le restaurant continue. Il mourra s'il doit fermer.

Là, ma voix a flanché. Le public siffle ceux qui menacent le héros. Mon cœur explose. C'est pour Vladimir aussi que je dois gagner, que je VAIS gagner. Comme j'aimerais qu'il soit là et m'ait entendue faire son éloge. Vladimir ! Mon Dieu, j'ai révélé son nom et parlé de gastronomie ukrainienne ! Il n'y a pas trente-six restaurants russes dans la région. Tant pis !

Sylvestre est revenu au bas de l'estrade. La pendule électrique affiche vingt heures quarante. Ai-je parlé si longtemps ?

— Et maintenant, annonce-t-il, place à la musique. De tout temps, la musique n'a-t-elle pas été la plus belle gastronomie de l'âme ?

CHAPITRE 22

Il s'est tourné vers les coulisses et un groupe de musiciens a jailli sur le plateau, sous les bravos. Des Brésiliens qui se sont aussitôt mis à chanter et danser.

Sylvestre est revenu s'asseoir près de moi.

— Nous pouvons parler, les micros ont été débranchés.

Il m'a adressé un sourire ravi :

— Vous avez été parfaite, Babouchka. Continuez comme ça et c'est gagné. Vous les avez tous conquis.

Vanessa a approuvé.

La maquilleuse débarquait avec sa houppette. Elle nous a repoudrés tous les trois. On est venu remettre de l'eau dans les verres. J'avais vidé le mien. J'ai regardé du côté de mes amies. Dans le feu de l'action, je les avais complètement oubliées. Radieuses, les filles ! Marie-Rose m'a adressé un très peu discret V de la victoire. Apparemment, Jean-Yves semblait satisfait lui aussi. Ma poitrine s'est dilatée. Comment avais-je pu hésiter à venir ? Dire que j'aurais pu écouter Grégoire. Il était complètement à côté de la plaque, mon pauvre mari. Il aurait dû être là avec moi, pour me soutenir. Espérons qu'il accepterait au moins, une fois la partie gagnée, de regarder la cassette enregistrée par Anastasia.

— À présent, cela va être au tour de Vanessa de vous interroger sur les enfants, leur participation à la marche du restaurant, m'a rappelé Sylvestre. Le public pourra poser quelques questions s'il le souhaite.

J'ai acquiescé. Il me faudrait faire attention à ne prononcer ni le nom d'Anastasia, ni celui de Victor. Dire seulement « les enfants », ainsi que venait de le faire Sylvestre. Un instant, j'ai regretté d'avoir réclamé l'anonymat. Comme ils auraient été fiers, mes petits, de se voir cités. Bah ! C'était trop tard. Je me suis tournée vers les musiciens. De toute façon, quelle passionnante expérience ! Quelle belle soirée ! La musique m'a emportée.

— Dans cinq minutes, m'avertit Sylvestre. Attention aux micros.

Les chiffres rouges sur la pendule indiquent vingt et une heures. Encore une heure d'émission. Les musiciens s'apprêtent à quitter le plateau, saluant jusqu'à terre. Sylvestre est redescendu de l'estrade pour les remercier. Le public applaudit. Je bois une gorgée d'eau.

— Nous allons à présent revenir à notre étonnante grand-mère, annonce Sylvestre en désignant l'estrade. C'est Vanessa qui va l'interroger. Si vous le souhaitez, n'hésitez pas à poser des questions.

Sur l'écran, Vanessa et moi.

— Vous nous avez... mis en appétit avec le cuisinier, commence-t-elle. Pour rien au monde nous ne voudrions qu'on lui retire sa coiffe. Mais restent deux employés au noir dans le restaurant de Francis. Deux de vos petits-enfants, je crois ?

— Ceux de Francis et de ma fille.

— Racontez-nous comment cela se passe, Béatrice. N'ont-ils pas l'âge d'aller à l'école ?

Prenant garde de ne pas les nommer, je raconte comment, après la classe, et parfois le samedi, Anastasia et Victor donnent un coup de main à leurs parents : téléphone, vestiaire et, lorsque la salle est pleine, un peu de service. Au total, pas même un tiers de temps. Et sans rémunération aucune. Peut-on appeler ça tricher ? Aurait-on dû les déclarer lorsqu'ils ont repeint leur chambre ? À ce compte-là, Francis aurait-il dû me déclarer, moi, lorsque j'ai participé à la confection des rideaux pour le restaurant ? La solidarité familiale n'a-t-elle plus le droit de s'exercer ?

J'ai parlé d'une traite, plus assurée que durant la première partie de l'émission. Je crois bien m'être un peu échauffée. C'est que je voyais le trop petit Victor au standard. Attentive, discrète, Vanessa m'a laissée aller jusqu'au bout sans m'interrompre. À présent, elle m'adresse un sourire malicieux.

— La solidarité familiale..., répète-t-elle en hochant la tête. Savez-vous combien de fois en quelques minutes vous avez prononcé le mot « famille », Béatrice ? SIX. Alors, pour vous, hors la famille point de salut ?

Je lui rends son sourire.

— Je n'ai jamais voulu dire ça. Mais il est vrai que, chez nous, elle a son importance.

— « Chez vous ? » C'est donc Travail, Famille, Patrie ? attaque-t-elle soudain.

Quelques rires fusent dans le public. Je ne comprends pas. Pourquoi cette question ? Où a-t-elle été la pêcher ?

— Quand bien même ces trois mots placés côte à côte évoquent une période sombre de notre histoire, je ne vois pas pourquoi on s'en priverait aujourd'hui. Chacun a son importance, dis-je en m'efforçant de garder mon sourire.

— Comme la morale, les valeurs, tout ça ?

Cette fois, le ton était franchement ironique. Grégoire a coutume de dire que, si l'on peut construire sur l'humour, l'ironie détruit à tous coups. Une gêne monte dans ma poitrine. Je me tourne vers Sylvestre qui m'adresse un signe apaisant. Je réponds plus froidement.

— Pourquoi pas ? Jusque-là, on n'a rien trouvé de mieux que quelques valeurs bien affirmées pour vivre ensemble sans trop de dégâts. Que ce soit dans la famille ou ailleurs.

Le petit vent d'applaudissements qui court dans le public me réconforte. Je regarde du côté de mes amies. Marie-Rose fronce le sourcil. Ce n'est pas pour me rassurer.

— Voilà qui est très joliment dit, approuve Vanessa du même ton.

Dans les gradins, une main se lève. Celle d'un garçon au pull bariolé, cheveux très courts, une vingtaine d'années.

— Monsieur voudrait poser une question, s'empresse Vanessa. Peut-on lui passer un micro s'il vous plaît ?

Tandis qu'on apporte celui-ci au garçon, l'une des caméras fait marche vers lui... Impossible de ne pas regarder les écrans malgré le conseil de Sylvestre. Le jeune homme nous y apparaît. Il se lève.

— Allez-y, monsieur. Nous vous écoutons, l'encourage l'animatrice.

— Je voudrais demander à Béatrice si elle est pour la vente des préservatifs au lycée, interroge-t-il.

Coup de poing dans ma poitrine. Quelques rires, gênés, me semble-t-il. C'est mon visage sur les écrans. Dois-je répondre à ce genre de question ?

— Je ne pense pas être venue pour parler de préservatifs.

Le garçon reprend place sur son siège sans insister. Je n'ose plus regarder du côté de mes amies. Comme si j'étais responsable de cette question. Ou coupable de n'y avoir pas répondu ?

— Reconnaissons que le sujet des préservatifs n'est pas précisément à l'ordre du jour, admet Vanessa avec un rire.

Elle se tourne vers moi :

— Mais, avant d'accorder une si précieuse dernière chance à notre invité... ou à celle qui le représente, vous comprendrez, chère Béatrice, que nous nous efforcions de le cerner le mieux possible. Et ici la parole est libre.

« Chère Béatrice »... L'hypocrite ! N'est-ce pas par ses propres questions, insidieuses, insolentes, qu'elle a amené celle du garçon ? Je ne réponds pas. Tout ce que dit Vanessa me semble à présent piégé. Sylvestre et elle se seraient-ils partagé la tâche ? À lui le sérieux, l'émotion, à elle la rigolade ?

— Puisqu'il est question de parole, reprend-elle légèrement. Vous nous avez expliqué, Béatrice, combien, dans votre famille, le dialogue était important. Vous vous dites vraiment tout ? Tout-tout-tout ?

— « Tout » serait sans doute exagéré, mais nous dialoguons un maximum. N'est-ce pas faute de communication que tant de drames se produisent ?

J'ai répondu sèchement. Tant pis si je parais moins « sympa », mais le jeu de la donzelle me semble à présent limpide. Elle a choisi la famille pour cible.

Moi qui pensais qu'elle regrettait de n'en pas avoir !
Avait-elle déjà, m'interrogeant hors écran, l'intention
de retourner mes réponses contre moi ? Était-ce
dans ce but qu'elle prenait toutes ces notes ?

À côté du jeune homme au pull bariolé, une jeune
fille lève la main. Sont-ils ensemble ? Blouson de
cuir, longs pendentifs aux oreilles, elle a un sourire
qui ne me dit rien qui vaille. Vanessa la désigne.

— Mademoiselle a une question à poser. Micro,
s'il vous plaît.

On apporte celui-ci à la jeune fille qui se lève.

— Attention, une question si possible pas trop
hors sujet, plaisante Vanessa.

La jeune fille me fixe. Son voisin la pousse du
coude pour l'encourager à parler. Effectivement, ils
sont ensemble. Méfiance ! Elle se décide.

— Je voudrais demander à Béatrice si la
communication comprend aussi la couleur de ses
petites culottes. Choisissez-vous vos petites culottes
en famille ?

Dans les gradins, sifflets et rires explosent. Dans
un brouillard, j'entends la voix de Sylvestre :
« Allons, allons... » Et voilà que le garçon au pull
bariolé s'empare du micro de sa voisine. Lorsqu'il
s'exprime, sa voix est à la fois gouailleuse et
agressive. Une voix sale, qui veut souiller.

— Et l'amour ? demande-t-il. Avec votre mari
bien sûr. L'amour sans préservatif. Combien de fois
par semaine ?

Je tombe.

Sur les gradins, le chahut est à son comble. À
nouveau, la voix de Sylvestre, plus autoritaire :
« Silence. » En moi, une tempête qui monte. Comme
le jour des Apaches sur la falaise. Ce soir, c'est pire.

La menace n'est pas physique. C'est en plein cœur qu'on m'attaque.

Je me lève.

Main de Sylvestre sur mon poignet.

— Béatrice, écoutez-moi...

— NON.

Mon cri suspend un instant le tapage. Il est monté du plus profond de mes tripes. Mes tripes, c'est ça. Je me tourne vers celui qui a posé la question. Il rit sous cape avec sa voisine. Mon regard fait le tour des gradins. Puis il se fixe sur Vanessa. Je ne tombe plus, portée par la colère. J'entends ma voix, une voix impossible, grosse d'angoisse et de révolte. Mais, bizarrement, posée. Résolue.

— Je croyais être venue ici pour défendre un homme dans la détresse. Je ne pensais pas participer à une bouffonnerie. Continuez à rire sans moi.

— Béatrice, attendez...

Le sourire de Vanessa s'est craquelé. Je détache le micro de ma veste. Le regard de Sylvestre est plein d'une immense incrédulité.

— Mais que faites-vous ? Vous ne pouvez pas ? Vous n'avez pas le droit !

Il tend à nouveau la main vers moi. Je la repousse. Je pose micro et boîtier sur la table. Le seul droit qui me reste, au contraire : me tirer. D'une certaine façon, me faire hara-kiri comme l'avait prédit Grégoire.

— Babouchka, je vous en supplie !

Je descends les trois marches de l'estrade. Attention aux câbles ! Je louvoie entre techniciens et caméras. Toutes me suivent tandis que je me dirige vers la sortie, dans un silence à présent absolu.

Je claque la porte au nez de *La Dernière Chance*.

CHAPITRE 23

Un vent glacé traversait le carrefour, s'engouffrait dans la rue déserte, brassant des odeurs de naufrage et de solitude. Les talons trop hauts de mes escarpins claquaient sur le trottoir. Je courais. Disparaître avant qu'on ne me rattrape. Fuir ma honte, mon désespoir. Je n'ai ralenti, hors d'haleine, qu'une fois dans l'avenue.

Sous les guirlandes de Noël, quelques rares promeneurs bien emmitouflés s'attardaient aux devantures ou aux menus des restaurants. Une petite queue s'était formée devant une salle de cinéma. Mais pour la plupart, les gens devaient être restés chez eux. Vingt et une heures trente. Regardaient-ils la télévision ? *La Dernière Chance* se terminerait à vingt-deux heures.

Une voiture est passée, toutes vitres baissées, répandant un flot de musique. À l'intérieur, des garçons et des filles chantaient à tue-tête. Parce qu'on était samedi, le jour pour s'amuser, parce qu'ils étaient jeunes. Ils ne devaient guère être différents de ceux qui, il y a un instant, entraînés par Vanessa, s'étaient payé la tête de la grand-mère, histoire de rigoler un peu.

Cette salope de Vanessa.

C'était elle qui avait donné le ton en s'attaquant à ce qui m'était cher. Mais Sylvestre n'avait-il pas laissé faire ? Jusqu'à l'irréparable ? Une seule consolation : leurs visages incrédules, leurs sourires détruits lorsque j'avais posé mon micro sur la table.

En passant, je me suis aperçue dans une vitrine. Que faisait-elle, la grand-mère, trop bien coiffée, maquillée à l'excès, dans son tailleur de mariage et un corsage neuf, loin de ceux qui l'aimaient ? Pour qui s'était-elle prise ? Une onde de froid m'a pétrifiée. Et mon manteau ? Mon plus beau, mon plus chaud, que j'avais laissé dans la salle de maquillage ! Un détail dans le désastre, mais, en y songeant, il m'a semblé m'enfoncer tout à fait. « Vous pouvez aussi laisser votre sac, il ne craindra rien », avait proposé la jeune esthéticienne. Une chance que j'aie tenu à le garder avec moi.

Un taxi maraudait. Je l'ai arrêté et lui ai donné l'adresse de la *Caverne*. Rentrer à la maison ? Impossible. Au-delà de mes forces, l'idée d'affronter, vaincue, ceux qui avaient mis leurs espoirs en moi.

Et Grégoire. Grégoire surtout !

« Combien de fois par semaine faites-vous l'amour avec votre mari ? »

Devant toute la France.

Mon Grégoire si pudique, si réservé.

Savait-il déjà ? Lui avait-on raconté ? Si ce n'était fait, cela ne tarderait pas. Un bon ami s'en chargerait. Maurice, par exemple. « Cachottier ! Tu nous avais caché que ta femme passait avec le beau Sylvestre... »

Comme il allait souffrir lorsqu'il apprendrait. Ses paroles me revenaient : « Moi, je ne m'en balance pas de voir ma femme se ridiculiser. » Pour n'avoir pas voulu l'écouter, par orgueil, inconscience, égoïsme aussi, je l'avais laissé ridiculiser, lui. Jamais il ne me pardonnerait.

Et tout cela pour rien. Puisque j'avais coulé Boris.

« Une bouffonnerie »... Comment Sylvestre pourrait-il, lui, me pardonner d'avoir publiquement insulté son émission ? L'événement hautement improbable s'était produit, Boris n'aurait pas sa dernière chance, le restaurant serait vendu, Charlotte m'en voudrait toute sa vie.

— Nous y sommes, madame.

Déjà ? Le taxi était arrêté à la porte de la *Caverne*. Je me suis arrachée avec peine de mon recoin sombre. Moulue de corps comme de cœur. Si j'avais pu, ainsi que dans certains films, ordonner au chauffeur : « Roulez, allez où vous voudrez, droit devant vous, roulez, roulez... » Souvent, une musique émouvante accompagnait ces mots, rendant le désespoir presque beau. Mais c'était du cinéma, pas la vie. La vie, pour moi, ce soir, c'était ce trou noir où je tombais, la certitude d'avoir tout perdu en perdant Grégoire.

— Vous pouvez garder la monnaie.

L'intolérable douleur d'avoir publiquement laissé bafouer l'homme que j'aimais...

— Merci madame. Bonne soirée !

Au vu de mes beaux atours, le chauffeur croyait-il que je me rendais à une fête ?

J'ai ouvert la porte. Une clé pour le haut, une pour le bas. Marie-Rose craignait d'être cambriolée, elle qui avait offert le meilleur de moi aux pilleurs d'âme. Quelle joie avais-je éprouvée lorsqu'elle m'avait offert ces clés ! « Ainsi tu pourras débarquer à n'importe quelle heure, sans prévenir. Tu seras chez toi. » Je m'étais dit : « Chez moi pour le bonheur. »

Comment aurais-je pu imaginer que ce serait pour le désespoir ?

Que faisait-elle, Marie-Rose, à cet instant même, alors que l'émission devait se terminer ? Était-elle fière de m'avoir envoyée au casse-pipe ? Et Diane ? Qu'avait-elle éprouvé lorsque le garçon avait posé sa question : « L'amour combien de fois ? » Diane la pudibonde. « Tout se passera bien. Tu verras que pour finir, Grégoire te sera reconnaissant d'y être allée. »

Bravo, Diane. Bien vu !

J'ai refermé la porte et allumé. Cela sentait le bois, la poussière, le passé, le cimetière. Ici, reposaient les vestiges d'époques révolues où, sans compter ni son temps ni sa peine, on créait avec fierté de la beauté et même parfois de l'éternel. Cela avait donné ces tableaux, ces meubles, ces objets, ces livres. Cela avait donné aussi des églises, des cathédrales, des châteaux, de la musique et tant d'autres splendeurs, d'autres appuis, qui participaient à la joie de vivre puisque le Ciel y était présent.

Riez !

Riez des cathédrales, taggez les châteaux, profanez les cimetières. Riez des valeurs, de l'amour, des grands mots. Amputez-vous de vos racines. Le rire décape. Riez jusqu'à ce qu'il ne reste en vous que le vide, le néant, le « à quoi bon », c'est-à-dire la mort.

Voilà ce que j'aurais dû leur dire avant de quitter l'émission. Mais probablement n'en auraient-ils que ri davantage.

Derrière le rideau, ma toile m'attendait. J'ai éteint dans l'atelier, ne laissant qu'une loupiote chez moi. Le fond avait séché : gris-bleu très doux, neutre. J'y ai passé le doigt. Là, je m'inscrirais.

Lorsque sur l'estrade la tempête s'était levée, je m'étais vue ici. Je comprenais maintenant que si j'étais restée, même sans participer à la bouffonnerie, peut-être aurais-je sauvé Boris, mais je me serais perdue en perdant l'estime de moi-même. Mon oiseau aurait refusé d'ouvrir ses ailes. Sans doute aurais-je renoncé à peindre.

Non ! Pas le moindre regret d'être partie, celui de ne pas l'avoir fait plus tôt. Celui de ne pas avoir écouté Grégoire.

Vingt-deux heures quinze. Le rideau était tombé sur une pièce ratée. On ne boirait pas le champagne. Comment Sylvestre s'en était-il tiré ? Quelques pirouettes probablement, musique et chansons. Francis avait dû être effacé en douceur. Il n'avait pas voulu venir se défendre lui-même, sa représentante avait démissionné, peut-on être plus royaliste que le roi ? Sans doute n'avait-on même pas parlé de verdict.

Une pendule a sonné dans l'atelier, voix éraillée comme celle de la maison. La maison... Là, devait régner la consternation. Idem chez Audrey. Charlotte avait-elle déjà été mise au courant ? « On n'a plus que toi, maman. » S'inquiétait-on de moi ? Ils devaient penser que j'étais restée là-bas avec mes amies.

Mes amies...

Un peu plus tard, j'ai entendu s'ouvrir la porte de la brocante. Probablement Marie-Rose et Jean-Yves qui rentraient. La lumière a jailli dans l'atelier, j'ai vivement éteint la mienne. Ils ne parlaient pas. Sans doute s'étaient-ils fait copieusement engueuler par Sylvestre. Pas volé ! Passez une mauvaise nuit dans votre lit Empire, les amis.

Un pas venait vers mon refuge. Un meuble a été heurté. Marie-Rose, forcément. Elle avait dû appeler à la maison, apprendre que je n'étais pas rentrée, deviner où je me trouvais.

Comment ne comprenait-elle pas que je ne voulais pas la voir, ni personne, que je n'étais pas en état ? Fous le camp, Marie-Rose. Fiche-moi la paix.

Une main a soulevé le rideau. Une main d'homme.

— Ne pleure pas, a dit Grégoire. Tu as été magnifique.

CHAPITRE 24

Vingt heures sonnaient à la maison, l'émission allait commencer lorsque Capucine en larmes était venue frapper à la porte du carré où son grand-père s'était enfermé sans dîner.

— Justino a dit que tu allais divorcer.

Décidément, une idée fixe chez cette petite !

— Et si tu divorces, avait-elle poursuivi entre deux sanglots, nous, on pourra plus venir ici.

Grégoire a toujours éprouvé pour cette blondinette aux yeux clairs une préférence coupable. Il s'en défend en prétendant que l'absence de père l'oblige à l'entourer davantage. (Et Boris ?) Quand bien même, il était en train de m'envoyer au diable, pouvait-il la laisser sans réponse ?

— Et pourquoi je divorcerais, dis-moi ?

— Parce que Babou va passer à la télé dans trois minutes, sans ça Boris se tuera avec le revolver qu'il a caché en haut de la bibliothèque pour que les enfants le trouvent pas.

Première nouvelle, le revolver en haut de la bibliothèque ! Cette histoire de roulette russe n'aurait-elle donc pas été totalement inventée ?

Sur ce, Capucine avait recommencé à pleurer.

Comme la plupart des hommes dignes de ce nom, Grégoire est désarmé par les larmes des femmes et lorsque celle, en herbe, lui avait tendu la main avec un regard de prière, il l'avait prise aussitôt dans la sienne. Le malheureux était piégé. Le désespoir n'a jamais empêché la lucidité, parfois même il l'aiguise et Capucine savait pertinemment pourquoi elle était venue.

Elle avait tiré sa proie jusqu'au canapé du salon où Thibaut et Justino regardaient le générique de *La Dernière Chance*. Ceux-ci s'étaient poussés pour lui faire de la place, agissant comme s'ils trouvaient la chose tout à fait naturelle, paraissant oublier que Grégoire nous menaçait depuis huit jours de se débarrasser de l'instrument maudit. Pour parachever son œuvre, la petite s'était blottie sur les genoux de son grand-père.

J'apparaissais en gros plan sur l'écran.

— Elle a quand même un sacré culot d'avoir mis son pendentif, avait râlé Grégoire en voyant briller le cœur dans mon décolleté.

Pratiquement ses seules paroles jusqu'à la fin de l'émission.

Aucun commentaire durant la première partie, tandis que je répondais à Boris et faisais l'éloge de Vladimir. Pas un mot quand Vanessa était entrée en action. Mais lorsque le garçon au pull bariolé avait posé la question sur les préservatifs, Grégoire avait jailli du canapé et, tandis qu'il arpentait la pièce, son visage faisait, paraît-il, peur à voir. La demande de la jeune fille quant à la couleur de mes petites culottes avait été accueillie par un grognement sauvage. À celle de « l'amour combien de fois », il avait quitté le salon.

En somme, nous étions sortis en même temps.

Le téléphone avait commencé à sonner à la maison sitôt après que j'eus quitté la scène. Pour ne plus cesser. Amis, voisins, commerçants, maman appelant du Midi. Thibaut et Justino se relayaient à l'appareil. Tout le monde répétait la même chose : « Honte à Vanessa et Sylvestre. Bravo à Béatrice d'être partie. »

Il sonnait aussi, le téléphone, au standard de la télévision à Caen, tandis que l'émission se poursuivait sous le signe de la chanson. Et il carillonnait à Paris, au siège de la chaîne. Les messages étaient semblables à ceux qui affluaient chez nous. Messages d'indignation où le terme de « boullonnerie » était abondamment repris. On demandait, on exigeait que je sois retrouvée et que l'on me fasse des excuses.

Ces excuses, Sylvestre, tenu au courant de la marée d'appels, me les avait présentées en fin d'émission. Il avait été décidé d'accorder sa dernière chance à Boris.

Je ris, je pleure. Grégoire m'a attrapée aux épaules. Il me fait mal. Ça fait du bien. Nous sommes passés dans l'atelier où une pendule folle sonne n'importe quelle heure, simplement pour se faire entendre, me dire que le vieux monde a encore de la voix, et que tant qu'existeront des hommes, il y en aura quelques-uns pour savoir dire non et répondre aux ricanements par la beauté.

— Si tu n'étais pas partie, tu ne me revoyais plus de ta vie, affirme mon mari d'une voix féroce.

Je tombe sur sa poitrine, j'enfouis mon nez dans sa vieille veste de velours râpé, je dis pardon et encore pardon, moi qui ai horreur de ça. Mais j'ai eu si peur de t'avoir perdu, j'ai vraiment cru que j'avais tout cassé, que c'était terminé entre nous. À jamais ! S'il te plaît, raconte encore. Reprends depuis le début, quand Capucine est venue te chercher parce qu'elle craignait qu'on divorce, quand tu as accepté de me regarder, toi qui voulais bazarder le poste au premier venu. Raconte le téléphone, les gens qui me disaient « bravo » alors que je croyais la France pliée en deux, en train de se gausser de moi, de nous. Et quand tu as décidé de venir me chercher... et comment tu m'as retrouvée...

Pour que je sois bien sûre que tu m'as pardonné.

Le meilleur moment des contes de fées n'est-il pas celui où, au fond du désespoir, on aperçoit, là-bas, une petite lumière ?

En fait de petite lumière, j'essuie un orage. C'est Grégoire qui a la grosse voix. Ah ! Ah ! Il me l'avait bien dit ! (Phrase à ne jamais prononcer vis-à-vis d'une malheureuse déjà écrasée par le poids d'une erreur annoncée.) Ah ! Ah ! une fois de plus, qui avait vu juste, dis-moi ? Mais, comme d'habitude, madame n'a rien voulu entendre, elle a préféré suivre l'avis de sa pécore qui, d'ailleurs, en a pris pour son grade lorsque, avec Diane, elle a eu le culot de débarquer à la maison après l'émission.

— Elles sont venues à la maison ? Vraiment ?

— Pardi ! Elles avaient un message pour toi.

— C'est quoi ?

L'œil s'assombrit plus encore. Il s'y mêle, miracle, un soupçon d'humour.

— Tu aurais mis cette foutue émission KO. Tu dois rappeler Sylvestre d'urgence.

Soudain, tout tourne. Grégoire me rattrape avant que je ne touche le plancher. Il me pose sur une bergère-gondole Louis XVI, au creux de laquelle je tangue un moment avant de comprendre ce qui m'arrive. Quel bonheur, ce visage décomposé au-dessus du mien, cette voix altérée.

— Où as-tu mal, dis-moi ? Pas à l'épaule gauche, au moins ? Ce n'est pas ton cœur ?

— C'est la faim, dis-je simplement.

Et comme le pauvre semble avoir compris la « fin », j'ajoute bien vite : « Je n'ai rien mangé depuis hier. »

Nous sommes dans un bistro italien avec nappes à carreaux et bougies sur les tables. Grégoire a commandé d'autorité pour ma faible personne une pleine assiette de sucres lents à la bolonaise, et pour son estomac délicat une brochette de gambas grillées. Le tout arrosé d'un chablis vif et parfumé.

Tandis que je reprends force, il me regarde d'un air inhabituel. Je dirais : gourmand. Je dirais que c'est la coiffure, le maquillage – où les larmes ont fait un minimum de dégâts, bravo l'artiste ! – le corsage neuf. Bref, cette inconnue-connue assise en face de lui. Voilà longtemps que je ne lui avais vu ces yeux-là !

Hélas ! C'est ce qui rend si acrobatique la vie de couple. Par la faute d'un instinct primaire qui pousse les hommes les mieux calés dans leurs chaussons à loucher vers le nouveau, nous devrions, pauvres épouses, pour conserver leur désir, savoir passer des mules aux escarpins, du jean aux porte-jarretelles, ce qui est vraiment crevant après des lustres de mariage, et alors qu'en ce qui nous concerne, nous avons fini par nous accommoder d'eux tels qu'ils sont.

À ce propos, les hommes étant extrêmement vulnérables quant à cet instinct primaire, le plus souvent incontrôlable, il va me falloir très vite aborder le côté le plus délicat de ma prestation chez

Sylvestre. En effet, si, pour la couleur de mes petites culottes, Grégoire devrait s'en remettre, pour « l'amour combien de fois ? » il pourrait bien rester une gêne, Charlotte dirait « un lézard », tant que nous n'en aurons pas ri ensemble. Certains rires peuvent être salvateurs ! Il me faut donc trouver le moyen d'introduire le sujet avant que Grégoire ne l'enfouisse dans son subconscient.

Pour l'heure, nous partageons un sabayon : jaunes d'œufs, sucre, vanille, citron, battus vigoureusement, ajoutez un doigt de xérès. J'hésite à me lancer lorsque mon homme regarde sa montre avec incrédulité.

— Une heure du matin ? Il faut que j'appelle la maison. Ils ne savent même pas que je t'ai retrouvée. Décidément, tu me fais perdre la tête.

On nous porte un appareil sur la table. Bien entendu, notre ligne est occupée. Reste le portable de Thibaut. Ça sonne.

Écoutons avec tendresse le mari donner les dernières nouvelles au fils.

— Oui, oui, ta mère est avec moi. Un peu secouée, bien sûr, mais entière... Quand nous rentrons ?

Tombons des nues.

— Eh bien, nous ne rentrons pas ! Parfaitement, nous découchons.

Retombons sur terre.

— Pense à sortir le gigot du congélateur pour demain. Le plus gros. Je suppose que tout le monde sera là. Et prépare-moi des braises qui s'appellent des braises, pas des lucioles.

CHAPITRE 25

Mon prince charmant m'a menée dans un grand hôtel où l'employé de nuit, voyant débarquer ce couple sans bagages, lui soutenant sa princesse un rien chablinisée, n'a pu dissimuler un sourire incrédule lorsque Grégoire a tenu à préciser – alors qu'on ne lui demandait rien – que nous étions mari et femme.

Mon économe retraité, capable de changer d'étal pour gagner vingt centimes sur une laitue, a demandé la chambre royale, avec salle de bains en marbre, peignoirs, serviettes-éponges à gogo, savons parfumés, huiles adoucissantes, crèmes de beauté variées. Sans compter bar et télévision que nous avons superbement ignorés, ayant assez usé des deux pour la soirée.

Une façon pour Grégoire de se faire hara-kiri à son tour en vidant son porte-monnaie ?

Là, dans les bras l'un de l'autre, au creux de draps soyeux, nous avons répondu en beauté à la question du garçon au pull bariolé. Et remis ça, le jour levé, après un savoureux petit déjeuner pris au lit : pamplemousse pressé, œufs au bacon, café au lait, viennoiseries. Deux fois l'amour en quelques heures, qui dit mieux pour des vermeils ?

Il ne serait pas nécessaire de revenir sur le sujet.

— Peut-être faudrait-il passer aux choses sérieuses ? a déclaré mon Pacha, tout guilleret, en remettant pied sur la moquette. Je parie qu'il n'y aura pas assez de braises pour le gigot. Thibaut s'y prend toujours trop tard.

Les choses sérieuses...

Nous avons quitté l'hôtel vers dix heures trente. C'était une magnifique matinée grise et pluvieuse de décembre en Normandie. Soudain, toutes les cloches des églises se sont déchaînées et, oubliant un instant que nous étions dimanche, j'ai imaginé que ce concert saluait ma victoire. On prend vite la grosse tête après des amours réussies.

L'idée de cette victoire a dû effleurer Grégoire car il s'est enfin décidé à parler de Boris.

— Je suppose qu'à la prochaine connerie de ton gendre, tu demanderas audience à Sa Sainteté le Pape, a-t-il raillé.

C'était un début. Il lui restait à accepter la boucle d'oreille, la queue de cheval, l'irresponsabilité, l'artiste. Finalement, Vanessa n'avait pas tout faux : aucune famille n'est idyllique.

La nôtre guettait notre retour avec impatience, moins Charlotte qui attendait *Chez Babouchka* le réveil du héros malgré lui. À l'aube, sitôt les derniers clients partis, celui-ci s'était jeté au lit avec force somnifères. Il dormait encore et, bien sûr, ignorait tout de sa victoire.

Sur l'ardoise de la cuisine, ma cadette avait effacé la précieuse liste de courses pour y inscrire mille mercis. Peut-être manquerions-nous de papier essuie-tout, de sel ou d'allumettes, mais preuve était faite que

Charlotte, elle, gardait le sens des « choses sérieuses ».

Les enfants m'ont fêtée : « Babou, tu étais très belle hier. Mais pourquoi tu t'es mise en colère ? Pourquoi tu es partie avant la fin ? Les préservatifs au lycée, on est tous pour ! C'était marrant, tes petites culottes. Nous, on sait qu'elles sont à fleurs, on les voit sécher sur le fil. »

Quant à « l'amour combien de fois ? », aucun commentaire. Soit ils s'en fichaient, soit Audrey était passée par là. Bien entendu, mon aînée faisait la gueule. Jean-Philippe, lui, m'a agréablement surprise en glissant à mon oreille un chaleureux : « Bravo, Béatrice. Vous les avez bien eus ! »

Au salon, le téléphone continuait de sonner. Justino avait dressé une liste de personnes à rappeler d'urgence : Félicie dans le Midi, Marie-Rose et Diane à la *Caverne*, et surtout Sylvestre à la télévision. Il avait, depuis cette nuit, appelé au moins dix fois. Un têtu, celui-là !

Pour l'heure, j'avais mieux à faire : deux tournées de frites qui accompagneraient le gigot. Les frites, le dimanche, c'est sacré chez nous.

La voiture de la télévision est entrée dans la cour alors que nous allions passer à table. Les enfants ont porté Sylvestre en triomphe à la cuisine où j'étais occupée à disposer pieusement sur un plat les tranches de gigot, découpées par mon prince charmant, en tenue de dimanche, c'est-à-dire en loques.

Sylvestre me rapportait mon manteau, ce qui m'a tout de même fait plaisir. J'en avais fait mon deuil, jugeant que sa perte serait ma punition. Une punition levée est toujours bonne à prendre.

L'animateur avait la tête de quelqu'un en manque de sommeil. Un instant, j'ai craint que Grégoire ne le saisisse au collet et le fiche dehors, mais mon mari s'est contenté de cacher ostensiblement sa main derrière son dos quand Sylvestre a tendu la sienne. Moi, si la petite Vanessa avait osé mettre le pied chez moi, je ne me serais pas montrée si bien élevée. Ce n'est pas pour rien que j'ai pratiqué, durant des années, la self-defence. Elle se serait souvenue longtemps de l'accueil.

La cuisine était presque aussi pleine que le soir de la dame blanche, ce qui m'a fait souvenir avec un peu de mélancolie qu'hier, à la *Caverne*, Grégoire n'avait d'yeux que pour moi. Pas un regard pour l'artiste et sa future grande œuvre.

— Je suis venu vous présenter mes excuses et celles de la chaîne, a déclaré Sylvestre après s'être éclairci la gorge. Sachez que je veillerai personnellement à ce que tout soit mis en œuvre pour tirer Francis d'affaire.

— Boris, ai-je rectifié.

Je l'ai regardé droit dans les yeux. Il ne m'impressionnait plus du tout.

— Lui auriez-vous accordé cette dernière chance si les téléspectateurs n'avaient été derrière moi ?

Son embarras m'a donné la réponse : c'était bien toute la France qui avait sauvé Boris.

— Il est vrai qu'en nous faussant compagnie, vous avez déclenché une sorte de raz de marée, a-t-il reconnu. Et cela n'est pas terminé. Les gens continuent à appeler. Beaucoup souhaiteraient vous écrire. Ils veulent connaître votre nom.

— J'espère que vous ne le leur donnerez pas.

— Une promesse est une promesse, s'est-il rebiffé.

— Comme lorsque vous m'assuriez que tout irait comme sur des roulettes ?

Il s'est détourné. À la façon dont il se tortillait, on devinait aisément qu'il n'était pas venu seulement pour me rapporter mon manteau et me rassurer sur le sort de Boris. Sans doute la présence de Grégoire, derrière moi, son couteau à découper à la main, le retenait-il de me présenter sa requête. Il a fini par s'y décider.

— Accepteriez-vous d'être l'invitée du journal de la soirée ? Je pourrais ainsi vous présenter officiellement les excuses de l'émission pour le regrettable incident.

En claquant la porte, aurais-je mis *La Dernière Chance* en danger comme le supposait Grégoire ? C'était me faire bien de l'honneur.

— Je n'appellerais pas ça un « incident », ai-je rectifié. Le rire faisait sûrement partie du programme. L'ennui est que nous ne rions pas des mêmes choses. Quant à venir ce soir, certainement pas. La télévision, c'est terminé pour moi.

Derrière mon épaule, j'ai senti le soulagement de Grégoire. Tout autour, la déception des enfants.

— Est-ce vraiment là votre dernier mot ? a insisté Sylvestre, l'air malheureux. Savez-vous que nous avons battu des records d'audience ? Tout le monde vous attend... quelques minutes seulement...

— Puisqu'elle vient de vous dire non, bougre d'imbécile ! a soudain explosé Grégoire. Si vous y tenez, invitez-moi donc. J'accepte !

Grégoire à la télé ? Jusqu'où peut aller l'amour...

J'ai raccompagné Sylvestre à sa voiture. Je le plaignais un peu. Il était comme une marionnette dégonflée. Même son Brushing était tombé. Il avait le cheveu plat et terne.

— J'ai viré Vanessa, m'a-t-il appris avec un gros soupir.

Curieusement, cela ne m'a procuré aucun plaisir.

— Vous auriez mieux fait d'arrêter son petit jeu à temps. Avouez qu'elle était là pour mettre du piment ?

Il n'a pas nié.

— Comment aurais-je pu me douter que vous nous planteriez là ? a-t-il reconnu. En vingt ans de carrière, cela ne m'était jamais arrivé.

— À l'avenir, vous vous méfierez. J'espère avoir donné l'exemple.

— Babouchka, vous êtes redoutable ! a-t-il conclu.

Avouons que cela m'a fait plaisir.

Charlotte est descendue au moment du café. Boris venait seulement d'ouvrir l'œil. Il l'avait aussitôt porté sur la lettre de l'URSSAF. Inutile de décrire son état d'esprit. Par ailleurs, les avocats avaient appelé. Ils viendraient le voir demain. Il devenait urgentissime de le mettre au courant de sa victoire.

— Mais comment va-t-il la prendre ? s'est inquiétée Charlotte. À mon avis, il refusera d'y croire. Et il risque de mettre les avocats à la porte.

Elle tortillonnait ses cheveux comme elle le faisait déjà à l'âge de Capucine lorsqu'elle nous mijotait un coup en vache.

— Est-ce que tu ne pourrais pas monter, maman ? Venant de ta part, je suis certaine que Boris acceptera mieux.

J'ai pris le visage de ma fille dans mes mains pour lui montrer que je l'aimais quand même. Mais vient un moment où il faut savoir mettre un terme à la communication. Grégoire ne venait-il pas de me montrer l'exemple en envoyant Sylvestre au diable ?

— Merde ! lui ai-je dit.

Seconde partie

LA DAME BLANCHE

CHAPITRE 26

S'il m'avait prédit, mon ami le houx, que nous passerions Noël *Chez Babouchka*, je l'aurais traité de fou.

Noël sous le toit de l'irresponsable, dans ce restaurant sur lequel s'était penchée « toute la France » et qui, durant trois mois, nous avait empoisonné l'existence ? Impensable. Et, qui plus est, avec l'assentiment de Grégoire.

Car si Grégoire acceptait de serrer la main de son gendre lorsque Charlotte traînait ce dernier à la maison pour le déjeuner du dimanche, il s'était solennellement juré de ne plus jamais remettre le pied là-haut.

Pour moi, c'est grâce à un complot entre le houx et son lointain cousin, le pyracantha, planté, lui, dans notre cour, appelé aussi « buisson ardent » en raison de ses fruits rouges, qu'a eu enfin lieu la vraie réconciliation familiale. Qui nous dit que ces fleurs, ces arbustes, plantés avec amour, soignés comme nos enfants, ne veillent pas, eux aussi, à la bonne entente d'une maison dont leur survie dépend ? Tant de mystérieux stratagèmes se combinent sous notre sol.

Toujours est-il que lorsque j'ouvre l'œil, ce vingt-quatre décembre au matin, la fête est bel et bien prévue à la maison. L'essentiel des achats alimentaires a été fait ces derniers jours. Les foies gras sont au frais, les fromages à température ambiante, le vin en cave. Ne nous restera qu'à aller dans la matinée chercher les plateaux de fruits de mer commandés au poissonnier et les bûches chez le pâtissier. Pour les cadeaux, ils sont cachés dans le garage, véritable caverne d'Ali Baba, où, provisoirement, Grégoire n'a plus le droit de garer sa voiture.

Mettant le pied hors du lit, je frissonne. Grégoire tient à fermer le radiateur la nuit : plus sain. Mais l'hiver, pour les lève-tôt, ambiance pôle Nord garantie. Je quitte la pièce sur la pointe des pieds afin de laisser encore un peu de répit au Commandant qu'attend une journée chargée. Dans le couloir, où généralement m'accueille la bonne chaleur d'un radiateur en marche, règne un froid inhabituel. Non, Grégoire, pas ce radiateur là aussi !

Mea-culpa. J'ai accusé mon homme à tort. Dans le salon, c'est également la banquise. L'explication se trouve à la cuisine où la chaudière est silencieuse. Une chaudière pourtant nouvelle génération et qui a été vérifiée il n'y a pas un mois.

Huit heures moins le quart à la pendule dont la trotteuse continue vaillamment de croquer les secondes. Avant d'aller porter la bonne nouvelle à Grégoire, je veux mettre de l'eau à chauffer sur notre fidèle cuisinière : rien non plus. Au moins, c'est clair : la panne de gaz.

Et nous sommes « tout gaz ».

Et dehors, surprise, tout est blanc : il a neigé cette nuit.

Et ce soir, quinze personnes sont attendues pour le réveillon, quinze paires de chaussures prévues devant la cheminée, entourant les mignons chaussons de Tatiana, seule à croire encore au Père Noël. Chut !

Je remonte quatre à quatre. Ni Thibaut, qui a campé à *L'Étoile* après avoir souhaité hier Noël à ses bandits, ni Justino, installé chez Audrey depuis le début des vacances, ne sont là. Deux de moins à geler.

Grégoire dort comme un innocent. Allons-y en douceur.

— Nous avons un petit ennui, mon chéri.

L'œil s'entrouvre.

— Plus de gaz à la cuisinière.

Les deux yeux.

— Et la chaudière aussi est arrêtée.

Il se dresse comme un ressort.

— Sans compter qu'il a neigé cette nuit. C'est d'ailleurs ravissant. Mais ce soir...

— On réveillonne ici, je sais, rugit Grégoire. Où sont mes babouches marocaines ?

Allant à l'échafaud, il les aurait aux pieds. Je lui présente également sa robe de chambre et ses lunettes pour voir de loin. Il dégringole à la cuisine où il triture sans résultat manettes et boutons. Le jour éclot dans une cour immaculée. Il y jette un œil.

— Ce sont les intempéries, décrète-t-il. J'appelle Gaz de France.

Plus véloce pour trouver son bonheur dans les annuaires (le Scrabble aidant), il n'y a pas ! Je reconnais pour ma part avoir quelques ratés avec mon alphabet. Grégoire pose un doigt victorieux sur une ligne écrite en rouge.

— Les urgences. Voilà !

Le numéro formé – deux chiffres seulement – c'est Bach qui lui répond. Il met le haut-parleur et, le temps d'un morceau de cantate, fait partir la cafetière électrique. Enfin, une voix.

— Gaz de France à votre service.

Grégoire expose la situation : plus de jus dans la cuisine.

— Des odeurs suspectes ?

Nous levons tous deux le nez.

— Aucune.

— Alors veuillez fermer le robinet d'arrêt et appeler les dépannages.

Clac ! C'est raccroché.

— Je suppose qu'ils se déplacent lorsque la maison est sur le point de sauter, remarque Grégoire mécontent. On aurait dû leur dire « oui » pour les odeurs suspectes.

Nous avons le temps de boire le café – lait froid pour tous les deux – en écoutant *Les Quatre Saisons*, avant d'avoir les dépannages. Grégoire a laissé le haut-parleur pour mon édification.

— Gaz de France à votre service.

Nouvelle explication du maître à bord, donnée cette fois avec moins de patience.

— Le service est surchargé, nous apprend la voix anonyme. Nous allons essayer de vous envoyer quelqu'un dans la journée.

— Dans la journée ? Essayer ? s'étrangle Grégoire. Mais savez-vous quel jour on est ?

— La veille de Noël, monsieur. Hélas !

— Pouvez-vous nous donner au moins une idée de l'heure ? supplie l'abonné.

— Impossible, répond Gaz de France. Estimez-vous heureux que votre demande soit retenue. Vous la maintenez ?

Grégoire maintenant. Clac ! Raccroché.

— Tu viens d'assister à un abus de pouvoir, constate-t-il.

Nous décidons de nous partager les tâches pour ne pas manquer le dépanneur. Si je veux bien, j'irai chercher les plateaux de fruits de mer et les bûches tandis qu'il attendra ici en chauffant la maison avec un feu de bois. Je peux utiliser sa voiture mais attention à sa banquette.

Transporter quatre plateaux de fruits de mer sur une route patinoire, en espérant que les coquillages ne cracheront pas leur eau salée sur les précieux coussins, n'est pas une partie de plaisir. Lorsque je rentre, épuisée nerveusement, Gaz de France n'est toujours pas passé et Grégoire déprime devant son feu. Audrey vient d'appeler pour signaler qu'ils seraient tous là dès cinq heures, ses enfants ne tenant pas en place.

— Je n'ai rien osé lui dire de crainte de l'affoler, m'apprend Grégoire. Mais imagine que personne ne vienne...

Ne jamais désespérer ! Gaz de France fait son entrée dans la cour vers quatre heures. De fort méchante humeur. Ça patine partout. Nous avons, paraît-il, une maison introuvable.

Après avoir constaté la panne à la cuisine, il ressort, suivi à la trace par Grégoire, pour aller vérifier le compteur, placé, lui, à l'extérieur du domaine, près du portail.

Le verdict tombe.

— L'arrivée se fait parfaitement. C'est de votre côté que ça cloche.

— Comment cela : de notre côté ? s'indigne Grégoire. La chaudière est neuve. L'installation a été faite par un spécialiste. Elle est vérifiée régulièrement. Vous voulez voir notre contrat ?

— Inutile, monsieur. Cela ne vient pas de votre chaudière. Ni d'ailleurs du tuyau dans la cuisine. Je me suis assuré qu'il était en état.

Il montre la cour :

— C'est là-dessous que vous avez un problème.

Comble d'humiliation, notre plus proche voisin, M. Lelièvre, ayant repéré le passage de la camionnette bleue, accourt aux nouvelles. Gaz de France se tourne vers lui.

— Vous habitez dans le secteur, monsieur ?

— À une centaine de mètres, répond Lelièvre.

— Le gaz arrive-t-il correctement chez vous ?

— Tout à fait correctement, répond d'un air modeste le voisin que, visiblement, Grégoire étranglerait volontiers. D'ailleurs, la dinde est au four depuis quinze heures.

— Vous voyez ! triomphe Gaz de France. Il va vous falloir vérifier l'installation extérieure.

Consterné, Grégoire regarde sa cour, ornée de plantations diverses dont le buisson ardent et ses beaux fruits rouges ouatés par la neige.

— Mais comment voulez-vous ? Le tuyau est enterré à un mètre sous terre !...

— Qu'y puis-je ? répond Gaz de France d'un ton chagrin. Vous devrez creuser une tranchée jusqu'à repérage de la fuite.

— Mais ce soir...

— C'est Noël et je n'y suis pour rien. On n'a même pas le pont, déplore l'employé qui a dû entendre cette plainte cent fois depuis le matin.

Il ne m'a pas échappé que, depuis un moment, il louchait de mon côté avec un intérêt flatteur.

— Ça y est ! triomphe-t-il soudain. Je sais où je vous ai vue. Ça ne serait pas à la...

— Nulle part ! tranche Grégoire. Vous ne l'avez vue nulle part. Ma femme ne sort jamais d'ici. Occupez-vous plutôt de votre tuyau.

— Pas le mien, monsieur, le VÔTRE, rectifie Gaz de France blessé dans sa dignité de fonctionnaire. Et vous en êtes seul responsable. Vous voudrez bien nous avertir lorsque les travaux auront été exécutés. En attendant, je me vois dans l'obligation de vous mettre hors service.

Il a trafiqué le compteur puis a filé vers d'autres victimes.

— Joyeux Noël quand même, nous a souhaité le voisin avant de déguerpir vers sa maison bien chauffée, parfumée à la dinde de Noël.

— Elle sera trop cuite, ta dinde ! a grommelé Grégoire.

Nous sommes rentrés dans le salon où il s'est écroulé devant le feu.

— Et maintenant ? Ils arrivent dans une demi-heure, s'est-il lamenté.

J'ai pris ma voix la plus anodine.

— Si tu veux bien, j'appelle Charlotte. Le restaurant fait relâche ce soir.

CHAPITRE 27

Le plus heureux a été Vladimir. Il s'est mis aussitôt en cuisine pour préparer les zakouskis. Également ravis, les enfants qui aiment l'inattendu. Pinçon au cœur des grands-parents constatant que finalement « la maison » n'était pas le cadre indispensable aux bonheurs de Noël.

Le réveillon là-haut ? Impossible de faire autrement. Mais les souliers ? Grégoire a bataillé désespérément pour obtenir que ceux-ci soient mis devant notre cheminée où il se faisait fort d'entretenir un feu toute la nuit afin que la maison soit chaude pour la découverte des cadeaux, le vingt-cinq au matin.

Désireuse que tout se passe sous son toit réhabilité, Charlotte a eu le dernier mot.

— Après l'histoire de la chouette, Tatiana ne comprendra jamais que le Père Noël puisse descendre dans une cheminée en marche.

Le contenu de la caverne d'Ali Baba a donc été monté clandestinement *Chez Babouchka*. Pour les victuailles, j'ai refusé cette fois de m'occuper des plateaux de fruits de mer.

Une table de quatorze couverts a été dressée dans la sompteuse salle à manger qui, ce soir, ne resplendirait que pour nous. Nul n'envisageant de dormir loin du foyer honoré par le Père Noël, les chambres ont été organisées en dortoir.

À sept heures trente, nous sommes tous partis assister à la messe de minuit, l'église ayant été choisie en fonction de sa crèche vivante, exigée par Tatiana qui, comme de coutume, bercée par les chants religieux, a dormi de la première à la dernière minute sur les genoux d'un grand-père tétanisé par la peur de réveiller la chère petite.

J'ai prié pour une vraie réconciliation entre Boris et le Pacha.

Foie gras et fruits de mer pour les aînés, tarama et poulet froid mayonnaise (industrielle) pour les plus jeunes, zakouskis, champagne et bûche pour tous, le réveillon n'a été qu'un éclat de rire. Grégoire présidait. À l'autre bout de la table, Boris faisait le pitre. Qui aurait cru il y a seulement quelques jours que nous nous retrouverions tous autour de cette table ? Je n'arrêtais pas de me le répéter. Cela m'a coupé l'appétit. Vraiment trop bête !

Il est de tradition qu'après le repas les enfants offrent un spectacle aux parents. Cette année, nouveauté, ils avaient enregistré une cassette et nous avons été priés de nous installer devant l'écran géant de la télévision des Ruskoff.

Titre : *Tempête à la télé*.

Scénario : Thibaut et Anastasia.

Cameraman : Victor.

Dans les rôles principaux : Tim, l'animateur vedette et Adèle, l'invitée surprise.

Le reste de la troupe interprétait le public.

Découvrant le titre de la pièce, certains ont tendu le dos. Ils ont bientôt été rassurés.

Les auteurs avaient astucieusement renversé la situation. C'était l'animateur vedette qui, mis en difficulté par son invitée surprise, finissait par quitter le plateau.

Seul dérapage, lorsque cette invitée surprise – la ravissante Adèle – a chanté de sa voix d'ange les paroles bien connues d'un groupe féminin d'outre-Manche.

« Mets un préservatif lorsque deux ne font qu'un. »

Je n'ai osé regarder du côté d'Audrey que lorsqu'elle a participé aux applaudissements.

— Du moment qu'il s'agit de sa fille, elle est prête à tout pardonner, m'a glissé Charlotte aigrement.

La charité m'a dicté de ne pas lui répondre que j'en connaissais une autre.

C'est alors que commençait la cérémonie des souliers que le miracle s'est produit. Chacun a pu voir Grégoire, muni de ses galoches de jardin, s'approcher de Boris, armé d'une paire de bottines lustrées et lui poser une main sur l'épaule.

— Il paraît que c'est bien parti pour vous, mon vieux. Je m'en réjouis.

Parions que le buisson ardent a frémi dans la cour. Mais, même un miracle n'étant jamais parfait, le Pacha a ajouté.

— Dorénavant, prenez un vrai comptable.

Vladimir a fait la grimace. Mon regard a croisé celui de Thibaut, j'y ai lu le V de la victoire mêlé au T de la tendresse.

Puis Grégoire décide que NON ! Finalement NON ! il ne laissera pas la maison sans protection. Il dormira en bas. Voilà que Tatiana, supervivace depuis sa sieste à l'église, désigne ses chaussons en poussant des cris perçants.

— Mais Pacha, si tu dors en bas, qui mettra les cadeaux dans les souliers ?

Ainsi apprenons-nous que la petite ne croit plus au Père Noël. Elle croit à son grand-père.

Afin de dénouer la situation, Thibaut propose de descendre garder la maison. Anastasia insiste pour l'y suivre. Elle ne le laissera pas seul une si belle nuit. Justino refuse de se séparer de son père. Grégoire se rend. Il dormira ici. Tatiana daigne interrompre sa mélopée. Les enfants sont expédiés au lit. Il est minuit. Les parents épuisés peuvent enfin garnir les souliers. Mon cœur implose.

J'ai un problème avec Noël.

Le choix des cadeaux est pour moi une abominable corvée. Chaque année, je me jure de m'y prendre à l'avance et, dès septembre, prépare ma liste. Pour me retrouver mi-décembre avec seulement quelques misérables babioles sans intérêt. Il tombe toujours sur ma tête un malheur, un bonheur, une grippe asiatique, la visite de ma mère, une chouette dans la cheminée, pour me distraire de mon but : agir en sorte que la fête soit une fête.

Quelle fête ? Une course effrénée au milieu de malheureuses comme moi, épuisées d'avance, entre des étalages dégoulinant de cadeaux – plastique et synthétique – fabriqués à la chaîne, rendant tout coup de foudre impossible. Ah, je voudrais tant revenir à l'enfance, avoir cinq ans, le cœur battant, la tête pleine de rêves et la douce certitude de ravir les miens avec mes incomparables dessins.

C'est râpé pour les cinq ans et le pire reste à venir : le moment de remplir les souliers.

Maintenant !

Ai-je assez dépensé ? Ne me suis-je pas montrée une horrible pingre ? Mes cadeaux plairont-ils ? Finalement, ne pensant qu'à en avoir terminé, j'ai choisi n'importe quoi. Quelle déception, demain, pour ceux que j'aime tant, mais sais si mal gâter ! Le remords s'augmente en voyant mes propres souliers disparaître sous des cadeaux choisis, eux, avec joie et amour.

Je suis nulle.

Tranquille comme Baptiste, bien calé sur son siège, Grégoire assiste au spectacle, un sourire ensommeillé aux lèvres. Lui n'a eu à s'occuper que de moi, qui lui ai soufflé sans relâche mes désirs à l'oreille. Pour les autres, il m'a fait confiance. Quel aveuglement. L'an prochain, à lui la corvée... Pardon, le plaisir !

Le supplice se termine enfin.

« Vous coucherez dans la bibliothèque, nous a avertis Charlotte. J'ai fait le canapé-lit. Toi qui aimes les livres, mamouchka, tu seras en bonne compagnie ! »

La bibliothèque est attenante à leur salon. Elle sert aussi de bureau à Boris et à Vladimir. Sitôt la patte sous le drap, Grégoire s'endort. Moi, impossible !

Ce ne sont plus des histoires de Noël qui me tiennent éveillée, ni même, n'en déplaise à Charlotte, la présence amicale des livres sur les étagères. C'est une question non résolue.

Je n'ai jamais pu m'endormir sur un point d'interrogation : ai-je bien fermé la porte de la maison ? La manette de gaz ? La lumière des petits coins ? Le robinet du lavabo ? Sans doute suis-je ce que les psy appellent une « vérificatrice ».

Et cette nuit la question qui se pose à moi est tout bonnement une question de vie ou de mort. « Est-IL là ou non ? »

C'est sur l'échelle de bois à roulettes qui permet d'atteindre les livres du haut que mon regard est à présent arrêté. Trois mètres à franchir pour savoir. La tentation est trop forte, j'y vais !

Se déplacer sans bruit est un jeu d'enfant pour une spécialiste en endormissement de bébés râleurs, gamins insomniaques et autres allergiques au noir. La moquette étouffe le bruit de mes pas. Je grimpe sur le plus haut échelon et commence mon exploration dans la corniche. Je trouve très vite ce que j'y cherchais. On ne m'avait donc pas menti. Je n'ai pas, pour rien, mis la vie de mon couple en danger.

Le revolver est entouré d'une simple peau de chamois. C'est lourd, une arme. Je ne le savais pas. Est-il chargé ? Comment redescendre sans avoir résolu cette question annexe, si importante elle aussi. Alors que je tourne et retourne l'arme dans tous les sens, elle me répond d'elle-même.

PAN !

Ah, jamais je n'oublierai cette nuit de Noël *Chez Babouchka*. Grégoire épouvanté, me découvrant au plafond, l'arme fumante au poing. La famille faisant irruption chez nous. Boris montant me désarmer avec moult paroles apaisantes. Et surtout le regard émerveillé des petits sur leur aïeule. Calamity Jane, c'était moi !

Par chance, je portais mon pyjama de soie.

Le mystère du gaz a été éclairci le jour de Noël, Grégoire ayant réquisitionné tous les bras pour chercher la fuite dans la cour. Le temps s'était radouci, la neige avait fondu, laissant place à une infâme « bouilla », comme disent les enfants, pour qui la tranchée à creuser a été le plus apprécié des cadeaux.

Grégoire ne lâchait pas Jean-Philippe de l'œil, craignant que dans son enthousiasme celui-ci ne défonce le tuyau. Après plusieurs heures de travail, les efforts ont été récompensés.

Le pyracantha, ou buisson ardent, se développe en profondeur. C'est ainsi que, selon moi en accord avec le houx, il avait peu à peu étranglé de ses racines le tuyau qui passe sous notre domaine, achevant son œuvre la veille de Noël, afin de nous expédier là-haut pour que la réconciliation soit complète.

Un de plus qui, en somme, s'était fait hara-kiri. Car là où Grégoire l'a replanté, il n'a pas survécu.

CHAPITRE 28

Ce matin, le ciel est entièrement dégagé, la lumière d'une intransigeante pureté. Peu de vent, marée basse à deux heures. Les conditions idéales pour aller sur la plage exécuter mon croquis.

Je suis passée prendre ma toile à la *Caverne* en me cachant comme une voleuse. Depuis ma trop fameuse prestation télévisée, je n'ai revu ni Marie-Rose, ni Diane. Besoin de prendre du large ! Et puis, tandis que nous fêtions Noël dans les frimas, l'une à Honolulu, l'autre aux Seychelles, elles se doraient entre les cocotiers.

Impossible, avec mon matériel, d'emprunter le sentier descendant du parking. J'ai fait le grand tour par Houlgate. La digue, les sages rangées de cabines ont laissé place au seul sable encore mouillé par la dernière marée. Mer scintillante à gauche, falaise dépouillée par l'hiver à droite, et moi toute seule au milieu. Cette idée de se promener par un froid pareil ! L'air de janvier roule des oursins sur mes joues, mes yeux pleurent, mais quel bonheur de reprendre enfin le collier d'artiste.

J'ai dressé le chevalet ultraléger que Thibaut m'a offert pour Noël, près du rocher où nous nous étions assis un instant, le fameux jour des Apaches. J'y ai placé ma toile puis j'ai regardé autour de moi, en moi.

Le monde.

Celui fait de racines, de valeurs, d'espérance, où l'on m'avait aidée à grandir et vers lequel nous tentions de guider nos enfants.

Celui, sans horizon, de violence et de dérision, où poussaient vaille que vaille, livrés à eux-mêmes, tant de jeunes aujourd'hui.

Un jour, dans notre cheminée, nous avions trouvé un oiseau prisonnier, noir de suie, à demi mort de peur. Déployant peu après ses ailes blanches et dorées, il m'avait délivré un message : en chacun de nous, une dame blanche attend de s'envoler. Lamartine n'avait-il pas parlé d'« âme blanche » ?

Par son envol dans mon tableau, elle répondrait aux Apaches sur la falaise, aux rires de *La Dernière Chance*. Je peindrais l'oiseau-espoir.

Pour mon croquis, j'ai utilisé l'un des pinceaux déposés par Grégoire dans mes souliers. Découvrant sur le paquet le nom du fournisseur, mon cher M. Legris à Caen, l'émotion m'avait emplie. Comme je pouvais imaginer la scène ! Grégoire entre dans le magasin.

— Je voudrais des pinceaux, s'il vous plaît.

— Des pinceaux en quelle matière, monsieur ? Soie de porc ? Synthétique ?

— Mais non, voyons. En martre, évidemment. Les meilleurs !

Parions qu'il n'avait pas prononcé mon nom. Il m'en avait pris une douzaine.

Je terminais mon croquis, la main droite en état de congélation avancée, lorsque je les ai vues, débouchant du sentier : Marie-Rose en survêtement noir, Diane en blouson de fourrure, toque assortie. Elles se sont arrêtées à quelques mètres, sautillant sur place pour se réchauffer. Je n'ai rien dit.

— OK, a attaqué Marie-Rose. On a été de vraies connes. Tu voulais qu'on le dise ? C'est fait. Maintenant, on aimerait bien savoir si tu as décidé de tirer un trait sur tes copines. Réfléchis avant de répondre : Diane a sa migraine de contrariété.

Cela ne gâchait pas son teint abricot. L'air du Pacifique lui avait réussi.

J'ai tranquillement rincé mon pinceau. Revenue à la *Caverne*, il me faudrait le passer à l'eau et au savon, puis je l'envelopperais dans du papier de soie pour que son poil garde sa forme.

— Et vous m'avez trouvée comment ?

— On t'a filée, a revendiqué Marie-Rose. Quand je t'ai vue décamper avec ta toile, j'ai deviné où tu allais. D'ailleurs, il n'y avait qu'à regarder les photos derrière ton rideau.

— Tu m'espionnes ?

— Parfaitement, puisque c'est pour la bonne cause.

Diane a levé vers moi des yeux de chien battu. Tout à fait « la Belle » de Walt Disney avec ses cils de vedette.

— Ce serait quand même bête de se brouiller, a-t-elle soupiré en pressant sa main gantée sur son front. Même si on te comprend de nous en vouloir.

Je les ai fixées, l'une, puis l'autre. Quel bonheur de les revoir ! J'ignorais à quel point elles m'avaient manqué.

— Vous en vouloir ? Mais au contraire, mes chères ! Je ne vous remercierai jamais assez de m'avoir envoyée chez Sylvestre et l'exquise Vanessa.

Ne sachant si c'était du lard ou du cochon, elles ont observé un silence prudent.

— Grâce à vous, j'ai compris combien je tenais à Grégoire. Perdez tout espoir de nous voir divorcer.

C'était une ferme-auberge comme il ne s'en trouve que chez moi, je veux dire en Normandie. Étirant ses colombages entre deux bocages, deux murmurants ruisseaux, gardée par des pommiers aux troncs tordus et quelques vaches tachées de brun foncé. La salle, assombrie par ses poutres, égayée par ses rideaux de série rose, fleurait la galette et la crêpe. À ne pas confondre.

Nous avons choisi une table près de la cheminée où brûlait le pâle soleil de cuivres anciens sur lesquels notre brocanteuse a jeté un œil concupiscent.

— Allez, vide ton sac une fois pour toutes, a-t-elle ordonné après avoir commandé une bouteille de cidre bouché.

Je ne me suis pas fait prier et leur ai servi un cours magistral sur l'amour conjugal.

On tient ensemble par ce que l'on construit ensemble. Avec mon Commandant, nous n'avions cessé de construire et, même si l'édifice laissait parfois à désirer, s'il était source d'innombrables soucis et que, çà et là, des fissures se creusaient, nous en vivions. Dans l'aventure où elles m'avaient embarquée, avec, reconnaissons-le, l'ardente participation de Charlotte, j'aurais bien pu perdre Grégoire. Elles ne pouvaient l'ignorer. Mais, finalement, il nous avait toutes possédées en se montrant le plus lucide et le plus généreux de la bande.

Pouvaient-elles me suivre, l'une qui avait pris sa retraite de la diplomatie comme de la famille dans sa quiète résidence ? L'autre qui n'ayant jamais voulu s'engager vraiment avec quiconque n'avait construit que pour elle-même ? Qu'importait ! Je tire assez comme ça sur mon homme pour trouver délicieux de lui rendre parfois un hommage mérité.

— Tu vas voir qu'elle finira par nous faire chialer, a ironisé Marie-Rose lorsque mon prêche a été terminé.

Sa voix était bizarre. Diane faisait une fixation sur ses ongles. Ma parole, ces idiotes avaient vraiment cru que les trois Grâces pouvaient passer à deux... Quelle idée se faisaient-elles donc de l'harmonie du monde ?

Pour suivre les galettes, nous avons pris des crêpes à la framboise maison. La bouteille de cidre a été vidée. C'est l'ambassadeur qui nous a invitées.

Et comme je rentre à la maison, croquis exécuté, réconciliation accomplie, le cœur en fête, les jambes en compote, je trouve mon Grégoire plié en deux sous le plaid écossais pur mohair que le Père Noël a été chercher pour lui dans la meilleure boutique de Deauville.

Son estomac, toujours et encore !

Et soudain ma patience est à bout. Depuis la rentrée, je le conjure de prendre rendez-vous chez le médecin. En vain ! Le médecin, Grégoire craint. Et il doit redouter d'être mis au régime. Mais, cette fois, il ne se dérobera pas. J'attrape le téléphone et le rejoins sur le canapé.

— J'appelle Rouget.

Son généraliste.

Celui-ci exerce dans une petite ville voisine. Voilà bien une trentaine d'années que Grégoire lui a confié sa personne. Avec don d'organes en cas de malheur : il n'a jamais aimé jeter. Depuis le temps, Rouget est devenu un ami. Il lui est même arrivé de rester dîner. C'est pourquoi, personnellement, je m'adresse ailleurs. Va-t-on se montrer toute nue à un homme charmant qui refuse de vous considérer comme une grand-mère et pour lequel on revêt ses plus belles tenues. Inutile qu'il aille y regarder de plus près.

Suivie par l'œil noir de Grégoire, je cherche le numéro de téléphone du médecin dans le nouveau calepin, cadeau empoisonné de nos petits-enfants pour Noël. Une pleine demi-journée consacrée à recopier le vieux, avec charretées de noms à éliminer pour cause de disparition. (Maman, elle, garde tout le monde, se contentant de tracer une croix devant les défunts. Son répertoire est un vrai cimetière !)

Je l'ai. Je m'apprête à former le numéro de Rouget lorsque Grégoire arrête ma main.

— Trop tard !

— Comment cela « trop tard » ?

— Rouget a pris sa retraite le premier janvier.

— Mais il a certainement un remplaçant !

— Un jeunot de quarante ans qui vient de Paris. Je n'ai pas confiance.

— Cela m'étonnerait que Rouget ait choisi n'importe qui. Et un jeunot, c'est parfait. Il t'accompagnera jusqu'au bout.

— Merci, dit Grégoire. Merci de penser à tout. Mais c'est inutile de l'appeler, je sais ce que j'ai. Maurice m'a expliqué. Je suppose que tu connais l'expression : « En prendre plein l'estomac » ? Pour toi qui es peintre, inutile de te faire un dessin...

Il ne me parle de mon art qu'à mauvais escient. Peut-être lui ai-je rendu un vibrant hommage tout à l'heure, dans la délicieuse ferme-auberge – l'effet du cidre ? – cela n'empêche qu'il recommence à m'énerver singulièrement.

— Maurice n'est pas médecin. Les soucis sont derrière nous. Boris va s'en tirer, tu le reconnais toi-même. Je ne passerai plus jamais à la télé, promis ! Et, de toute façon, un jour ou l'autre tu seras bien obligé d'y aller. Débarrasse-t-en. Je prends rendez-vous ?

Gros soupir sous le plaid.

— Puisque tu y tiens. Mais ni lundi, ni jeudi, s'il te plaît.

Les jours de Scrabble. Allons, la souffrance ne doit pas être intolérable.

Pas mercredi non plus. Il risque toujours de nous tomber un ou deux petiots. Reste le mardi, le vendredi étant pris par le marché. Je forme le numéro. Le remplaçant s'appelle Vérat : le docteur Vérat. Quel nom ! C'est bon pour mardi en huit.

Prête à sacrifier mon art, je demande :

— Voudras-tu que je t'accompagne ?

Grégoire se redresse, blessé.

— Et puis quoi encore, tu me prends pour un enfant ?

Il retombe avec un soupir.

— Quand tu auras une toute petite minute, pourras-tu me préparer une infusion ? Celle à la queue de cerise, s'il t'en reste. Avec une cuillerée de miel pour sucrer. Merci.

Merci maman ?

CHAPITRE 29

Les soucis sont derrière nous... Ne jamais parler trop vite !

Cette nuit, il m'avait bien semblé entendre, dans un demi-sommeil, un bruit de moteur sur le chemin : un deux-roues. Avec les enfants, j'ai l'oreille pro. Quelle heure pouvait-il être ? Je n'avais pas eu le courage de sortir le bras pour attraper le réveil lumineux. Et puis, plus aucun bruit. Sans doute m'étais-je trompée. Comme lorsqu'il me semblait entendre des cris *Chez Babouchka* quand Boris était en danger. Moi aussi, mine de rien, ou plutôt mine de beaucoup, j'en avais pris plein l'estomac. Sans pour autant avoir besoin de consulter le médecin. La plus grande fragilité des hommes...

Cette pensée m'avait permis de me rendormir sur un sourire en coin.

C'est en poussant le volet de la cuisine que je remarque le paquet dans la cour. Un paquet plutôt volumineux. On a dû le jeter par-dessus le portail.

Bravant le baiser glacé du petit matin, je sors regarder de plus près. On patauge toujours dans la boue pour cause de tranchée de gaz. Le gravier : de la mignonnette rose, est commandé. Il devrait arriver la semaine prochaine.

Le papier représente des petits pères Noël de toutes les couleurs. Il semble avoir déjà servi. Une vilaine ficelle l'entoure. J'hésite. La drôle d'époque ! Un colis inattendu et vous ne vous dites pas : « Chic ! un cadeau ! » Vous tendez l'oreille vers un tic-tac suspect. Il n'explose pas lorsque je me décide à le ramasser. Pourtant, à l'intérieur, se trouve bien une bombe.

La guitare de Thibaut. Défoncée.

Nous lui avions offert cet instrument, une « folk », choisie avec l'aide d'un spécialiste, pour ses dix-huit ans et il ne s'en était jamais séparé. Elle l'avait accompagné au Brésil. Elle en était revenue avec lui. L'objet auquel Thibaut tenait le plus. Sans doute le seul, notre fils n'attachant pas d'importance aux biens matériels. Dernièrement, il en avait joué pour ses bandits à l'occasion de Noël.

Noël l'amour. Noël la haine.

Je froisse le papier, le jette dans un coin et pose l'instrument sur la table. La caisse a été défoncée comme par le talon d'une botte. Sur la rosace, les cordes ont éclaté, les chevilles sont arrachées. Un massacre.

« Ma maison est fragile et je ne le savais pas. » L'angoisse me poigne à nouveau, mêlée de colère. Ce monde de violence que j'évoquais hier sur la plage est venu jusqu'à ma porte. Je me souviens d'un garçon casqué de rouge, chevauchant une moto flambant neuve de même couleur. Comment s'appelle-t-il, déjà, le frère du petit Doumé, protégé de Thibaut ?

— Mais que se passe-t-il encore ?

La porte s'est ouverte sur mon homme. Hier, je me serais énervée de le voir porter sa vieille robe de chambre et non celle en cachemire, offerte par les filles pour Noël. Ce matin, cela me touche. Ne nous leurrons pas : même les adultes ont leurs « doudous ». Moi-même, je ne peux m'endormir sans mouchoir en boule dans ma main.

— C'est la guitare de Thibaut. Je l'ai trouvée dans la cour. On l'a jetée par-dessus le portail. Il m'avait semblé entendre un bruit de moteur cette nuit mais je n'étais pas sûre.

Grégoire regarde l'instrument brisé. Se souvient-il du jour où nous l'avions offert à notre fils ? On aurait dit qu'il n'osait pas le prendre. Dans son « merci », il y avait des larmes. Par ce présent, nous reconnaissions le musicien.

Celui qui, sept ans plus tard, filerait avec Estrella et sa guitare.

— Il va avoir de la peine, constate le père.

Lui aussi en a et voici que les yeux me brûlent. Il me tourne brusquement le dos pour s'occuper de son café : filtre, poudre, eau. Ses mouvements sont encore plus lents et appliqués que de coutume et il essuie longuement un soupçon de poudre tombée sur le buffet. N'est-ce pas par le réseau de ces gestes minuscules que les maisons tiennent debout ? Ces gestes accomplis envers et contre tout ?

Je prends l'instrument et l'appuie au mur. Sur la table, je dispose quatre bols, des verres pour le jus de fruits, la planche à couper le pain.

— Sais-tu ce que cela signifie ? demande Grégoire en tombant lourdement sur une chaise. Une déclaration de guerre.

— Une guerre qui ne date pas d'hier !

Nous pensons aux mêmes et la mémoire me revient. Al ! C'est ça, il s'appelle Al, le grand frère de Doumé. Ali ? Alex ? Alexandre ?

— *L'Étoile*..., grommelle Grégoire. Bravo ! On peut dire qu'il a bien choisi le nom de son machin.

À l'étage, une porte claque. Lequel ? Thibaut ou Justino ? Nous sommes mercredi, pas d'école pour le petit. C'est le pas du grand dans l'escalier. Il traverse à présent le salon. Le regard de Grégoire appelle le mien. J'y lis ce qui me tord le cœur. Pour quelques secondes encore, cette journée est pour notre fils une journée comme les autres. Il ignore qu'un moment fort de son adolescence a été détruit. Quelques secondes...

Et moi j'ai envie de courir me cacher pour ne pas voir son visage lorsque le malheur le frappera.

Grégoire s'est levé.

— Salut, les parents !

Voix enjouée, jean, pull à col roulé, baskets – ai-je jamais vu, depuis sa petite enfance, Thibaut en robe de chambre et chaussons ? (Jean-Philippe, oui !) Il nous regarde tour à tour, étonné de notre silence. Puis il la voit. Il la voit et son sourire disparaît, et il va lentement vers elle, la prend, l'appuie contre sa poitrine, sa main pansant les blessures, les yeux fermés si fort que son visage rétrécit. C'est qu'un instrument de musique est un messager. Durant près de vingt ans, cette guitare a exprimé l'âme de Thibaut, ses joies, ses peines, ses attentes et, au Brésil, peut-être à l'insu même du musicien, intercédait-elle pour nous.

Elle s'est tue à jamais.

— Faut-il qu'il me haïsse, remarque-t-il d'une voix sourde.

Grégoire se racle la gorge. Sa toux d'émotion, comme Diane a sa migraine de contrariété.

— Assieds-toi donc. Je te sers un café ?

Sans répondre, Thibaut va à la fenêtre et regarde la cour. Et ne voit pas la cour. Grégoire s'approche de lui, pose la main sur son épaule. Notre fils se retourne, s'essuie les yeux d'un geste brusque, se décide à venir prendre place entre nous. Grégoire remplit son bol.

— Tu sais qui a fait ça, n'est-ce pas ?

— Al. Le grand frère de Doumé. Malgré ses menaces, le petit s'accroche à *L'Étoile*. Vis-à-vis de sa bande, Al ne peut l'accepter. Leur foutu bon Dieu d'orgueil ! Leur seule façon d'exister. Non, non et encore non. Pour un regard de travers, ils te surinent. Ils se croient des caïds alors qu'ils ne sont que de minables voyous.

Il boit une gorgée de café, désigne le papier froissé. J'aurais dû le jeter.

— Ça vient de *L'Étoile*. Je le reconnais. Et ce qui m'emmerde, ce qui m'emmerde vraiment c'est que ce petit salaud soit venu jusqu'ici. Je ne vais pas pouvoir rester. Je ne veux pas vous mettre en danger.

— Mais...

Grégoire m'arrête d'un geste autoritaire.

— Où gardais-tu ta guitare ? interroge-t-il.

— Dans un placard. Fermé à clé.

Et soudain une idée vient à Thibaut. Son visage se défait un peu plus. Il se relève.

— Ça doit être un beau foutoir, là-bas ! Il faut que j'y aille.

Grégoire se lève aussi.

— Pas sans moi, fils ! Le temps de m'habiller. Et bois-le donc, ce café. On n'est plus à une minute près.

Il sort avant que Thibaut ait pu refuser. Aurait-il refusé ? « Fils »… Ce mot, prononcé de cette façon-là, remonte à si loin. Et si Grégoire est allé trois fois voir le « machin », c'est le bout du monde ! Le pouvoir d'une guitare, quand même.

Je mets du pain à griller. Sans doute Thibaut n'y touchera-t-il pas mais du moins il y aura l'odeur. Elle va bien avec le « Fils ». Penchée sur mon gaz – qui marche du tonnerre – je prends mon courage à deux mains et me lance.

— Cette fois, il va falloir que tu portes plainte.

Pas de réponse. Je me tourne vers lui. Son œil m'accuse.

— Au Brésil, raconte-t-il d'une voix coléreuse, c'était tout simple. Pas besoin de porter plainte. Les escadrons de la mort se chargeaient du nettoyage. Les Al et les Doumé, ils ne faisaient pas la différence.

— Nous ne sommes pas au Brésil, Thibaut. Et certains, ici, pensent même qu'on montre trop d'indulgence envers les casseurs, souvent des voyous, tu l'as dit toi-même.

— Laisse tomber, maman. Je suis grand !

Le ton est agressif, je n'ai pas l'habitude. Il pose son bol, se relève et va prendre guitare et papier.

— Inutile que Justino voie ça. Je vais la mettre dans le garage.

Par la porte qu'il a laissée ouverte, une bouffée d'air glacé s'engouffre dans la cuisine. Je ferme les yeux. Comme j'étais bien, hier, mains et pieds gelés sur la plage, vivant la grande séance de raccommodage avec mes copines. Au retour, Diane avait insisté pour porter mon chevalet. Fourrure et chevalet, c'était vraiment baroque et, avec Marie-Rose, nous avions piqué un fou rire, que la mine offensée de Diane portant sa croix n'avait fait que décupler. Mal au ventre de rire, c'est si rare, c'est l'âge bête, vive l'âge bête.

— Pardonne-moi, maman, dit Thibaut en réapparaissant. Mais je crois bien que je suis un peu cassé moi aussi.

— Que veux-tu que je dise à Justino pour la guitare ?

Il a un gros soupir :

— Estrella en jouait elle aussi. Ça va lui faire deuil.

Justino a poussé la porte à peine la voiture partie. En pyjama, pieds nus, bien entendu, son Game Boy à la main, cela va de soi.

— Où ils sont allés, papa et le Pacha ?

Un bisou pour commencer. Quand Thibaut était adolescent, il les refusait. Un médecin m'avait conseillé de l'embrasser de force, au besoin par surprise, quitte à me faire jeter.

Justino a rendu le baiser et pris place à la table, face au bol marqué à son prénom. Douze ans. Encore un petit garçon finalement.

— Le Pacha a accompagné ton père à *L'Étoile*. Il semblerait qu'il y ait eu du grabuge là-bas.

Son visage s'est fermé. Il n'a pas demandé ce que j'avais voulu dire par « grabuge », ni comment nous l'avions appris.

— Papa a promis de m'emmener au cinéma cet après-midi, a-t-il revendiqué. Tu crois que ça marchera quand même ?

— Comment veux-tu que je te réponde ?

Il a mis son jeu en marche, musiquette au maximum. Je ne lui ai pas demandé de baisser le son. En jouant à la guerre, exterminant les méchants et préservant les bons, sans doute tentait-il d'oublier qu'il y avait eu du « grabuge » à *L'Étoile*.

Et finalement, peut-être avions-nous eu tort de demander à Thibaut de ne plus le mêler à ce qui se passait là-bas. Lorsqu'on sait que le danger existe, il ne sert à rien de le taire. Il vaut mieux le regarder en face et se demander : « Bon, et maintenant qu'est-ce qu'on fait ? »

J'ai posé devant lui ses céréales préférées, le lait tiédi, les tartines auxquelles personne n'avait touché. Puis j'ai attendu. Les grands-mères ont tout leur temps.

— Tu te souviens, Babou, quand on était allés pêcher et qu'ils nous attendaient sur la falaise ? a-t-il demandé sans lever les yeux.

J'ai vu ce coin de plage, gravé pour toujours dans mon esprit. J'ai souri à mon petit-fils.

— Il m'arrive d'y penser.

— Parce que, tout ça, c'est à cause de Doumé, a-t-il poursuivi. Pourquoi est-ce que papa garde ce petit con ?

— Pour qu'il ait une petite chance de s'en tirer.

— Alors, ça s'arrêtera jamais, a-t-il déclaré avec colère. Et papa, il fait vraiment chier !

CHAPITRE 30

« Alors, ça s'arrêtera jamais... »

Mais qu'avait-elle été imaginer, la grand-mère ? À quel espoir s'était-elle cramponnée contre toute vraisemblance ? Que les hostilités se limiteraient à l'avertissement donné sur la colline ? Que les Apaches n'étaient venus là que pour la parade et Al faire admirer son destrier tout neuf ?

Et que faisais-je avec mon oiseau, ma dame blanche, sinon fuir, comme Justino avec son jeu, dans sa petite musique guerrière ?

« Et papa, il fait vraiment chier... »

Les mots de Thibaut autrefois, lorsque son commandant de père, revenu à terre, cherchait à imposer son autorité.

Ah, il nous en avait fait voir, Thibaut ! Solitaire, buté, préférant la poésie et la musique aux études, sans cesse en rébellion. Et le bouquet ! Alors qu'il venait de réussir à un examen qui l'aurait amené à travailler dans l'électronique, seule matière qui avait l'heur de lui plaire – « Je vois plus de pays sur les ondes que toi avec ta *Jeanne* », lançait-il à son père – filant avec une danseuse brésilienne de dix ans son aînée.

Et cela continuait !

Il n'y a que dans les contes que le vilain petit canard devient cygne blanc. Revenu en France, Thibaut n'avait pas trouvé mieux que de se lancer dans l'aventure des banlieues difficiles.

Justino avait raison. Nous aussi, plus souvent qu'à son tour, il nous faisait...

Bon !

« Toi, que deviendras-tu plus tard ? » Il m'arrive souvent de me poser la question en regardant l'un ou l'autre de mes petits-enfants. Mon vœu est tout simple, tout bête : « Quelle que soit la voie que tu choisiras, sois heureux. »

Avec un père qui n'avait su lui offrir ni un toit à lui, ni une femme sous ce toit pour lui apporter présence et tendresse, que serait Justino plus tard ? Un révolté lui aussi ? Les grands-parents ne peuvent remplacer les parents.

Grégoire et Thibaut sont rentrés à treize heures largement passées. Ils avaient le visage à la fois grave et heureux de deux hommes qui ont partagé quelque chose d'important.

Arrivant à *L'Étoile*, ils avaient tout de suite vu que la serrure avait été forcée. À l'intérieur, tout était sens dessus dessous : matériel scolaire, livres, jeux. Le peu de vaisselle en « dur » avait été brisée. Les décorations de Noël, les naïfs dessins d'enfants sur les murs, vilainement taggués. Gustave, l'ordinateur, et tout ce qui l'entourait, avaient disparu. La signature de Al.

Doumé : roi de Gustavia. Le moyen pour le petit de trouver sa fierté, de s'en tirer peut-être un jour en étant le meilleur quelque part. Al avait-il pensé qu'en privant *L'Étoile* de l'ordinateur, il récupérerait son petit frère ? Qu'il pourrait pavoiser auprès de sa bande ? Leur foutu bon Dieu d'orgueil...

La famille Yacine habitait à quelques rues de là. En fait de famille, la mère et ses deux fils. En fait de logement, deux pièces décrépies aux carreaux si sales que le jour avait peine à passer, le reste à l'avenant. Mais sur le buffet, trônaient un téléviseur et un magnétoscope flambant neufs.

« La drogue, constate Thibaut. Vous ne pouvez rien comprendre au mal des banlieues si vous fermez les yeux sur la drogue. Pour les uns l'argent facile : davantage en quelques jours que le père ne gagne en un mois s'il a la chance de travailler. Pour les autres, la défonce et tout ce qui s'ensuit de violence. Tant que la drogue circulera, rien ne pourra être fait de sérieux. »

La mère avait ouvert la porte en robe de chambre. Elle connaissait Thibaut. Ce n'était pas la première fois qu'il venait la voir. Avant même qu'il n'ouvre la bouche, elle s'était répandue en lamentations. Al s'était fait virer une fois de plus du collège. On avait menacé de lui couper les allocations. Mais que pouvait-elle faire ? Il dictait sa loi, ici. Un vaurien comme son père qui croupissait en prison. On n'avait qu'à y mettre Al aussi, elle serait bien débarrassée.

« On répare les boîtes à lettres défoncées et les ascenseurs, dit Thibaut. On crée pour les gamins des espaces verts et des terrains de sport. Mais si, à la maison, ils n'ont pas l'essentiel, un regard d'amour et d'autorité, un exemple, c'est autant de coups d'épée dans l'eau. Tout commence par la famille. »

Dans un coin de la pièce, le plus loin possible de la porte d'entrée, le petit Doumé essayait de se cacher.

Lorsque Thibaut lui avait dit bonjour, il n'avait pas répondu.

— Où est Al ? avait demandé Thibaut à la mère.

Elle avait montré une porte :

— Il dort.

Il y avait deux lits dans l'unique chambre : l'un, plus large, où dormaient sans doute la mère et Doumé, l'autre où se trouvait Al, tout habillé, baskets aux pieds.

« Tu commences par ne plus te déshabiller pour dormir, dit Thibaut. D'ailleurs, la nuit, le jour, tu ne veux pas savoir. Tu dors quand tu as sommeil, tu bouffes quand tu as faim, tu te laves quand tu sors une fille. Plus d'horaires, plus de repères, plus de barrières : le reste suit. Quand tu as envie, tu piques. Quand la colère te prend, tu tapes. Quand tu veux dire "j'existe", tu casses, tu brûles. Tu te crois libre, tu es ligoté par ton bon plaisir dont tu ne sais même pas que c'est parfois du désespoir, la plupart du temps tout simplement du vide. »

Thibaut avait réveillé Al.

— Je suis venu t'avertir que j'allais porter plainte. Pour ton petit trafic de coke, pour le feu que tu as essayé de mettre à *L'Étoile* et pour Gustave que tu nous as volé cette nuit.

Il n'avait pas parlé de la guitare, la plus douloureuse blessure. La guitare, c'était une affaire personnelle.

Nonchalamment, Al s'était assis sur le lit.

— C'est qui, Gustave ?

Sans répondre, Thibaut était revenu dans le « séjour ». Recroquevillé, la tête dans ses bras, Doumé sanglotait.

« En m'entendant dire que j'allais porter plainte, il s'était cru fichu, remarque Thibaut avec un petit rire.

Au courant pour le saccage de *L'Étoile*, il se sentait coupable et pensait que je ne voudrais plus de lui. »

Al était apparu dans la pièce.

— C'est un flic, celui-là ? avait-il demandé en découvrant Grégoire, qui en était resté bouche bée.

— C'est mon père, avait répondu simplement Thibaut.

Alors, Al s'était mis à rire et j'imagine son rire comme les plus agressifs de *La Dernière Chance*. Les plus désespérés ?

Sans plus s'occuper de lui, Thibaut était allé vers Doumé.

— Toi, je veux te voir cet après-midi à *L'Étoile*. Tu m'aideras à ranger. Tout doit être remis en état pour demain. Ce serait bien que tu rancardes les copains.

Lentement, très lentement, l'enfant avait sorti la tête de ses bras. Alors, Thibaut le gardait ? Sans se soucier du regard furieux de son frère, il avait saisi la main tendue de celui-ci et hop ! sur ses pieds.

— Le sourire du petit..., rigole Thibaut. Lazare sortant de son tombeau. Y compris les dents en moins.

— Ne mélange quand même pas tout, grogne Grégoire, mais on voit bien que lui aussi s'est laissé avoir par le courage de Lazare junior.

Dont le frère était parti en proférant des menaces.

Nous pique-niquons dans la cuisine. Debout, le visage fermé, Justino a écouté le récit de son père. Sans doute a-t-il senti la complicité toute neuve entre celui-ci et le Pacha. Cela n'a pas l'air de lui faire plaisir.

Thibaut reprend du fromage, l'étale sur les vieilles tartines grillées du matin : jeter de la nourriture est péché. Quoi qu'il en soit, le petit déjeuner bâclé a été largement rattrapé.

— Et tu es allé chez les flics ? attaque Justino.

— J'ai porté plainte pour le vol de l'ordinateur, acquiesce Thibaut. Tu vois, ça m'arrangerait de le retrouver. Ils sont venus faire le constat. J'ai aussi parlé de la drogue que j'avais découverte dans les toilettes. Ils m'ont demandé si j'avais des soupçons.

Il s'interrompt un instant.

— J'ai parlé d'Al, reprend-il en évitant de me regarder. Ils le connaissent. Un multirécidiviste, comme ils disent. Mais il est mineur et, pour Gustave, on n'a aucune preuve. Ils vont quand même signaler son cas au procureur.

Grégoire pose une main rassurante sur le poignet de Justino.

— Il va être obligé de se tenir à carreau, maintenant ! Nous avons acheté un verrou neuf, veux-tu venir le poser avec moi ? On y retourne après le déjeuner.

Justino retire son poignet d'un geste brusque. Il regarde son grand-père avec rancune, comme s'il l'accusait d'être passé à l'ennemi.

— De toute façon, ton verrou, il le fera sauter aussi ! annonce-t-il.

Et il sort en laissant la porte grande ouverte : une façon de la claquer dans une maison à courants d'air.

— Mais qu'est-ce qui lui prend ? s'étonne Thibaut.

« Papa, il fait vraiment chier... »

— Ne devais-tu pas l'emmener au cinéma cet après-midi ?

— Si. Mais il y a quand même des priorités, non ? Il devrait le comprendre.

— Tu lui as parlé de la guitare ? me demande Grégoire à mi-voix.

— Pas encore.

On prétend que, face à une vérité douloureuse à dire, les hommes se montrent parfois lâches. Les femmes aussi.

Ils sont repartis tout de suite après le café. En rangeant la cuisine, je pensais à ce qu'avait dit Thibaut sur les jeunes. Un mot m'avait particulièrement frappée : le vide. Des têtes farcies d'images de télé : violence, sexe, désespérance. D'idoles creuses : vedettes préfabriquées, motos, fric. Mais toi, toi, qui es-tu ? Que vises-tu ? Vides d'eux-mêmes, sans buts, sans horizon.

Sans ailes.

La chambre de Justino est juste au-dessus du salon, côté cheminée. Toute la pièce vibrait de sa musique techno poussée à fond. Boum, boum, boum... Un rythme régulier, sourd, semblable à celui d'un cœur. Certains psy affirment que cette musique renvoie les jeunes dans le ventre maternel, à l'époque où le fœtus se règle sur les pulsions cardiaques de sa mère.

Mon petit Indien sans mère ! La vraie, Estrella, morte au Brésil. Celle de remplacement repartie définitivement pour le Vietnam. Arrivait-il à Thibaut d'y penser ? Une grand-mère ne peut remplacer une mère.

J'ai hésité à monter et proposer à Justino de l'emmener, moi, au cinéma. Quelque chose me disait qu'il n'accepterait pas. C'était avec son père qu'il s'était réjoui d'y aller, un père ni pour Doumé, ni pour *L'Étoile*, ni même pour nous. Rien que pour lui.

Les pères !

Celui, absent, d'Al ? Le vaurien.

Grégoire qui, aujourd'hui, s'était placé d'autorité aux côtés de Thibaut. « Pas sans moi, fils ! »

Thibaut qui avait joué vis-à-vis de Doumé le rôle de père relais qui peut-être l'aiderait à s'en tirer, mais en avait oublié de regarder son propre garçon.

« Laisse tomber, maman, je suis grand. »

Vraiment ?

CHAPITRE 31

Bleu, bleu outremer, bleu de cobalt, bleu de cœruléum, pour l'océan. Un peu de vert à l'horizon.

Blanc argent pour le sable nacré. Terre de Sienne et ocre rouge pour la colline.

Dans tout tableau, il y a la terre et il y a l'espace. Pour la terre, le sol, on emploie des couleurs « chaudes », la gamme des rouges, oranges et jaunes. Ces couleurs tirent le regard à elles. En quelque sorte, elles avancent dans le tableau. Pour l'espace, le ciel, on puise dans les couleurs froides : bleu, bleu-vert, bleu-gris. Mais terre et ciel ne peuvent être dissociés. Les couleurs de l'une rencontrent celles de l'autre. Un ciel se réfléchira sur le sol. Un sol se nourrira de la lumière du ciel. Dans l'histoire que le peintre va raconter, ils formeront une unité colorée.

Lorsque je passe derrière mon rideau et revêts ma salopette, lourde des couleurs de mes œuvres passées, il me semble à la fois rentrer en moi-même et voir s'ouvrir l'espace.

Mon croquis fait, il ne me sera plus besoin d'aller sur la plage pour peindre. Au besoin, je pourrai m'aider des photos prises sur place cet automne. Mais c'est dans ma tête qu'il me faudra puiser l'essentiel, cette « sensation » qui vient du plus profond de nous-mêmes et qui, lorsqu'on arrive à la concrétiser, fait l'artiste.

Ma pauvre tête trop pleine.

Du nouveau pour Al ! Trouvé en possession de cannabis et d'ecstasy, il a été convoqué par un juge. Sa mère l'accompagnait. Constatant qu'il n'allait plus au collège, le juge a averti celle-ci qu'elle était passible d'une amende pour abandon moral de son enfant. À Al, il a adressé une admonestation. S'il récidive, il risque la détention provisoire. Relâché, le petit caïd a pu de nouveau crâner devant sa bande. La voix d'un enfant en colère cogne à ma mémoire : « Ton nouveau verrou, il le fera sauter aussi. » Dans les couleurs de cette falaise où, un après-midi qui aurait dû être de détente, avait sonné le glas de ma tranquillité, il y aura une guitare assassinée sur laquelle, lorsqu'il a su, Justino a pleuré.

Boris ! L'avis de la commission sera donné au printemps. Les avocats sont optimistes. Ce sera dur mais, peu à peu, il devrait arriver à rembourser. *Babouchka* vivra.

Grégoire ! « Rien à signaler », a-t-il déclaré laconiquement en revenant de sa visite au docteur Vérat. Celui-ci lui a prescrit un régime très strict qui met mon pauvre mari d'une humeur noire. Cette fois, il semble décidé à le suivre. Progrès.

Tout bien réfléchi, je l'aime.

Je peindrai mon oiseau en dernier. Un glacis. Ma dame blanche s'arrachera, toute en transparence, de la falaise aux couleurs d'incendie, pour dire ce besoin chevillé en chacun de nous de regarder plus haut, se dépasser soi-même. On appelle cela la « transcendance ».

Retombant à la maison après avoir plané avec mes pinceaux, je me demande parfois si je suis heureuse : là-haut, c'était si beau ! Mais lâchez le fil du cerf-volant, il finit par s'écraser. Nous sommes tous des cerfs-volants amoureux du ciel, captifs de la terre.

— Tu sens la térébenthine, dit Grégoire.

Finalement, je le déteste.

Ce soir-là, c'est Thibaut qui m'accueille.

— Est-ce que Anastasia peut rester dîner ?

Comme s'il ne connaissait pas la réponse ! Ai-je jamais refusé de mettre un couvert de plus ? Cinq au lieu de quatre, qu'est-ce que cela change ?

Le grand chambardement a eu lieu lorsque notre fils nous a demandé un « coin de maison » pour Justino et lui, après le départ de sa Vietnamienne. Depuis le mariage de nos filles, nous nous régalions, Grégoire et moi, d'un paisible tête-à-tête entre deux week-ends ou vacances de raid familial. Mais comment refuser ? Laisser Justino rentrer seul après l'école dans le sombre logis, quartier sensible, où Thibaut, sans le sou, s'était installé au retour du Brésil ?

« On cède un coin de maison et on se retrouve envahi jusqu'au trognon », râle Audrey.

Pas faux.

Et, reconnaissons-le, me manquent ces tendres accalmies auprès de Grégoire, où nous osions avouer notre bonheur qu'ils aient tous décampé. Ah ! ces portes qui ne claquent plus, ces repas faits de restes à finir avant de réapprovisionner, vendredi. Ravis lorsqu'ils repartent, heureux lorsqu'ils reviennent : le lot des grands-parents.

Ce soir, Anastasia est plus belle que jamais. Plutôt que short ou caleçon, elle porte une jupe, fait rarissime. Jupe de gitane jusqu'aux chevilles, pull moulant, bottines de cuir.

Elle a apporté du champagne, « emprunté » dans la cave de son père. Nous allons fêter un contrat décroché par notre belle-petite-fille, aujourd'hui même, auprès d'une boîte de publicité. Vingt candidates et c'est elle qui l'a remporté. Jusque-là, elle travaillait au coup par coup, la voilà engagée. Une bonne nouvelle !

— Comme ça, je ne serai plus à la charge de Boris, remarque-t-elle avec satisfaction. Ça tombe pile-poil puisqu'on n'a plus le droit de l'aider.

Anastasia appelle son père par son prénom. Parce qu'elle n'a jamais pu dire « maman » à Charlotte ?

— Et tu vas faire de la pub pour quoi ? s'enquiert Grégoire avec un rien de méfiance.

Se souvient-il de la brève apparition, il y a deux ans, de sa chère Capucine sur le petit écran – eh oui ! je n'étais pas la première – vantant des serviettes périodiques ? Une vilenie de plus de son gendre.

— Ça, on ne sait jamais à l'avance, répond Anastasia. Lessives, shampooings, casseroles, des trucs de bonne femme mais ça ne fait rien. L'essentiel est que je vais être riche.

Thibaut le frugal, le désintéressé, rit de bon cœur. Avec sa nièce, sa « belle-nièce », on le dirait toujours au spectacle. Soudain, un souvenir me revient. C'est sur la plage, « ma » plage, le jour des Apaches. Il vante avec fougue les mérites d'Anastasia : « Une fille étonnante, généreuse. » Cela m'agace même, ce trop grand enthousiasme !

Est-ce à cause de l'issue de la fameuse partie de pêche que je n'en ai oublié aucun détail ? Ou parce que, avec mon tableau en tête, je ne quitte plus guère cette plage ?

Anastasia fait sauter le bouchon de la bouteille comme une pro qu'elle est. Délacer le fin fil de fer a toujours été au-dessus de mes forces : peur panique d'éborgner le public. « Un travail d'homme », affirme Grégoire. Pourquoi pas ? C'est encore plus la fête quand on débouche pour vous.

En veine de serviabilité, Thibaut est allé chercher les coupes. Grégoire repousse la sienne : interdit par le médecin. « Juste une gorgée pour trinquer », insiste la petite. Nous trinquons à une future star de la pub. Mon regard croise celui de mon mari : un père artiste, une mère chanteuse, pouvions-nous attendre d'Anastasia qu'elle travaille dans un bureau ?

Nazdarowie ! (On prononce « vié ».)

Le couvert a été mis à la cuisine où l'on tient jusqu'à six. Potage au potiron, filets de merlan en papillotes et riz. Régime, régime. Anastasia se tient droite comme un I. Ne la dirait-on pas intimidée ? C'est autre chose que d'être douze autour d'une table le dimanche et en petit comité avec nous. Justino, descendu après plusieurs appels, déchiquette son poisson sans le manger. Il n'aime pas ça. Mais qu'aiment vraiment nos préados ? Pizzas, hamburgers, chips, saucisses et nouilles. Espérons que leurs goûts évolueront. Nous nous montrons inflexibles pour le Coca-Cola. Jamais pendant les repas !

Et soudain, Anastasia pointe le doigt vers l'enfant, lui fait les gros yeux.

— Pas faim, Justin ? Allons, un effort, Hector !

C'est complètement idiot, mais cela me fait rire. Thibaut embraye. Grégoire sourit. Justino lance sa fourchette sur la table, foudroie Anastasia, ne nous épargne pas, se lève, attrape un dessert dans le réfrigérateur et sort en claquant la porte.

Le silence tombe. Je regarde Grégoire, incrédule. Quitter la table sans demander autorisation n'a jamais été admis à la maison : catégorie sacrée du respect d'autrui. Comment se fait-il qu'il n'ait pas réagi ? On m'a changé mon homme.

— Excusez-le, dit Thibaut. Je ne sais pas ce qu'il a en ce moment, mais on ne peut plus rien lui dire.

Pourquoi ai-je l'impression que sa voix sonne faux ? Il se penche sur l'épaule de sa voisine qui se fait toute petite.

— Tu n'y es pour rien, ne t'en fais pas.

C'est Grégoire qui, à présent, déchiquette son poisson.

Après le repas, nous avons traîné un moment près du feu, autour de cafés et d'infusions. Puis Thibaut a proposé à Anastasia de la raccompagner là-haut.

— Il a peur que je me fasse enlever..., a remarqué celle-ci en riant.

Grégoire a aussitôt filé à sa toilette. J'ai éteint partout ? Champagne ou non, ce dîner avait été complètement raté. En dehors de Justino, carrément odieux, tous m'avaient semblé faire des efforts : le Pacha pour être gai, Thibaut naturel, Anastasia aimable. Et moi, à certains moments de silence, je ramais enfin d'alimenter la conversation.

Justino avait laissé la porte de sa chambre entrouverte. Passant dans le couloir, je l'ai aperçu plongé dans un livre. Regrettait-il son attitude et espérait-il ma visite ? Avec les enfants, il s'agit d'entendre des appels dont eux-mêmes ne sont pas toujours conscients.

J'ai frappé :

— Je peux ?

Il a fait signe que oui. Je me suis assise au bord de son lit et il a fermé son livre tout en gardant un doigt à l'intérieur pour ne pas perdre sa page. M'indiquer que mon temps était compté ?

Le pyjama bleu ciel faisait ressortir le noir de ses cheveux : de l'aile de corbeau pur jais. On avait envie de les caresser mais c'était moins facile maintenant. Douze ans ! Comme de lui dire qu'on l'aimait. Comme de lui demander ce qui n'allait pas. Sans doute subissait-il le contrecoup du « grabuge » à *L'Étoile*, du massacre de la guitare.

Pourquoi m'a-t-il semblé chercher de mauvaises raisons ?

— Quand j'avais ton âge, moi aussi je détestais le poisson. Au moins autant que la cervelle et les choux de Bruxelles, c'est dire ! Personne n'a cherché à t'attaquer ce soir, ni à se moquer de toi. Anastasia voulait juste plaisanter.

Il a eu un soupir. Sa colère était passée. Il semblait juste très fatigué. Triste ?

— Maman disait que tout s'arrangeait avec la musique. Toi, c'est avec ta peinture, Babou ?

Une petite vague de gratitude s'est étendue dans ma poitrine. L'oiseau-espoir a ouvert ses ailes. Il avait tout compris, mon Indien. J'ai eu envie de lui parler de *La Dame blanche*, mon œuvre... Parfois, cela me pèse de la garder pour moi toute seule. Mais il venait d'évoquer sa mère, ce qui ne lui arrivait pratiquement jamais. S'il y avait du message là-dessous, il ne s'agissait pas de le laisser passer.

— Tu sais, je regrette vraiment de ne pas l'avoir connue, ta maman ! La musique, la peinture, c'est la même chose. On se serait bien entendues.

— Oui, a-t-il dit.

Puis soudain il envoie sa flèche. Elle vient de se planter droit dans mon estomac. Bonjour, Grégoire !

— Une belle-mère, est-ce que ça a le droit de commander aux enfants ?

Une belle-mère ?

« Pas faim, Justin. Un effort, Hector ! »...

Mais non, c'est impossible, je me trompe sûrement. La question de Justino ne peut avoir aucun rapport avec ce qui s'est passé tout à l'heure.

Dans la salle de bains, Grégoire se brosse les dents. Je me raccroche à ce bruit familier.

— Bien sûr que ça a le droit ! Et même le devoir. Regarde Charlotte avec Victor. Si elle ne l'obligeait pas à suivre son régime, elle le laisserait mettre sa vie en danger. Ce serait comme l'abandonner. Et même s'il râle, il le sait très bien. Le tout est de commander pour des choses qui en valent la peine.

Pas pour un bout de poisson déchiqueté dans une assiette ?

Je pose la main sur celle de mon petit-fils. Il y avait bien message, ou plutôt flèche empoisonnée et je n'ai aucune envie d'en entendre plus. Et c'est à mon cœur défendant que je pose ma question. D'une telle voix, presque agressive, qu'en un sens, ça vaut interdiction de répondre.

— Pourquoi me demandes-tu ça, Justino ?

Il hésite. Pour rattraper la voix, je mets de l'encouragement dans les yeux. Il se détourne, regarde vers la salle de bains où continue la cérémonie des dents. Justino a toujours détesté faire de la peine. Il sait ce qu'est avoir de la peine.

— Pour rien, finit-il par répondre en haussant les épaules.

Il reprend son livre, me signifiant mon congé.

— Tu pourras refermer la porte, Babou ?

J'ai embrassé les plumes de jais et fermé la porte. Il me semblait avoir saboté le boulot.

En bas, tout était silencieux, sauf quelques crépitements de braises, dernières bulles de champagne du feu. Thibaut n'était toujours pas redescendu de *Chez Babouchka*. « Il a peur que je me fasse enlever », avait dit Anastasia.

Grégoire était au lit. Il a effleuré mon front de ses lèvres, une bouffée de menthe a volé.

— Finalement, elle est plutôt gentille, cette petite, tu ne trouves pas ?

CHAPITRE 32

— Thibaut et Anastasia ? s'exclame Marie-Rose. C'est quand même dingue, ton histoire !

Bluffée, la brocanteuse, elle qui assure que rien ne peut plus l'étonner. Et même davantage que Diane qui, tandis que je parlais, s'est contentée de se tourner d'un air gêné vers la fenêtre ce qui n'est pas pour me rassurer. Que regarde-t-elle ? Probablement du côté de *L'Étoile*, où la femme de l'ambassadeur aime, persifle Marie-Rose, à respirer l'air des bas-fonds.

Nous sommes toutes les trois à la *Caverne*, sur le lit Empire de notre amie. Aucune raison que nous n'ayons pas, nous aussi, notre « parloir ». N'a-t-on pas besoin de parloir jusqu'à son dernier souffle ?

Et moi je suis incorrigible !

Alors que je m'étais juré de tenir désormais mes amies éloignées de mes histoires de famille, ce matin, sitôt éveillée, je convoquai une réunion extraordinaire. À l'ordre du jour : mon état mental. Suis-je en train de perdre la boule ? Je me le suis demandé toute la nuit. Oui, « dingue », mon histoire !

— Une minute, s'il vous plaît, le temps d'en griller une, déclare virilement Marie-Rose en attrapant une cigarette sur sa table de nuit.

C'est nouveau.

Alors que tous arrêtent de fumer, contraints et forcés, elle commence ! Ayant fait ses calculs – de vingt à trente ans pour le cancer – et ne tenant pas à vivre plus longtemps que de raison, elle a jugé qu'elle pouvait, pour ses vieux jours, s'offrir ce plaisir dont elle rêvait, affirme-t-elle, depuis toujours. Pas d'entourage direct à contaminer, aucune famille pour s'inquiéter ou la culpabiliser. Ajoutons que la façon dont on traite les fumeurs, tels des pestiférés, n'a sans doute pas été pour rien dans sa décision. Son Jean-Yves en est. Solidarité !

Ex-addict, Diane quitte le lit pour aller prendre place dans un fauteuil, loin de la tentation. En ce qui me concerne, trente années aux côtés d'un fumeur de pipe (maintenant repenti) m'ont endurci l'odorat et les bronches. Il m'arrive même de regretter un cérémonial au parfum de miel.

— Bien ! reprend Marie-Rose après avoir savouré, yeux mi-clos, une bouffée de poison. À y réfléchir, ton histoire est parfaitement logique. Prends un garçon sans femme depuis le départ de sa Vietnamienne. Un garçon beau et bouillonnant. Prends d'autre part une ravissante jeune fille, au sang chaud d'après les bruits qui courent, elle aussi disponible. Réunis-les sous le même toit, le tien, tous les week-ends quand ce n'est pas en semaine. Que voulais-tu qu'il arrivât ? Finalement, c'était couru, ma vieille.

— Primo, ne m'appelle pas « ma vieille ». Secundo, tu ne vas tout de même pas me dire que c'est ma faute !

— La mode des familles patchwork ne va pas sans risques...

La mode ! Comme si je l'avais choisie, ma famille patchwork.

Dans son fauteuil, tel un sphinx, Diane garde son air lointain. C'est à elle que je m'adresse. Marie-Rose ne comprend rien à rien.

— Qu'est-ce que tu en penses, toi ? Dix-sept ans d'écart et toutes les différences. Thibaut est un ascète, Anastasia veut tout croquer de la vie. Lui ne pense qu'à ses bandits, elle ne songe qu'à s'amuser. Sans compter qu'il est son oncle...

— Ça, son oncle, cela pourrait bien rajouter du piment, observe songeusement Diane.

Face aux deux visages avides qui se tournent vers elle, elle prend son air Miss Marple. Elle a toujours eu tendance à faire son intéressante.

— Tu ferais mieux de dire tout de suite ce que tu sais ou gare à la toux de contrariété, menace Marie-Rose en lançant dans sa direction une méchante bouffée de fumée.

— Tout ce que je sais, cède Diane en agitant un mouchoir blanc devant son nez, c'est qu'Anastasia s'est chargée de la déco de Noël, qu'elle a chanté *Kaline, kakaline* pendant la fête, accompagnée par Thibaut et qu'à chaque fois que je vais là-bas, je tombe sur mademoiselle. Les gamins l'appellent « la princesse ».

Un rien de dépit dans sa voix. Diane joue volontiers à la reine lorsqu'elle se rend à *L'Étoile*, assurant qu'il faut donner du rêve à la rue. Anastasia l'aurait-elle détrônée ?

— Alors, selon vous, ce serait possible ?

— Et même probable à en croire l'attitude de ton Justino, lâche Marie-Rose sans pitié.

Un autre souvenir ! À Noël, lorsque Thibaut et Anastasia avaient décidé de dormir à la maison. Justino avait insisté pour les suivre. Dans le but de les surveiller ?

— Il faut que j'en parle à Grégoire.

— Ah ça, surtout pas, me reprend sévèrement Marie-Rose. Tu ne bouges pas, tu attends de voir. D'abord, rien n'est certain. Ensuite, arrête de te mêler de tout. Ce n'est pas ton affaire.

L'envie de mordre qui monte en moi m'indique que ma soi-disant amie a frappé juste. Je me mêle trop de tout, je m'immisce partout, je m'ingère, je fourre mon nez dans ce qui ne me regarde pas. Je ferais mieux de m'occuper de mes potages et de mon tableau.

Mais s'ils arrêtaient de venir me chercher, cela me faciliterait la discrétion !

Je quitte dignement la couche impériale, remets mes chaussures. Finalement, j'ai eu tort de susciter cette réunion. Me voilà confirmée dans mes craintes et, qui plus est, interdite de parole.

— Je suis nulle, je le sais, dis-je. Merci quand même.

— La voilà qui nous fait sa crise d'auto-dépréciation, soupire Marie-Rose.

Elle me tend sa cigarette.

— Une taffe ?

C'est curieux, la vie. Ce qui vous paraissait crucial à midi peut passer à la trappe quelques heures plus tard. Thibaut et Anastasia vont devenir le moindre de mes soucis.

Aujourd'hui, pour la première fois, Grégoire m'a menti.

Première fois ? Certains me jugeront bien naïve. J'en mets pourtant ma main au feu. Jamais, depuis notre mariage, il ne m'a semblé que mon mari me cachait quoi que ce soit. La franchise fait partie de cet homme. Il ignore même le mensonge par charité, ce qui le rend parfois cruel par maladresse. « Revoilà O'cédar » (vous sortez de chez le coiffeur). « Tu sens la cocotte » (vous étrennez un parfum destiné à lui faire perdre la tête). « Tu as mis ton parachute ? » (dans la même intention, inauguration d'un porte-jarretelles affriolant).

Pour employer le terme à la mode : Grégoire est un homme transparent.

Une ombre voile désormais cette transparence.

Il était seize heures lorsque Marguerite, la femme de Maurice, m'a appelée pour nous inviter à dîner la semaine suivante.

— En as-tu parlé à Grégoire ? lui ai-je demandé.

Avant de partir ce matin, il m'avait annoncé qu'il déjeunerait chez son ami.

— Mais nous ne l'avons pas vu depuis des lustres ! a répondu Marguerite. C'est même pour ça que je t'appelle. Maurice prétend que depuis que tu es une vedette de la télévision, ton mari nous snobe.

Nous avons ri ensemble. Je n'ai pas parlé du déjeuner. Date a été prise pour le dîner.

Après avoir raccroché, je suis restée un moment immobile sur le canapé. Plus étonnée qu'inquiète. Avais-je mal compris Grégoire ce matin ? Mais non ! Nous avions même parlé régime. « J'ai averti Marguerite, m'avait-il appris. Elle a dit que ce serait excellent pour le bedon de Maurice de jeûner un peu. » Nous avions même ri. Puis j'étais partie à la *Caverne*.

Il devait y avoir une explication.

Grégoire est rentré à dix-sept heures douze. Il est passé par la cuisine et a fait halte près du placard à chaussures, placard sans portes pour permettre aux bottes de sécher. Ce meuble, indispensable à toute maison normande, est source de conflits incessants avec les enfants pour qu'ils daignent l'utiliser et tout le monde ici voit arriver avec soulagement les saisons moins mouillées, le sec total n'existant pas dans nos vertes contrées.

Grégoire ne mettait-il pas plus de temps que d'habitude à troquer ses chaussures de ville contre ses chères babouches marocaines ? Le poison du soupçon commençait son œuvre.

Il est enfin apparu. Je gisais toujours sur mon canapé. Tiens ! il portait son costume numéro deux – visite chez le médecin, dentiste, invitations à dîner – le numéro un étant réservé aux communions, mariages, cérémonies diverses.

Je m'étais juré de prendre mon temps ; il n'était pas là depuis trente secondes que j'attaquais.

— Alors, finalement, tu n'as pas déjeuné chez Maurice ?

Il a eu un sursaut.

— Pourquoi me demandes-tu ça ?

— Marguerite a appelé pour nous inviter à dîner. Elle ne t'avait pas vu.

— Eh bien non ! Pour finir, je n'y suis pas allé, a-t-il convenu en se dirigeant vers l'escalier.

— Et tu ne les as pas prévenus ?

— Je ne m'étais pas engagé formellement.

Ce n'était pas ce qu'il m'avait semblé comprendre.

— Où as-tu déjeuné ?

Il s'est immobilisé. Il n'avait pas allumé dans l'escalier aussi ne pouvais-je distinguer les nuances sur son visage.

— Au bistro avec un ancien camarade, a-t-il répondu précipitamment. Figure-toi que je suis tombé dessus alors que je faisais une course à Caen. Il était seulement de passage. Nous avons mangé un sandwich ensemble.

— Je le connais ?

Il a monté deux marches.

— Certainement pas. Notre dernière rencontre date de Tahiti. Tu vois que ce n'est pas d'hier.

Pratiques, les îles. Un peu loin pour aller vérifier. J'allais lui demander pourquoi il avait mis son costume numéro deux pour aller faire sa course (?) à Caen, lorsque Thibaut a fait irruption dans le salon. Grégoire en a profité pour m'échapper.

Heureusement qu'il était là, Thibaut, pour animer le dîner, entre un Grégoire muet, un Justino dont l'humeur ne s'améliorait pas et moi, totalement assommée par ma découverte.

Grégoire m'avait menti pour la première fois.

Ce déjeuner chez Maurice, il l'avait inventé. Le camarade de Tahiti, je n'y croyais pas une seconde. Il n'était que d'entendre sa voix alors qu'il me racontait son histoire, histoire apprise par cœur au cas où. Voix empruntée, trop rapide, d'un homme pris la main dans le sac. Quel sac ?

Il a très peu mangé : quelques cuillerées de potage et un fruit. Je me suis retenue d'observer que le sandwich de midi avait dû être copieux. Pour moi, je n'ai rien pu avaler et, bien sûr, personne ne l'a remarqué.

Les demi – demi-teintes, demi-mesures – n'ont jamais été mon fort. Bonne ou mauvaise nouvelle, je fonce. Droit au pire s'il s'agit de mauvaise. Observant le visage de Grégoire, ces marques profondes sous ses yeux, un souvenir revenait qui me faisait exploser le cœur.

C'est à Venise. Nous sommes jeunes mariés. Je passe le doigt sous les yeux de mon officier, marqués au fer bleu-gris par l'amour que nous venons d'accomplir – je préfère « accomplir » à « faire ». Dans ces marques, c'est mon pouvoir que je lis.

Souveraine, stupide, du haut d'une jeunesse que je crois sans doute éternelle, je déclare : « Si un jour tu me trompes, je le lirai là ! »

Les cernes profonds sous les yeux de Grégoire, son regard qui me fuit, ce mensonge.

Suis-je une femme trompée ?

CHAPITRE 33

Horreur du soupçon. Chienne de jalousie. Elle naît, dit-on, de la peur de perdre. Aurait-elle fondu sur moi avec cette fulgurance, tel un oiseau de proie, si après avoir participé à *La Dernière Chance*, malgré les mises en garde de mon mari : « Graves seront les conséquences », je n'avais pas pris conscience qu'il y a des limites à ne pas dépasser, que j'aurais pu le perdre, Grégoire, mon Grégoire ! ha, je pouvais bien crâner auprès de mes amies, leur infliger des cours magistraux sur la solidité de notre couple, cette crise m'avait laissé un doute, une fragilité. Sinon, serais-je tombée si vite dans les affres de la maladie ?

La maladie !

La jalousie est un poison qui annihile la raison et obscurcit le jugement : quarante de fièvre comme la passion. Sous son emprise, on divague, on ne voit plus qu'à travers le filtre du soupçon. La mémoire même s'en trouve altérée.

Exemple.

C'est le fameux matin où Grégoire part chasser avec Maurice. J'ai à lui annoncer mon possible passage à cette foutue émission et redoute sa réaction. Voilà qu'il apparaît dans la cuisine en tenue de camouflage. Voilà que je le trouve beau. J'avais oublié qu'il pouvait séduire. Cette sonnette d'alarme qui, brièvement, retentit dans ma tête n'est-elle pas la prescience qu'une autre s'en est aperçue ? Un premier soupçon que je m'empresse de chasser ?

Autre exemple à l'appui du premier.

Cette fois, c'est après l'émission. Il est venu me chercher à la *Caverne*. Après le dîner, voici qu'il m'emmène à l'hôtel. L'hôtel ? Grégoire ? Vous voulez rire ! les filles, d'ailleurs, ne s'en sont pas privées. Et pas n'importe lequel : un quatre-étoiles. Et la chambre royale, s'il vous plaît. Il y entre comme un habitué, compte les serviettes, me fait les honneurs. Comment l'idée ne m'a-t-elle pas effleurée qu'il était déjà venu là ? Un reliquat d'honnêteté lui a soufflé qu'il ne pouvait faire moins pour moi que pour Elle. Nous voici au lit, quel lit ! Et, alors que dans ma candeur, je craignais d'avoir, par ma prestation, entamé ses forces vives, il me fait l'amour comme un fou. Pardi, il a de l'entraînement !

Arrête, tu divagues, tu affabules... Un reste de raison bataille contre les délires de ma fièvre. Bon ! Cherchons des éléments plus tangibles, de solides indices.

En voilà un : son attitude incompréhensible vis-à-vis de Justino. L'enfant peut bien le défier, se montrer insolent, sortir de table sans demander la permission, claquer les portes. Rien ! Plus de réaction du grand-père jusque-là inflexible quant au respect de la politesse. Grégoire détourne les yeux. Se désintéresse-t-il de son petit-fils ? N'allons pas jusque-là. Il a tout simplement la tête ailleurs. Et quand je dis la tête...

Autre indice. De taille, si l'on peut dire.

Son régime. Le respect de son régime. Plus de visites clandestines dans le réfrigérateur. Plus de gémissements et autres regards meurtriers vers celle qui, ayant su respecter une saine hygiène de vie, peut se permettre toutes les gourmandises. Et moi qui me réjouissais de cette subite sagesse, aveugle que j'étais ! Grégoire veut maigrir pour ELLE. Retrouver le ventre plat du jeune officier. N'est-il pas sans cesse perché sur sa balance ?

Mon propre examen de conscience, maintenant. On nous le répète assez : dans un couple qui se défait, il y a toujours faute de l'un ET de l'autre. Eh bien, je ne l'ai pas volé. Maîtresse de maison dans le noble sens du terme, quelle maison ai-je offerte à mon pauvre mari depuis la rentrée ? Un champ de bataille, même pas d'honneur, où je me suis automatiquement rangée dans le camp de l'adversaire. Plus mère qu'amante. Plus grand-mère qu'épouse. Grégoire est allé chercher ailleurs ce que je ne lui offrais plus chez lui : la gaieté, la tendresse, la quiétude.

La jeunesse ?

Quel âge peut-elle avoir, celle avec qui il a déjeuné l'autre jour ? (Avant de l'emmener à l'hôtel, n'oublions pas qu'il n'est rentré qu'à dix-sept heures douze.) La quarantaine ? Lui soixante-huit. Cela donne vingt-huit ans de différence, autant dire trente. Le démon de midi. Le besoin de se prouver qu'il est encore jeune, beau, viril. Mon Dieu, pourvu qu'il n'aille pas prendre cette horrible pilule bleue qui donne des ailes au désir défaillant des hommes ! Pourvu qu'elle ne me le tue pas. Qu'il meure dans mes bras, soit. Mais dans les bras d'une autre, je ne le supporterais pas.

J'ai décidé d'attendre une vraie preuve pour parler.

La mignonnette rose a été enfin livrée vendredi après-midi. Quoi qu'il ait en tête, Grégoire en a paru satisfait. Il a demandé au transporteur de verser son chargement à l'entrée de la cour, tout près du portail. Un bruit de cataracte, un tas impressionnant.

— Nous nous en occuperons samedi matin avec les enfants, a-t-il décidé.

Les Réville arrivent toujours le vendredi soir pour dîner. « Ne me dis surtout pas ce qu'on mange, maman », supplie Audrey. C'est ça, le plaisir pour elle : les pieds sous la table et une surprise. Ne pas avoir à se creuser la rête pour établir le menu. Comme je la comprends ! Moi aussi, j'aimerais bien que de temps en temps les autres se creusent la tête pour moi.

Dès dix heures, samedi, tout le monde était sur le pont, y compris Anastasia et Victor, heureux de participer à la fête. Leurs parents, pris par le restaurant, regrettaient de ne pouvoir venir prêter main forte.

— Ils seront là comme d'habitude pour l'inspection des travaux finis, a ricané Audrey.

C'est curieux d'adorer sa sœur et d'avoir toujours la critique aux lèvres ! Mais, moi-même, suis-je toujours indulgente avec mes Grâces ? Qui aime bien châtie bien.

Grégoire, en tenue numéro dix (travaux de force) : pantalon de velours râpé jusqu'à la corde et pull à courants d'air, dirige les opérations. Les plus costauds manient la pelle pour remplir les brouettes dont ils répartissent le contenu aux quatre coins de la cour. Les plus jeunes étalent au râteau. Les fillettes jouent les cantinières, secondées par Victor, dispensé d'effort pour cause de rein greffé. Boissons et biscuits circulent. Pour fin janvier, il fait très doux.

L'air sent les préparatifs du printemps. N'ai-je pas vu passer une hirondelle ? Soudain, mon cœur s'allège. Ce matin, Grégoire s'est montré tendre (anormalement ?). Il ne voulait pas me voir travailler au gravier : « Tu en fais assez comme ça, repose-toi donc un peu ! » J'ai tout inventé. Il n'y a d'autre femme que dans mon imagination. Ne voit-on pas que cette famille est toute sa vie ? Suffit, Joséphine ! Ça va comme ça.

Et puis cela repart.

Je suis à la fenêtre de la cuisine lorsque le facteur apparaît sur son vélo. Grégoire se précipite, attrape le courrier que lui tend l'employé, le feuillette rapidement.

Glisse une lettre dans sa poche.

J'ai reculé. Mon cœur bat à toute volée. Moi qui cherchais une preuve, voilà que je voudrais n'avoir rien vu. Avant que j'aie pu me reprendre, il entre dans la cuisine : « Le courrier ! » Jette lettres et journaux sur la table, disparaît.

On ne le reverra pas jusqu'au déjeuner. Thibaut et Jean-Philippe termineront le travail sans lui. Grégoire a eu ce qu'il voulait. S'il n'a pas quitté la barrière où se trouve notre boîte, c'est qu'il guettait le facteur. C'est également la raison pour laquelle il ne tenait pas à me voir dans la cour : pour voir l'employé avant moi et subtiliser la lettre.

L'amour ne se dit pas par téléphone.

Tous les messages de feu, envoyés par l'officier, puis par le commandant, conservés dans une vieille malle au grenier, en témoignent. Au fait, depuis combien d'années ne m'a-t-il pas écrit ? Il est vrai que nous ne nous quittons que lorsqu'un des deux va à Caen : vingt-trois kilomètres. Brusque rappel dans ma poitrine. Moi, je lui ai écrit récemment pour lui expliquer pourquoi j'allais à *La Dernière Chance*. Il m'a même répondu : « Si tu y vas, quelque chose sera définitivement cassé entre nous. »

C'est fait.

La porte de la cuisine s'ouvre à toute volée : invasion.

— On a fini, Babou. Viens voir comme c'est beau. Et quand est-ce qu'on mange ?

Le déjeuner est terminé. Il est quinze heures. Je fais semblant de lire au salon. Grégoire se repose dans la chambre. Une partie de foot est en route sur la pelouse.

— Pourquoi tu es triste, Babou ?

J'ouvre les yeux. Celui qui m'a posé cette question n'est ni Justino le sensible, ni Tim l'attentif, ni Victor l'écorché vif, mais Gauthier la tornade.

Planté en face de moi dans son long bermuda bleu marine, si ample qu'il pourrait y convier un copain, il m'observe tandis que je chausse précipitamment mes lunettes fumées sur des yeux qui soudain me brûlent.

— Mais je ne suis pas triste, mon chéri. J'ai juste un peu mal à la tête.

— Pendant le déjeuner aussi, alors, tu avais mal à la tête ? Tu n'as pas ri quand Adèle a dit qu'elle ne mangeait plus que bio et qu'elle a pris quand même du maïs... du maïs trans quoi, Babou ?

— Transgénique.

Faire le marché avec la petite est devenu une épreuve. À tous ceux qui n'achètent pas bio, elle prédit la mort dans les plus brefs délais.

— Je devais être un peu distraite. Je n'ai pas entendu.

Gauthier se laisse tomber sur la table basse. Formellement interdit. Comme sa casquette mise à l'envers pour faire crier sa mère. Ou ses baskets délacées pour exaspérer son père.

— Tu sais ce qui est bien ici ? remarque-t-il. C'est que tu ne nous demandes jamais comment ça va à l'école.

— Il me semble que vos parents n'arrêtent pas de vous le demander et que les grands-parents sont là pour autre chose. Mais quand vous nous racontez, on est rudement contents.

— Si tu tiens vraiment à ce que je te raconte, poursuit Gauthier, mon premier trimestre a été désastreux. La psy du collège, Mme Poivre, a demandé à maman de venir la voir. Elle lui a expliqué que c'était parce que je riais tout le temps, alors, quand j'ai un problème, personne ne le remarque.

Il s'interrompt un instant. Pour mieux revenir à la charge ? Certains ont de la suite dans les idées.

— C'est comme pour toi, Babou ? T'as un problème ?

Mes yeux me brûlent à nouveau. Moi qui m'apprêtais à retirer mes lunettes fumées, ce sera pour plus tard.

Je pose la main sur celle de mon petit-fils. Pour sa main, imaginez des gants de jardin après usage : taille, couleur, texture.

— Tu sais, les grands-mères ont des tas de problèmes de grandes personnes. En général, ils finissent par se régler. Regarde pour Boris et son restaurant.

— Alors tu vas retourner à la télévision ?

Il applaudit déjà. Je ne peux m'empêcher de rire. Une bonne idée ! « Mon mari me trompe, sauvez-moi. »

Du jardin, montent des coups de sifflet, des appels rageurs. Gauthier se lève avec un soupir.

— On dirait que la fin de la mi-temps a sonné. Il faut que je te quitte, sinon ces bouffons m'étriperont.

Il fait quelques pas vers la porte, s'arrête, se retourne.

— Tu as dit que tu étais là pour autre chose, Babou. C'est quoi, l'autre chose ?

— Peut-être pour deviner quand il y a des problèmes sous les rires.

Et heureusement qu'il s'envole. Je ne peux plus endiguer le torrent.

CHAPITRE 34

Cette lettre que Grégoire avait cachée dans sa poche – je l'avais vu clairement – était-elle la preuve que j'attendais pour parler, le mettre au pied du mur, vider mon cœur ? « Il y a une autre femme dans ta vie, inutile de nier, je le sais. Tu m'as menti pour le déjeuner, tu abandonnes Justino, tu suis ton régime sans te plaindre, parlons calmement, veux-tu ? Qui est-ce ? Comment l'as-tu rencontrée ? Quel âge a-t-elle ? Crois-tu que je vais supporter ça longtemps ? »

Ridicule. Et même pitoyable ! Le coupable (?) aurait beau jeu de tout réfuter. Maurice avait mal compris. Justino était à un âge difficile, mieux valait ne pas le braquer. Quant à son régime, j'entendais déjà le rire de Grégoire. Allais-je lui reprocher de faire ce que je lui réclamais depuis des années ?

Il m'aurait fallu pouvoir produire la lettre.

Et bien qu'ayant, oh honte ! fouillé partout : ses poches, ses dictionnaires, sa voiture, son garage, je ne l'avais pas retrouvée. C'est dans son cœur que l'on garde ces messages-là, les relit, les savoure, mon chéri, mon amour...

Je devais continuer à garder le silence, observer, guetter, souffrir.

Pour m'éviter de voir Grégoire s'enferrer dans son mensonge, j'ai annulé le dîner chez Marguerite. Il en a paru soulagé. Pardi !

La première couche de mon tableau est terminée. Le résultat ne me satisfait pas. Trop neutre, ce sable, sans profondeur, ce ciel, et la falaise forme une masse inerte. La vie n'y est pas. Ni moi. C'est comme si, tenant mon journal, je cachais le plus important.

Nous sommes jeudi après le gravier. Car il y a « avant » et « après » le gravier. Comme « avant » et « après » les Apaches, comme « avant » et « après » *La Dernière Chance*. Durant le dîner, Justino a été encore plus silencieux que de coutume. Il vient de monter se coucher. Grégoire, fatigué, annonce qu'il va faire de même et commence à éparpiller ses braises lorsque Thibaut l'arrête.

— Attends ! On peut parler un peu ?

Un ton emprunté, presque embarrassé alors que nous venons de passer plus de deux heures ensemble, qu'il a dévoré en confiance les trois quarts de mon hachis Parmentier tout en parlant pluie et beau temps.

Après avoir jeté un regard suspicieux vers son fils, Grégoire retombe sur le canapé, les épaules voûtées, dans l'attente du choc prévisible. Ma poitrine s'alourdit, j'ai peur de deviner.

— J'ai trouvé un loft à louer à Caen, annonce Thibaut. Un ancien atelier de confection. Cent trente mètres carrés, pour une bouchée de pain. Quelques travaux, mais l'essentiel y est. Vous savez que depuis que Al est venu rôder par ici, je ne suis pas tranquille pour vous.

Il s'interrompt quelques secondes, respire fort, comme on prend son élan.

— J'ai décidé de m'y installer avec Anastasia.

Grégoire se raidit, retire ses lunettes, les remet, les retire à nouveau, sans apparemment y voir plus clair dans les paroles de son fils.

— Peux-tu nous expliquer ce qu'Anastasia vient fiche là-dedans ?

— Mais j'étais sûr que vous vous doutiez ! s'exclame Thibaut avec une pointe de reproche dans la voix.

Évidemment, cela l'aurait arrangé d'avoir des parents extra-lucides. Il n'aurait eu qu'à confirmer leurs soupçons. Moi, je trouve qu'il a bon dos, Al ! Avec son paquet-cadeau, il a donné à Thibaut un bon prétexte pour filer avec sa belle.

Grégoire semble avoir peine à respirer. Quoique brouillée, je le plains. Un sale coup que lui porte son fils alors que, grâce à une action commune pour *L'Étoile*, un verrou posé ensemble, ils s'étaient rapprochés comme jamais.

— Tu ne veux quand même pas dire qu'Anastasia et toi…, souffle enfin le père.

— Eh bien si ! dit Thibaut. On voulait vous l'annoncer l'autre jour. Le champagne, c'était aussi pour fêter ça. Mais Justino a tout foutu en l'air avec son attitude.

— Le champagne ? répète Grégoire incrédule. Pour fêter quoi ? Mais tu as complètement perdu la tête !

— Nous nous aimons, je ne vois pas ce qu'il y a de mal à ça, se défend Thibaut, offensé.

— Et peut-on savoir depuis combien de temps il n'y a « rien de mal » ? demande Grégoire en retenant sa voix.

— Depuis la rentrée.

Nous calculons ensemble : cinq mois. Grégoire passe la main sur son estomac : un geste qu'il ne fait plus depuis sa visite à Vérat. Sans doute celui-ci l'aura-t-il rassuré. Il a été très peu disert sur sa visite. Il se lève, fait quelques pas dans le salon. J'attends l'explosion.

— Le petit est-il au courant ? demande-t-il en montrant le plafond, la chambre de Justino.

— Bien sûr.

— Et il en pense quoi ?

— Si je l'écoutais, je n'aurais plus le droit de regarder une femme, répond Thibaut avec humeur.

L'indignation m'étouffe. J'entends la voix révoltée de Justino, je revois son visage défait : « Une belle-mère, est-ce que ça a le droit de commander ? »

J'y vais.

— Il se trouve qu'Anastasia n'est pas n'importe quelle femme mais ta nièce, ce qui en fait la cousine de Justino. Et il se trouve également qu'elle a dix-neuf ans et toi trente-cinq. T'est-il arrivé d'y penser ?

Le message s'adresse aussi à Grégoire, ne nous le cachons pas. Lui, quelle différence avec ELLE ? Et s'il se retient d'exploser, n'est-ce pas que, vu sa situation personnelle, il ne s'en sent pas le droit ?

— Anastasia est plus mûre qu'il n'y paraît, se défend Thibaut. Elle ne supportait plus qu'on se cache. D'ailleurs, c'est elle qui a trouvé le loft. On partagera le loyer.

— Si je comprends bien, Charlotte non plus n'a pas deviné. Ni ton cher beau-frère.

Un beau-frère en passe de devenir beau-père. Quelle famille ! Ça n'est plus du patchwork, c'est de la cacophonie.

Thibaut me lance un regard noir.

— Leur histoire de restaurant les a complètement bouffés. Tu en sais quelque chose, maman. On n'a pas voulu rajouter la nôtre. Vous êtes les premiers à qui on en parle.

— Très honorés, lâche Grégoire.

Aucun humour dans sa voix. Rien qu'une grande fatigue. Il n'y aura pas d'explosion. Drapeau blanc. Il revient s'asseoir près de moi. Cette résignation devant ce qui, hier, lui aurait paru inacceptable, me semble creuser encore plus le vide entre nous.

— As-tu l'intention de l'épouser ? demande-t-il soudain.

L'air ahuri de Thibaut fait monter en moi un rire nerveux. Suivi d'un tel soulagement que la tête m'en tourne. Voyons. Où en suis-je ? Oui ! Aux épousailles de Thibaut et d'Anastasia... Grégoire aurait-il posé cette question s'il m'était infidèle ? Jamais. Elle est la preuve que le mariage a toujours autant d'importance pour lui. Comment ai-je pu douter ?

Je prends sa main.

— Pour l'instant, nous allons vivre ensemble, répond Thibaut. On verra plus tard.

— Comme tu as raison, dis-je avec feu. Le mariage, c'est pour la vie ! Et Dieu sait qu'on vit longtemps. Ne t'y lance pas sans réfléchir !

Je serre fort les doigts de Grégoire. Il les dégage. Ma brève illusion se dissipe. Se rendant compte qu'il s'est piégé lui-même, il regrette sa question. D'ailleurs, il change bien vite de sujet.

— Et Justino, il suit ?

— Il ne veut pas entendre parler de venir habiter avec nous.

— Et qu'as-tu l'intention d'en faire ?

Thibaut écarquille les yeux : une question qu'il ne s'était pas posée.

— Mais il reste ici, voyons ! Vous savez bien qu'il vous adore.

La colère monte à nouveau en moi : contre toutes les dérobades.

— C'est trop facile, Thibaut ! Peut-être nous adore-t-il, mais c'est de son père dont il a besoin. Et nous ne pouvons pas te remplacer. Pas plus qu'Anastasia ne remplacera jamais Estrella pour lui.

Son visage se ferme. Il refuse d'entendre. Peut-on se montrer si généreux avec les enfants des autres et égoïste avec le sien ? Les enfants des autres, c'est plus facile. On ne les a pas à plein temps, ils ne mobilisent qu'une partie du cœur. Ils prennent ce qu'on leur offre sans se permettre de juger.

Justino juge. C'est là que ça coince.

— Nous allons lui installer une belle chambre, se défend-il. Tôt ou tard, il nous rejoindra.

— Espérons-le, dit Grégoire sèchement.

Il se relève et s'attaque à nouveau à ses braises. La cendre vole partout. Thibaut s'approche de son père, le visage crispé.

— Est-ce qu'on pourra continuer à venir ici ? Anastasia vous aime beaucoup, vous savez. Vous êtes sa première vraie famille.

Grégoire se redresse, foudroie son fils.

— On peut dire qu'elle a une curieuse façon de nous en remercier.

— Décidément, tu ne comprendras jamais rien, crie Thibaut. Anastasia est une fille exceptionnelle.

— Tu pourrais varier les termes.

Le ton était blessant. Thibaut a blêmi. « Une fille exceptionnelle »… les mots employés autrefois pour Estrella. Des mots qu'on n'oublie pas. Grégoire va-t-il à présent traiter Anastasia de putain (il n'aurait pas tort) et lui fermer sa porte ? Thibaut rétorquera-t-il que dans ce cas...

Au premier, le plancher a craqué ; Justino, en pyjama, apparaît en haut de l'escalier. Les plumes de jais, toutes froissées, entourent un visage décomposé. Depuis combien de temps est-il là ?

— Mais qu'est-ce que tu fous ? Tu devrais dormir, grogne son père qui doit se poser la même question que moi.

— J'y arrive pas. Vous parlez trop fort.

— Je monte tout de suite, retourne au lit, ordonne Thibaut.

L'enfant ne bouge pas. C'est à présent son grand-père, et lui seul, qu'il regarde. Ils se sont tellement aimés, ces deux-là !

— Va, dit Grégoire d'une voix apaisante. Tu peux dormir, mon chéri.

Justino acquiesce d'un mouvement de tête et fait aussitôt demi-tour. Grégoire le suit des yeux jusqu'à ce qu'il ait disparu. Et même après. Et même une fois la porte de la chambre refermée. Puis son regard revient à Thibaut et il a un soupir. Justino a gagné.

— Venez quand vous voudrez. Reste à savoir comment tes sœurs prendront la chose.

Charlotte ? Pas trop mal. Contrairement à ce que croyait Thibaut – les amoureux sont seuls au monde – elle était au courant. Rentrée un jour plus tôt que prévu et entendant des bruits significatifs dans sa chambre, elle avait regardé par le trou de la serrure (en digne fille de sa mère) et surpris le couple de tourtereaux dans son lit.

Audrey ? Très mal. Décidément, d'Anastasia, qui avait un jour dragué son Jean-Philippe, on pouvait attendre le pire. Cela ne durerait pas. Pauvre Thibaut !

Boris n'en avait pas fait une maladie mais il aurait préféré pour sa perle de fille un homme plus stable que Thibaut, moins oiseau sur la branche, plus solide, quoi !

On a dû entendre jusque *Chez Babouchka* le rire de Grégoire apprenant la réflexion de son gendre.

Commentaire de Charlotte :

« On peut dire que ce pauvre Thibaut n'a guère de suite dans les idées ! Estrella de dix ans son aînée, Anastasia de dix-sept ans sa cadette. Maman est-ce que tu te rappelles l'âge de l'intermédiaire ? »

L'intermédiaire, Yocoto, n'avait fait que passer. Je me souvenais à peine de son visage.

Réflexion de l'aînée.

« Une Brésilienne, une Vietnamienne, une Russe à présent. On ne dira pas que notre cher frère est contre la mondialisation. »

On ne dira pas que mes filles manquent d'humour.

Restait à informer les enfants en leur faisant comprendre que, si l'on subit certaines situations pour ne pas casser les familles, on ne les approuve pas pour autant.

La réunion, organisée au « parloir », a été un flop complet.

Victor avait depuis longtemps confié à Tim la grande nouvelle. Tim l'avait répétée à Gauthier sous le sceau du secret. Gauthier n'avait pu se retenir de mettre Adèle et Capucine au parfum.

Il faut dire que c'était TROP.

Sitôt que Charlotte avait le dos tourné, Anastasia et Thibaut se précipitaient dans son lit. Ils étaient amoureux.

Adèle l'écolo a eu le mot de la fin. Cette petite est dotée d'une intelligence aiguë et ce n'est pas la grand-mère qui parle.

— Ces deux-là, au moins, ils ne seront pas transgéniques, a-t-elle remarqué.

CHAPITRE 35

Un tableau continue de se peindre, alors même que l'on n'a plus son pinceau à la main. On transporte son paysage avec soi, comme le musicien sa mélodie ou l'écrivain son histoire. Les couleurs en évoluent à la faveur, ou sous le choc de ce que nous vivons. Car, à travers celle des autres et du monde qui l'entoure, l'artiste ne raconte jamais que sa propre histoire.

Ce que je voyais sur ma toile : un rocher, une plage, une falaise, un ciel, ne traduisait pas les couleurs de mon âme.

J'ai passé le vernis à retoucher et me suis attaquée à la seconde couche. Même si elle ne me satisfaisait pas, la première ne serait pas pour autant effacée, sinon pourquoi ne pas recommencer sur une toile vierge ? Les couleurs initiales se devineraient sous les nouvelles. Ma première tentative ferait partie de l'œuvre, sa texture, sa pâte.

Tout comme nous portons en nous chaque souffrance, chaque bonheur de notre vie, même si nous imaginons les avoir oubliés.

Sur ma palette, j'ai mêlé au bleu de Prusse du rouge et du jaune de cadmium. Le ciel s'est teinté d'orage, le feu a couvé sous la falaise, d'anciens pas se sont devinés sur le sable.

À nouveau, je fuyais Marie-Rose. Il n'y aurait pas, cette fois, de réunion extraordinaire. Faire part à mes amies de mes soupçons concernant Grégoire, avouer que j'étais peut-être une femme trompée, cette seule idée me plongeait dans l'humiliation. M'étais-je assez rengorgée avec « mon » mari, cet homme si franc, si solide et ne comptez pas sur moi pour divorcer...

J'avais honte. Voilà !

Comme elles s'inquiétaient – j'avais décommandé notre déjeuner mensuel, trop peur de fondre en larmes – j'ai tout mis sur le dos des lourds problèmes que nous posait Justino depuis que Thibaut avait décidé de vivre avec Anastasia. Je me suis servie du pauvre petit pour détourner leur attention de ma propre déconfiture. Bravo !

Quant à la preuve que je cherchais, je l'ai trouvée hier.

Grégoire n'utilise pas de carte de crédit. Il tient à savoir, jour après jour, où il en est de ses dépenses et celles-ci sont soigneusement notées sur les talons de ses chéquiers, ainsi que la date d'émission et le nom du bénéficiaire.

Tout ce qui concerne la banque est rangé dans le tiroir « mercredi » du semainier de notre chambre. La veille, j'avais vu Grégoire échanger son carnet terminé contre un neuf. Ce matin-là, il avait rendez-vous chez le dentiste. La voiture n'était pas au bout du chemin que moi, j'étais dans mercredi, épluchant les dépenses récentes de mon mari.

Supermarché, voiture, assurance, rien de particulier. Je commençais à me détester lorsqu'une anomalie, peut-on appeler ça ainsi ? m'a sauté aux yeux. Pour deux sommes importantes, aucun nom de bénéficiaire n'était inscrit sur le talon. Seulement une lettre majuscule : un L.

L ? Elle ?

Fébrilement, j'ai relevé les dates des chèques et consulté mon propre agenda. Les jours où ceux-ci avaient été émis, comme par hasard, j'étais à la *Caverne* et ignorais ce que Grégoire avait fait de sa journée.

Je suis restée longtemps assise sur le lit, devant le tiroir ouvert. Si Grégoire avait été présent, nul doute que j'aurais attaqué, chéquier brandi. Mais, après le dentiste, il se rendait à son club de Scrabble et il est rentré tard. Cela m'a laissé le temps de me calmer, réfléchir.

Et si je me trompais ? Si ces chèques avaient une explication avouable ? Grégoire était-il obligé de tout me dire sur ses dépenses ? Jamais il ne me pardonnerait d'avoir épluché ses comptes. Il me mépriserait et il n'aurait pas tort. Il me fallait une preuve plus tangible que celle-là.

Je me suis tue.

Lâcheté ? Tête dans le sable ? Peur de déclencher l'irrémédiable ? Peut-être. Devant les radios qui prouvent leur mal, certains médecins eux-mêmes, gravement atteints, ne continuent-ils pas à refuser d'y croire ?

Durant les petites vacances de février, Audrey a emmené Justino faire du ski en famille. Thibaut en a profité pour déménager. Il a été décidé qu'au retour de son fils, celui-ci s'installerait chez Charlotte. Justino ne voulait pas en entendre parler. Il préférait rester à la maison. Il a fallu toute l'insistance de Grégoire pour qu'il s'incline. C'était pour son bien. Seul avec nous, il s'ennuierait.

Il arrive que l'on se trompe en cherchant sincèrement le bien de quelqu'un.

Indice ou preuve ?

Alors que je le lui demandais en vain depuis des années, Grégoire a décidé de vider le garage de ses vieilleries. Tous les fameux « aucazou » ont été sortis dans la cour, Thibaut autorisé à se servir. Le reste est parti à la décharge.

Comme le passé qu'il représentait ?

Grégoire faisait-il place nette avant de me quitter ? Voici que je regrettais ces poêles brûlées, ces instruments de jardinage rouillés, ces vêtements pourris. Mémoire d'une maison ? Sédiments sur lesquels son cœur bat en profondeur ?

Ce soir, Thibaut est venu chercher quelques dernières affaires. Bien qu'il me l'ait proposé à plusieurs reprises, je ne suis toujours pas passée visiter le fameux loft. Pas pressée. Quant à Anastasia, elle a disparu depuis la mirifique annonce. Est-ce le tourtereau qui n'ose nous l'amener ou la tourterelle qui redoute la rencontre ? Thibaut ne perd pas une occasion de me vanter ses qualités ; de préférence hors présence de son père.

Justement !

— Sais-tu ce qu'Anastasia m'a offert avec son premier cachet ? demande-t-il en tournant son café – deux sucres. Une guitare.

Zut ! La surprise que je comptais lui faire pour son anniversaire, dans quelques semaines. Il me faudra trouver une autre idée. Elle ne pourra être aussi belle.

Je fais semblant de me réjouir. La porte s'ouvre sur Grégoire.

— Ah, tu es là, toi ?

Comme s'il n'avait pas entendu la moto de son fils. Comme s'il ne venait pas aux nouvelles. À lui aussi, la maison doit paraître vide depuis le départ de nos pensionnaires.

— Je prenais un kawa avant de partir, dit Thibaut. Je t'en fais un ?

— À cette heure-ci ? Tu veux que je passe une nuit blanche ? Déjà...

Grégoire s'interrompt. Déjà ses nuits le sont à moitié : la fameuse insomnie de trois heures du matin qu'il me fait généreusement partager en se tournant et retournant dans le lit. Pas question pour autant de prendre un somnifère : mon « poison ».

— J'ai une bonne nouvelle, annonce Thibaut à son père. On a retrouvé Gustave.

— L'ordinateur ? Où ça ?

Du coup, Grégoire s'assoit. Depuis qu'il est allé changer ce verrou à *L'Étoile*, n'est-il pas en droit d'être tenu au courant ?

— J'ai dit « retrouvé », pas encore « récupéré », précise Thibaut. C'est Doumé qui m'a indiqué la cachette : dans la cave d'un ami de son frère. Il les a entendus en parler. Al chercherait à le vendre.

Il a un sourire attendri ; comme il n'en a plus pour Justino ?

— En me mettant au courant, le gamin a sans doute voulu se racheter pour le saccage de *L'Étoile*. Il ne se l'est toujours pas pardonné. Sans compter que ce cher Gustave lui manque. Mais si Al apprend qu'il a mangé le morceau, ça risque de chauffer pour le petit.

— Que vas-tu faire ? s'enquiert Grégoire.

— Le récupérer en vitesse. Il ne manquerait plus que Al en tire du fric !

— Tu n'avertis pas la police ?

— Il faudrait donner mes sources... Trop dangereux pour Doumé.

— Tu as tort, reproche Grégoire. En reprenant l'ordinateur toi-même, tu détruis une preuve. Et imagine que Al ou un copain te surprenne ? Le meilleur service que tu puisses rendre à Doumé, ainsi qu'à tes bandits, c'est de mettre Al hors d'état de nuire.

Thibaut détourne un front buté.

Après son départ, j'ai retrouvé Grégoire au salon. Il était assis, l'air soucieux, face au foyer éteint.

— Si tu nous faisais un feu ? ai-je proposé. On pourrait dîner devant.

Les flammes animeraient la conversation ?

Tandis qu'il lançait l'allumette et actionnait le soufflet, je regardais ses traits creusés. Perdre du poids à notre âge, c'est peut-être bon pour la santé, mais pour le visage, c'est désastreux. Il m'a paru très vieux. Soudain, le remords m'a saisie d'avoir été farfouiller dans son carnet de chèques. La honte. C'est cela aussi, la jalousie : vous n'hésitez pas une seconde à saborder ce que vous avez de plus précieux : l'estime de vous-même.

La bonne odeur du bois a empli la pièce, le craquement des branchettes de pommier.

— Cette histoire m'inquiète, a soupiré mon mari en me rejoignant sur le canapé. Al est un violent, cela crève les yeux. Jamais il n'admettra que Thibaut lui ait repris l'ordinateur. Que fera-t-il, cette fois ?

— Peut-être rien du tout, ai-je dit pour le rassurer. Peut-être sera-t-il reconnaissant à Thibaut de ne pas l'avoir dénoncé ?

— Reconnaissant ?

Grégoire a eu un rire triste.

— Vois-tu, les hommes sont comme les plantes. Dans toute vie, il y a un point de non-retour. Tu peux rajouter toute l'eau, tout le terreau que tu veux, c'est sec, c'est foutu. On ne récupérera pas ce garçon. Il continuera à nuire aux autres. Et cela, Thibaut ne veut pas le savoir.

J'ai pensé à une plante fragile, un enfant tout près de nous, en pleine croissance, en pleine révolte.

— Moi, c'est pour Justino que je m'inquiète. Depuis qu'il s'est installé là-haut, il n'est pas descendu nous voir une seule fois. Quant à son père, je ne sais pas si tu as remarqué, mais ce soir il a parlé de tout sauf de son fils.

— Je sais, a dit Grégoire sombrement. J'ai vu.

Une flamme a jailli, haute, glorieuse, comme un alléluia, pour nous, pour rien. J'ai posé la tête sur l'épaule de mon mari. Il n'y avait plus aucune colère en moi, aucune animosité, rien que de la tristesse et un immense regret. Tout cela : Thibaut, Justino, le reste, j'aurais pu le porter, le supporter, si j'avais été certaine que Grégoire m'aimait toujours, que j'étais toujours SA femme, la seule.

Le cartel a sonné sept coups. Il sonne deux fois, la première plus grave, la seconde plus légère. Soudain, il m'a fallu absolument parler avant la seconde fois.

— Grégoire... es-tu certain qu'il n'y a rien d'autre ? Depuis quelque temps tu es... si différent.

Ma voix s'est cassée. Je n'avais pas prévu ces mots. J'avais prévu des cris, des reproches et sans doute des pleurs. Et voilà que du fond de moi-même, seuls les mots de l'amour montaient. Et j'ai su que si j'avais tant tardé à parler, c'est que je ne supporterais pas de perdre cet homme.

La pendule a égrené ses coups plus légers.

Il a mis longtemps à répondre. Il avait passé son bras autour de mes épaules. Ma gorge était plombée comme le disent si justement les clichés. J'étouffais. Car ce silence prouvait qu'il y avait bien autre chose. Et je pouvais sentir dans tout mon être, moi qui le connais depuis si longtemps, la lutte que se livrait Grégoire : parler ? se taire ? Et je n'aurais su dire ce que je souhaitais.

J'ai appelé « mon Dieu, aidez-moi ». Je suis horrible. Je ne pense à Dieu que dans les cas extrêmes.

Il s'est enfin décidé et sa voix était lourde d'angoisse contenue.

— Il n'y a rien qui doive t'inquiéter. Un peu de déprime, c'est tout.

Il a eu un rire :

— Les temps sont durs, tu ne trouves pas ?

J'aurais pu insister. Plus tard, je me féliciterai, oh combien ! de ne pas l'avoir fait. Dieu m'a accordé le mince, tremblant filet de voix nécessaire pour tirer le rideau sur un drame qui ne se jouerait pas ce soir.

— C'est vrai que les temps sont durs. Quand on a fini de se faire du souci pour l'un, c'est l'autre qui vous tombe dessus. Si tu n'étais pas là, je ne sais pas comment je vivrais !

Il n'y avait aucune volonté de chantage dans cette phrase. Elle n'exprimait que la vérité. Sans toi, je n'ai plus de goût à vivre, je me contrefous de tout. Les larmes coulaient. Son bras s'est resserré plus fort autour de moi.

— Tais-toi, a-t-il dit. Je suis là.

CHAPITRE 36

C'est mardi. Scrabble à la maison. Pour moi, la *Caverne*. Je viens d'en revenir, plutôt satisfaite : ma seconde couche ressemble davantage à « ce que je vois en fermant les yeux ». C'est plus fort. Ça flambe mieux. Et je n'ai pas dit mon dernier mot !

Il est seize heures trente. Du carré, s'échappent des voix masculines entrecoupées de rires. Je reconnais celui de Maurice. Si je leur portais à boire à ces grands gamins ? Après, je me ferai un thé tranquille.

Ma décision de ne plus fouiller, ne plus fouiner, a libéré mon cœur. Lorsque le soupçon se dessine, je pose en pensée ma tête sur l'épaule de Grégoire, j'appelle ses paroles. « Tais-toi. Je suis là. »

Je n'ai pas encore retiré mon manteau lorsque le téléphone sonne : Charlotte.

— Ah, maman, tu es enfin rentrée ! Peux-tu monter tout de suite ? Oui, maintenant. Je t'attends.

Je prends par le jardin. Mon cœur bat et ce n'est pas seulement la pente. La voix de ma fille était celle des mauvais, très mauvais jours. Cela faisait longtemps. Cela faisait Boris. Me laissera-t-on jamais en paix ?

Charlotte me guette au sortir de la haie. Elle appuie ses lèvres sur ma joue.

— Merci d'être venue si vite.

— Que se passe-t-il ?

— Deux minutes. Tu le sauras toujours assez tôt.

Encourageant !

Le serveur est en train de dresser les tables dans la salle à manger. J'aimerais être une de ces personnes, insouciantes et gaies, qui viendront ici ce soir faire la fête. Comme c'était bien à Noël. Comme c'est loin. Charlotte me précède au premier.

— Boris fait sa sieste, chut !

Indispensable pour qui ne se couche jamais avant une heure du matin.

L'étage est calme. Tous les enfants sont à l'école et Anastasia n'habite plus là. C'est vers la chambre de Justino, celle au bout du couloir, que Charlotte m'entraîne. Elle referme sans bruit la porte derrière nous.

Sur le sol, les deux gros sacs de voyage que j'ai aidé l'enfant à faire il y a quelques jours. Il n'a rien rangé. Ses vêtements traînent partout. Parions que les tiroirs de la commode sont vides. Le refus de s'installer ?

— Cette nuit, quand on est monté se coucher, il avait mis de la musique, à fond la caisse, raconte Charlotte. Je suis venue l'engueuler, lui dire qu'il était peut-être temps de dormir. Il dansait. Il n'était plus du tout là. J'ai tout de suite compris et ce matin j'ai fouillé sa chambre. Ça n'a pas pris très longtemps : à cet âge, ils ne savent pas planquer.

— Tu as tout de suite compris quoi ?

L'angoisse me noue le ventre. Je pressens ce qu'elle va dire et n'ai pas envie de l'entendre. Elle soupire en me regardant : elle va me blesser, mais faut y aller...

Du tiroir de la table de nuit, elle sort un petit sachet transparent contenant deux pilules blanches.

— De l'ecstasy. Tu sais ce que c'est ? Moi oui ! Il est arrivé à Anastasia d'en prendre. Entre parenthèses, Thibaut n'a pas tout faux : c'est grâce à lui qu'elle a arrêté. Je n'ai encore rien dit à Boris, il serait fou. Tu sais qu'il est contre tout ça.

Je tombe sur le lit. Dans le tiroir resté ouvert, il y a des billes, des images de foot, une vieille montre du Pacha, du chewing-gum, tous les minuscules trésors des enfants.

Il y avait aussi du poison.

— Hasch puissance dix, explique Charlotte sans pitié. Puissance dix aussi pour les lendemains qui déchantent : déprime, insomnie, tachycardie, j'en passe. Anastasia m'a raconté.

Elle me désigne l'instrument sur lequel Justino passe ses cassettes.

— La rave, tu connais ? Ça veut dire « délire ». Musique techno, spots, fluo, tournesols, tout le tintouin. La fête totale, ensemble, transe garantie. Mais tu vois, Justino, son petit délire, il se l'est fait tout seul, sans tenir la main de personne. Et probablement sans savoir où ça le menait. C'est ça le plus emmerdant.

Elle repose le sachet sur la table, soupire à nouveau.

— Quand je pense que depuis des années je redoute ce genre de truc pour Victor. Il en a tellement bavé, Victor, avec son rein. Et voilà que c'est Justino.

« Pas faim, Justin ? »

Je m'entends attaquer.

— Justino aussi en a bavé, figure-toi. Et surtout ces derniers temps !

Charlotte baisse le nez :

— Anastasia, je sais. Mais qu'est-ce que tu veux que j'y fasse ?

Il fallait ne pas épouser Boris.

Je ne peux même pas le lui dire ! Mais je le pense de toutes mes forces. Maudit soit le jour où elle l'a rencontré. « On n'en aura jamais fini avec les Karatine », répète Grégoire. Bien vu ! Victor et son rein, Boris et son restaurant, Anastasia et Thibaut. Une chance que Dimitri soit en Angleterre. Que nous mijote-t-il, celui-là ?

Je montre le sachet.

— Comment Justino se l'est-il procuré ?

— Ça, ce n'est pas le plus difficile. Tu devrais le savoir par mon frère. On trouve de tout à tous les coins de rue.

— Mais pas à douze ans !

Douze ans, c'est tout petit. Douze ans, c'est criminel.

— Du moment qu'ils paient, l'âge, ils s'en foutent.

— Et avec quoi a-t-il payé ?

— Il doit bien avoir des économies.

Le billet envoyé par ma mère pour Noël. Sou par sou, l'argent mis de côté pour se payer un jeu, une cassette, une BD. Dire que je me plaignais de ses choix.

— Qu'est-ce qu'on fait ? demande Charlotte.

Ce « on » me brûle les yeux de reconnaissance. On. Nous. Ensemble. Quand même ! Elle se souvient de moi. L'envie subite me vient de lui parler de Grégoire. C'est tellement lourd de porter ça toute seule.

« Tais-toi. Je suis là. »

Je demande :

— À quelle heure rentre Justino ?

Elle consulte sa montre :

— Dans une vingtaine de minutes. Une maman me les ramène, Capucine et lui. C'est pour ça que je voulais que tu montes tout de suite. Pour que tu voies avant et qu'on décide.

— Ne lui dis pas que je suis là. Ni rien d'autre. Laisse-le monter. Je vais lui parler.

Elle va à la fenêtre. C'est le côté d'où l'on ne voit pas la maison, le côté parking. Le ciel commence seulement à s'obscurcir. Les jours rallongent. Personnellement, c'est surtout le matin, à la cuisine, que je savoure. Un œil sur la cour, l'autre sur mes tartines.

Lorsqu'il fera plein jour et peut-être plein soleil à dix-sept heures quinze de l'après-midi, où en seras-tu, Justino mio ?

Charlotte laisse retomber le rideau, se retourne, tortille une mèche de cheveux. Quoi encore ?

— Pour Capucine, j'aimerais mieux qu'elle reste en dehors de tout ça. Je suis heureuse d'héberger Justino mais je n'ai pas envie...

— Qu'il contamine ta fille ?

J'ai crié. J'ai tort. Elle détourne les yeux. Charlotte la généreuse. Normale, sa réaction. Nul n'ignore qu'il faut éloigner ses enfants au plus vite de ceux qui se droguent. Tous, toutes, nous avons tellement peur qu'ils ne sachent pas dire non. Déjà ils ont du mal avec leur ketchup et leur Coca-Cola...

— Pardonne-moi, ma chérie. Je te promets de faire en sorte que les cousins ne soient pas mêlés à cette histoire.

Elle m'adresse un pauvre sourire de remerciement, regarde à nouveau sa montre.

— Il faut que j'aille retrouver Boris. Il doit se demander ce qu'on fabrique. Depuis qu'on l'a sauvé, il ne nous fait plus confiance du tout.

C'est bon de rire malgré tout. Elle ouvre la porte :

— Tu es sûre, maman ? Je peux te laisser ?

— Vas-y !

Elle referme comme sur une condamnée. Je regarde les vêtements éparpillés de mon petit garçon. Je ne suis plus sûre que d'une seule chose : je n'ai pas apporté à Justino l'eau et le terreau qui lui étaient nécessaires en cette période de turbulences. Et Grégoire, le jardinier, n'a pas été plus à la hauteur que moi.

Justino s'est évadé dans le délire.

J'ai éteint la lumière. Il ne tarderait plus maintenant. Je me suis préparée ; les mots tant de fois lus ou entendus : calme, dialogue, compréhension.

À dix-sept heures trente-cinq, au radio-réveil offert par le Père Noël sur une planète perdue de joie et de réconciliation, des phares ont balayé le parking, une voiture s'est arrêtée, des portières ont claqué : deux. La voiture est repartie tout de suite.

J'ai enfermé le sachet dans ma main et je me suis levée.

La porte de l'entrée s'est ouverte :

— Maman, maman, tu es là ?

Une voix de petite fille. Un cri volé par la mort au petit garçon.

À dix-sept heures quarante, Justino est entré dans sa chambre, son cartable pendu à l'épaule. Il a allumé. Me découvrant, il a sursauté.

— Babou ?

J'ai ordonné :

— Ferme la porte.

Il a laissé tomber son sac et obtempéré. Il était encore plus petit que je ne le pensais jusqu'à aujourd'hui, plus vulnérable.

J'ai ouvert la main. Voyant ce qui s'y trouvait, il a eu un recul. J'ai demandé.

— Alors, tu as pris de cette saleté ?

— Oui, a-t-il répondu avec défi. Même que c'était extra !

— Et tu as l'intention de recommencer ?

— Pourquoi pas ?

À dix-sept heures quarante-cinq, pour la première fois, j'ai giflé mon petit-fils.

CHAPITRE 37

Tous les psy, les socio et autres porteurs de noms en « ogue », et autres donneurs de leçons, auraient hurlé. La gifle est partie, peut-on dire d'instinct ? Si forte que Justino a vacillé. Oubliés les mots de tolérance, compréhension ou démission. J'ai crié : « C'est de la part de ta maman. » Il est tombé sur le lit et les sanglots, les coups de poing dans l'oreiller, les miaulements de chat écorché, montaient du plus profond de lui-même, sans doute de ce jour où sa maman, « mamaé », était montée danser au ciel, comme il disait. Et il lui arrivait de dire aussi, fort de l'éducation d'un grand-père brésilien qui déposait de la nourriture sur la tombe de sa fille, que, de là-haut, Estrella aimait à le regarder.

Je me suis assise près de l'orphelin et j'ai tenté de le prendre dans mes bras. Il résistait tant qu'il pouvait, mon Dieu qu'il était lourd ! Il m'a fallu y mettre toute cette adrénaline que l'urgence fait, paraît-il, couler dans notre sang, mais j'ai fini par remporter le morceau : ce petit tas de muscles, d'énergie, de révolte, d'espoir et de désespoir qui s'appelle un enfant.

Une fois qu'il a été en place, bien calé contre ma poitrine, je lui ai dit que je l'aimais, que je serais toujours là pour lui, mais qu'il était hors de question que je le laisse s'empoisonner. Parce que tu vois, mon chéri, mon cœur, ce à quoi mène la drogue, toutes les drogues, les douces, les dures et parfois aussi l'alcool, c'est à fuir le monde, les autres et soi-même par-dessus le marché ; c'est d'ailleurs par là que ça commence ! C'est se livrer à des envols piégés, un bien-être trafiqué, qui ouvrent le plus souvent sur le malheur et la solitude. Et c'est vraiment complètement con, pardon, parce que ce plaisir que tu cherches, cette extase ou ce délire qui te font décoller, tu peux les trouver en toi, c'est ce que tu me disais de si beau l'autre jour en remarquant que la musique c'était comme la peinture, que ça pouvait tout arranger.

Chacun a en lui des ailes pour planer. Nous t'aiderons à ouvrir les tiennes.

Peu à peu, les épaules se sont relâchées, les sanglots calmés. Encore quelques miaulements pour la forme. Quant à la prédicatrice, la crampe qui montait de son omoplate gauche lui laissait entrevoir des lendemains douloureux. Grégoire, c'est l'estomac, moi les trapèzes !

La nuit était à présent tout à fait tombée mais la lumière du parking permettait d'y voir à peu près dans la chambre. J'aurais pu dire aussi à Justino qu'il était un sacré veinard, un vrai rentier : quatre maisons au choix, ici, chez Audrey, chez nous et avec son père, qui dit mieux ? Mais il ne sert à rien de parler de sa chance à quelqu'un de trop malheureux pour en profiter. Vous ne faites que l'enfoncer. Et à toutes ces maisons, Justino aurait certainement préféré n'importe quel toit pourri pourvu qu'il ait dessous un père et sa « mamaé ». Il se trouve que de ce côté-là, c'était mal barré.

Il a sorti la tête de mon épaule, libéré mon trapèze et essuyé tout ce qui coulait sur sa frimousse avec un coin de couette. J'ai remarqué :

— C'est Charlotte qui serait contente !

Il n'a pas ri, c'était trop tôt.

D'une voix pleine de rancune, il a lancé.

— Pourquoi, le Pacha, il est plus comme avant ?

La flèche a transpercé mon cœur. Décidément, toujours dans le mille, l'Indien.

— Plus comme avant ? Que veux-tu dire, Justino ?

— Il s'en fout de moi.

Grégoire ne le grondait plus. Il laissait la plante sans tuteur...

— D'abord, il m'a chassé de la maison, a-t-il ajouté.

— Mais qu'est-ce que tu me racontes là ? Il a seulement pensé que tu serais mieux ici avec Victor, que seul avec nous en bas.

Il a secoué la tête, têtu.

— Quand même, il est plus pareil, le Pacha. Et d'ailleurs, toi non plus, tu n'es plus pareille.

Il ne servirait à rien de nier. Œil de Faucon ne marcherait pas. J'ai essayé de rire.

— Si on n'a plus le droit d'avoir nos soucis ! Peut-être qu'on n'est plus pareils, mais ça n'empêche qu'on t'aime tout autant qu'avant. Et si tu veux savoir, le Pacha n'arrête pas de te chercher partout à la maison ; même ta musique d'enfer lui manque.

Ma voix avait eu une faiblesse. Justino a tendu la main et allumé la lampe de chevet. Quand j'ai attrapé précipitamment un autre coin de couette pour tamponner mes yeux, il a enfin daigné rire.

L'essai était gagné. Il s'agissait de consolider sans attendre. Je me suis levée. J'étais moulue de partout, comme après un marathon, et ce n'était pas terminé. Je ne devais pas lui laisser le temps de parler de son père, me demander le secret. J'ai attrapé le sachet.

— Je te le rachète.

Nouveaux hurlements des porteurs de noms en « ogue ». Mais il se trouve que, dans la famille, on est pour les bons comptes qui font les bons amis.

— Tu vas essayer, Babou ? m'a-t-il demandé d'un ton malicieux. Mais alors, je te préviens, t'auras besoin de ma musique d'enfer.

— Je n'ai besoin que de toi, ai-je dit. C'est combien ?

— C'est gratos, j'ai rien payé.

À nouveau mon cœur a bondi.

— Tu n'as rien payé ?

— Cadeau ! Un grand dans la rue. Avec un casque rouge, je pouvais pas voir qui c'était.

Il n'était donc pas allé chercher son ecstasy. On le lui avait offert. Le soulagement m'a emplie. La peur a suivi aussitôt. Rien n'est simple. Un casque rouge... J'ai vu Al, j'ai vu la vengeance.

Et puis, si Justino n'avait rien demandé, il y avait bel et bien goûté quand même.

J'ai mis le sachet dans ma poche et menacé le petit du doigt.

— Toi, n'espère pas te débarrasser de nous comme ça. On ne te lâche plus. Mais, à l'heure actuelle, c'est moi que le Pacha doit chercher partout. Il faut que je redescende.

Alors que j'arrivais à la porte, il m'a rejointe. Son sourire avait disparu, son regard était suppliant. Allait-il m'interdire de parler ? Voilà qui ne m'arrangerait pas ! Mais d'une toute petite voix, comme lorsqu'il nous était tombé de son ciel brésilien, quatre années auparavant, il a simplement demandé :

— Est-ce que je peux rentrer à la maison ?

CHAPITRE 38

La partie de Scrabble était toujours en train ; il leur arrive de jouer jusqu'au dîner. J'ai fait irruption dans le carré et j'ai dit à Grégoire :

— J'ai besoin de toi. Maintenant ! Il a changé de lunettes pour mieux voir mon visage et s'est levé immédiatement. Il y avait là Maurice et deux autres marins, de la fumée, des pipes, des boîtes de bière et des casquettes.

— De toute façon, on avait presque fini, a remarqué Maurice. Ton mari a pris une déculottée, une fois n'est pas coutume.

Décidément, on m'avait bien changé mon champion !

Grégoire a accompagné ses amis jusqu'à leur voiture. Je portais toujours mon manteau. J'avais oublié de le retirer là-haut. Je n'en étais pas pour autant réchauffée. Ma vie pour un bain chaud !

— Alors, qu'est-ce qui t'arrive ? a demandé Grégoire d'une voix anxieuse.

Je lui ai montré le sachet.

— C'est de l'ecstasy. Justino en a pris. Je l'ai giflé.

Cela m'a soulagée de parler de la gifle. Je ne regrettais rien mais la main m'en brûlerait toujours.

— C'est moi qui aurais dû le faire plus tôt, a-t-il constaté.

Il a pris le sachet. Son visage était dur.

— Comment a-t-il eu ça ?

— On le lui a donné : un grand. Avec un casque rouge.

Le même soupçon que moi a dû lui venir, ou plutôt la même certitude. Al n'avait-il pas été pris récemment en possession de stupéfiants ? L'ecstasy est de la famille : drogue dure d'après certains. Il a mis le sachet dans sa poche.

— Il faut avertir Thibaut. Tu viens ?

J'ai laissé un mot pour l'enfant sur le tableau à messages : « Installe-toi. On revient. » Et un gros cœur autour, c'est une manie, c'est dire « je t'aime ». Grégoire avait été chercher sa canadienne. Il m'a regardée d'un air interrogateur.

— Nous récupérons Justino, lui ai-je annoncé. Il faisait son sac quand je l'ai quitté. Je lui ai laissé ma clé.

Pour gagner du temps, je lui avais demandé de ranger sa chambre et dire au revoir à Charlotte. Il aurait bien été capable de filer comme ça.

— Il faut laisser allumé pour lui, a décidé Grégoire.

Et mon économe est même allé remettre le grand éclairage au salon.

Il était presque vingt heures quand nous avons arrêté la voiture dans la rue de Thibaut. Une impasse, non loin de *L'Étoile*, que nous avions mis longtemps à trouver. L'atelier était au fond d'une cour pavée, rez-de-chaussée. Il n'y avait pas de sonnette. Grégoire a frappé à la porte. Lui aussi devait avoir peur que Thibaut soit sorti. Il a mis du temps à ouvrir. Pieds nus, chemise ouverte, cheveu en bataille, pas difficile de deviner ce à quoi il était occupé. Au fond de la pièce, Anastasia a disparu derrière un paravent.

— C'est vous ?

Il n'en revenait pas de nous voir là et balançait entre bonne surprise et inquiétude. Son père ne l'a pas laissé hésiter longtemps.

— On peut te parler ?

La voix était glacée, le visage de Thibaut s'est assombri.

— Bien sûr. Entrez.

Une musique de jazz, douce et mélancolique, emplissait la pièce, le contraire de la techno de Justino : une caresse, pas des coups de poing.

— Vous me donnez une minute ? Asseyez-vous.

Il désignait les coussins au centre. Lui est allé rejoindre Anastasia derrière son paravent. De l'eau a coulé : le « coin toilette » ?

Il y avait aussi le « coin chambre », avec un grand matelas posé à même le sol, deux cartons en guise de tables de nuit et une penderie sur roulettes où des vêtements de toutes couleurs étaient suspendus. C'était gai. Le « coin cuisine », un Butagaz, une pile de vaisselle, sans doute celle, ébréchée, du garage. Et enfin le living, où nous nous tenions : quelques sièges en mousse, coussins et poufs entourant une longue planche posée sur des briques. Les murs étaient tapissés d'affiches, et de photos d'Anastasia. Des projecteurs éclairaient l'ensemble. On se serait cru sur une scène de théâtre.

Justino n'avait pas de rôle dans la pièce.

— Regarde, a murmuré Grégoire.

Il montrait, accrochée à une colonne, la guitare brisée de Thibaut et j'ai vu qu'il était ému. Pour la

manie de conserver les vieilleries, Thibaut n'avait
rien à envier à son père !

Cela chuchotait derrière le paravent. Le couple a
fini par réapparaître, Thibaut tenant Anastasia par la
main. Il l'a tirée vers nous. Elle portait un collant
noir, très moulant, genre rat d'hôtel, sur lequel ses
cheveux flamboyaient. On avait envie de l'attraper.
Elle n'a pas osé nous embrasser, juste un sourire
timide, un bref salut de la tête et des yeux. Son visage
était bronzé. À cette saison, forcément de l'artificiel.

Thibaut, lui, s'était chaussé et il avait enfilé un
chandail à col roulé. Il faisait un froid de canard. Ce
ne serait pas encore maintenant que je me
débarrasserais de mon manteau. Voilà bien cinq
heures que je l'avais sur le dos.

— Vous ne voulez pas vous asseoir ? a demandé
notre fils d'une voix prudente.

Son père a fait « non » de la tête.

— Où en es-tu avec Al et cette histoire
d'ordinateur ? a-t-il interrogé d'une voix rude.

— On l'a récupéré. Cela n'a pas été difficile : un
verrou de rien du tout à faire sauter.

— Quand ? Quand l'avez-vous récupéré ?

— Avant-hier.

Avant-hier, la récupération. Hier, la riposte ; le
cadeau à Justino. Je suivais le raisonnement de mon
mari. Thibaut, lui, ne suivait rien du tout. Il
commençait même à se sentir mieux dans sa peau.
C'était donc pour lui parler de l'ordinateur que nous
étions venus ? Le naïf.

Il a eu un petit rire complice vers Grégoire.

— Si tu savais ce qu'on a trouvé dans cette cave !
La vraie cale de pirate. Il y avait de tout.

Grégoire a sorti le sachet de sa poche et l'a brandi
sous le nez de son fils.

— Il y avait de ça aussi ?

— De l'ecstasy ? a demandé Thibaut, éberlué. Mais où l'as-tu trouvé ?

— Dans la chambre de Justino. Un cadeau qu'on lui a fait. Il y a goûté cette nuit même.

Anastasia a mis sa main devant sa bouche comme pour réprimer un cri. Le visage de Thibaut s'était défait. Il a murmuré :

— Qui ? Qui le lui a donné ?

— Tu ne devines pas ?

— Le salaud, a-t-il gémi en tombant sur un coussin. Le salaud, le salaud, le salaud...

Quand tu l'auras répété cent fois, ça t'avancera à quoi ? a demandé durement Grégoire. Tu ferais mieux de chercher pourquoi Justino a accepté le cadeau. Pourquoi, au lieu de courir t'en avertir, il en a pris, tout seul, dans sa chambre, comme un grand.

Thibaut a fermé les yeux. Ses poings étaient serrés. Anastasia a posé les mains sur ses épaules. Toutes ces bagues, presque une à chaque doigt, cela rimait à quoi ? Du faux, comme son bronzage, du rien. Je l'ai détestée. Si elle n'avait pas existé, nous n'en serions pas là.

— Justino s'est sans doute dit que s'il s'y mettait, son père daignerait le regarder. Qu'il aurait peut-être même droit au traitement de faveur dont bénéficient tes bandits. Vas-tu attendre qu'il en devienne un vrai pour t'en occuper ?

Thibaut s'est relevé.

— Demain, j'irai à la police. Je les emmènerai dans cette foutue cave. Cette fois, Al ne s'en tirera pas !

— C'est très bien, a approuvé Grégoire. Mais ce n'est pas pour ça que Justino, lui, s'en tirera.

Thibaut s'est tourné vers moi, cherchant du secours. Il m'a fait pitié.

— Justino est malheureux, lui ai-je dit. Il a l'impression que tu l'as complètement abandonné.

Anastasia a détourné la tête. C'était elle qui avait cherché et trouvé ce loft. Ils auraient quand même pu attendre un peu pour s'y installer. Elle aurait quand même pu laisser encore quelque temps son père à Justino.

— Mais on lui a proposé de venir, s'est-elle justifiée d'une voix de petite fille. C'est lui qui a refusé.

Grégoire a éclaté de rire, un rire si triste qu'il battait ceux, dévastateurs, de *La Dernière Chance*. J'ai eu peur de lire du mépris dans son regard sur Anastasia. Le mépris, c'est le plus long à effacer !

— Mais quelle bonne idée, ma petite fille. Bravo ! Et vous l'auriez installé où ? Un matelas près du vôtre, peut-être ? Avec ordre de se boucher les yeux et les oreilles ?

— On aurait mis une cloison, a protesté Thibaut, volant au secours d'Anastasia.

— Eh bien, vous avez intérêt à la faire vite, cette cloison. Et en dur, pas en carton... puisque apparemment vous avez l'intention de rester là.

Grégoire avait-il espéré, vu l'urgence de la situation, que nous ramènerions Thibaut ? Il lui arrivait de remarquer que, chez les jeunes, le sens du devoir était devenu celui du plaisir et moi, alors, je le traitais de vieux grincheux. Je n'aime pas ceux qui disent « de mon temps ». Mais il est vrai que Thibaut aurait déjà dû être sur le chemin de la maison. De son fils.

Sens du devoir, sens du plaisir, était-ce également la lutte de Grégoire ?

« Tais-toi. Je suis là. »

— Tu parles comme si je n'aimais pas Justino, a reproché Thibaut à son père.

— Aimer n'est qu'un beau mot, c'est « faire » qui compte. Que fais-tu pour lui ?

Il a levé à nouveau le sachet avant de le jeter sur la table :

— Qu'as-tu fait pour lui éviter ça ?

— Qu'as-tu fait pour éviter que je parte au Brésil ? Tu crois que ça a été facile, là-bas ? a lancé Thibaut avec douleur. « Dehors, fous le camp, je ne veux plus te revoir... » C'était ça, l'amour ?

Grégoire s'est figé. Jamais ! Jamais depuis le retour de Thibaut, ce jour de rupture n'avait été évoqué. L'un et l'autre avaient préféré le silence. Mais le passé n'en avait pas été effacé pour autant. Il était dans cette gêne lorsque Justino évoquait la favela de son enfance, dans cette répugnance entre les deux hommes à aborder des sujets trop personnels. Mais il était aussi, le passé, dans de soudains gestes de tendresse, un regard, une phrase : « Pas sans moi, fils ! »

Ainsi, sur la toile du peintre, transparaissent çà et là, heureuses ou non, ses premières tentatives de couleur.

Grégoire s'est éloigné. Il s'est arrêté devant la guitare. Il nous tournait le dos, on ne pouvait voir son visage. Thibaut avait baissé le sien, comme sonné par sa propre audace. J'ai regardé les comprimés dans leur sachet, ces ersatz de bonheur, ces envols chimiques, cette tricherie. Voilà qu'ils mettaient le père et le fils face à eux-mêmes, leur vérité.

D'un pas lent, lourd, Grégoire est revenu vers nous. Anastasia a saisi la main de Thibaut. Si l'amour qu'elle lui portait allait au-delà des mots et du plaisir, elle devait sentir que se jouait à cet instant-là, entre un homme orgueilleux et un garçon fragile, une sacrée partie. Peut-être décisive.

— J'ai été le roi des cons, a dit le père d'une voix pleine de colère. Ce n'est pas une raison pour m'imiter. Rattrape ton gamin avant qu'il n'ait mis une mer entre vous. Tu dois connaître des trucs, toi, avec tes bandits. Des trucs pour récupérer les coriaces.

Les épaules de Thibaut se sont relâchées et il s'est détourné pour nous cacher ses yeux.

Plus tard, l'émotion passée, l'idée me viendrait que Grégoire n'avait pas agi autrement que pour son garage : il liquidait de vieux comptes, il faisait place nette.

Une idée, finalement, pas si nulle que ça !

En attendant, Anastasia était allée chercher le blouson de Thibaut et son casque de moto. Elle les lui a tendus.

— Vas-y. Tu reviendras quand tu pourras. Avec mon boulot et ici, j'ai de quoi m'occuper.

Il a pris la jeune femme contre lui et perdu son visage dans ses cheveux. Noirs, ceux d'Estrella. D'or, ceux d'Anastasia. « Aucune suite dans les idées », comme disait Charlotte.

Sinon celle d'être aimé et reconnu. Comme tout le monde ?

— Nous te précédons, ai-je averti Thibaut. Justino est à la maison. Il a décidé de redescendre. Finalement, on avait eu tort de l'envoyer là-haut. Il a cru que nous aussi nous l'abandonnions.

Thibaut s'est écarté d'Anastasia.

— Prévenez-le que j'arrive.

Ce soir-là, mon Commandant a inauguré. Il m'a réclamé un comprimé de mon poison. Et comme c'était sa première prise, il s'est écroulé, les lunettes sur le nez.

Jusque tard dans la nuit, cela a discuté dans la chambre voisine, crié parfois, mais ri aussi. À un moment, il y a même eu cette musique que je déteste. Mais que Thibaut, bandits oblige, était bien capable, lui, d'apprécier.

Et je pensais aux bagues de pacotille aux doigts d'Anastasia. Si elle en portait tant, n'était-ce pas que personne ne lui en avait jamais offert une vraie ? L'une de ces pierres receleuses de passé, dont la lumière, on dit l'orient pour les perles, nous guide un tout petit peu dans notre marche vers l'avenir.

J'ai fait un marché avec le ciel.

Si Grégoire redevenait Grégoire.

Si Justino redevenait Justino.

Si Thibaut n'allait pas nous en chercher une rousse pour compléter sa collection.

Anastasia aurait sa vraie bague.

CHAPITRE 39

Sans passé ni repères, sans perspectives dépassant les murs du ghetto où il s'était laissé enfermer corps et âme, sans autre orient que celui de son couteau, lesté de la seule haine qui lui donnait l'illusion d'exister, Al avait bien atteint le point de non-retour.

Il n'est pas « correct » de parler ainsi. Aujourd'hui, la règle est d'affirmer que tout est rattrapable et que l'on ne peut ni ne doit considérer personne comme fichu ou irrécupérable, *a fortiori* un jeune de seize ans.

Je me demande.

Je me demande et me demanderai toujours ce que serait devenu ce garçon si l'on avait réussi à arrêter sa course. Était-il ou non déjà trop tard ?

Mercredi matin, sitôt après avoir déposé Justino à l'école, Thibaut se rendait à la police. Il accusait Al Yacine d'avoir fourni de l'ecstasy à un mineur de douze ans et informait les policiers de l'existence de la cave où il avait retrouvé son ordinateur et quantité d'autres objets compromettants auxquels il n'avait pas touché.

L'après-midi même, la cave, située dans une HLM de la banlieue de Caen, était fouillée. Outre de nombreuses radios volées dans des voitures et du matériel hi-fi, les policiers mettaient la main sur un fusil à canon scié et une petite provision de stupéfiants : cannabis, cocaïne, ecstasy. Les propriétaires de la cave, parents d'un camarade de Al, accusaient ce dernier d'avoir dévoyé leur fils ; ils n'avaient pas osé porter plainte de peur de représailles.

La descente de police avait fait grand bruit dans le quartier et lorsque deux agents se présentèrent au domicile des Yacine, Al avait disparu.

Ce soir-là, à la maison, Grégoire et Thibaut n'ont parlé que de cette affaire. Thibaut nous était provisoirement revenu, Anastasia s'étant envolée quelques jours pour l'Afrique faire des photos de maillots de bain. Voici pourquoi la jeune fille était si bronzée l'autre jour. Je m'en suis voulu de le lui avoir reproché.

Thibaut a fait promettre à Justino de se montrer prudent tant que Al ne serait pas retrouvé. Le Pacha s'est proposé pour aller le chercher au collège le lendemain après-midi. Craignant des représailles sur Doumé, Thibaut avait également recommandé à Mme Yacine de se tenir sur ses gardes. Quelque chose se préparait, nous le sentions tous et sans doute n'ai-je pas été la seule à mal dormir.

Il est dix heures trente ce jeudi matin. Grégoire vient de sortir faire une course. C'est pour moi jour de *Caverne*, je m'apprête à partir quand Diane m'appelle.

Surexcitée.

Elle se trouve chez Thibaut. Non, pas à *L'Étoile*, dans le loft. Oui, j'entends bien, LE LOFT ! Il y a une heure, alors qu'elle prenait son bain, Thibaut l'a appelée pour lui demander de venir le plus vite possible s'occuper de Doumé. Oui, le petit est avec elle. Et c'est justement pourquoi elle a besoin de moi, il est en pleine crise de nerfs. Impossible de le calmer et Thibaut est reparti, elle ne sait ni où ni pour combien de temps. Il lui a demandé de n'ouvrir à personne. Diane a jugé que l'interdiction n'était pas valable pour moi.

— J'arrive !

J'efface la liste de courses sur le tableau à messages et écris en gros caractères : « Dès que tu rentres, appelle-moi au loft : URGENT. » Je laisse le numéro, c'est plus sûr : Grégoire perd tout en ce moment.

Il pleut, ce qui n'arrange pas la circulation. On avance au pas sur la route. Le pont qui mène à Caen est bloqué. Dans ma tête, ma poitrine, le sang bat comme mes essuie-glaces : en accéléré.

Doumé chez Thibaut ? Cette attente de quelque chose d'inéluctable que je ressentais hier se précise. Nous y sommes. Si seulement je savais où ?

Il est onze heures trente lorsque je me gare dans l'impasse sans m'être perdue. Grâce d'État, dirait maman. Envoyée par Dieu pour tenir bon dans les cas extrêmes. Tenons ! La porte est fermée à clé. Diane m'ouvre après s'être assurée que c'est bien moi.

Étendu sur le sol, côté coussins, Doumé sanglote.

— C'est comme ça depuis une heure, déplore Diane.

— Mais que se passe-t-il ? Pourquoi est-il là ?

— Si seulement je le savais ! Thibaut ne m'a rien dit sinon de veiller sur lui. Je ne l'ai même pas vu, ton fils. Quand je suis arrivée, il était déjà parti. Il m'avait laissé la clé dans la gouttière.

La clé dans la gouttière, c'est tout Thibaut, ça ! S'il avait eu un paillasson, il l'aurait mise dessous avec une pancarte : « Elle est là... »

— Tu es déjà venue ?

— Avec Marie-Rose. Juste une petite coupe.

Une pendaison de crémaillère clandestine ? La curiosité de mes soi-disant amies finira par ruiner nos rapports. Et pourquoi est-ce à Diane que Thibaut a fait appel ? Est-ce que je ne connais pas le chemin, moi aussi ?

Elle devine ma pensée.

— De *La Résidence* à ici, il m'a fallu à peine vingt minutes. Toi, tu as le pont à traverser.

N'empêche.

Je m'approche de Doumé. Notre unique rencontre date d'une partie de pêche troublée par les Apaches. Ce petit garçon, cause de tous les malheurs de Thibaut, est quelque part dans mon tableau. Côté falaise embrasée.

Je prends place sur un coussin, pas trop près. Huit ans ! Même dévoré par un gros chagrin, ça ne se laisse pas approcher comme ça. Genre renardeau méfiant. J'ai l'habitude.

— Dis-moi, Doumé, pourquoi n'es-tu pas à l'école ?

Les sanglots redoublent.

— C'est à cause de la cave ? Parce que la police y est allée et que ton frère pense que c'est ta faute ?

La tête cachée dans les bras fait « oui ». Diane suit l'entretien d'un peu plus loin. Si l'heure n'était aussi grave, je rirais de la voir, en son vison fauve de Russie, chaussée de ses fines bottines, dans cette annexe de l'abbé Pierre. Gageons qu'au fond d'elle-même, elle est ravie que Thibaut l'ait tirée de son bain, que ce soit à elle plutôt qu'à Marie-Rose ou à moi qu'il ait fait appel. Après tout, n'est-elle pas une habituée de *L'Étoile* ?

Je me risque à poser la main sur la tignasse brune.

— Et où est-il maintenant, Thibaut ? Tu as une idée, Doumé ? Tu sais où il est parti ? Si tu me le dis, après je ne t'embête plus. On pourra même regarder s'il n'y a pas un Coca dans le frigo.

Là, je m'avance ! Thibaut et le Coca sont brouillés. Au besoin, j'irai en acheter. Après un long moment, un bout de front apparaît, un nez aussi coulant que celui de Justino le soir de l'ecstasy. Diane fouille fébrilement dans son sac et tend un mouchoir au petit. Une bouffée de parfum vole. Le B.A.BA d'une princesse : parfumer ses mouchoirs. J'y songerai.

Après avoir abondamment utilisé celui-ci, Doumé veut le rendre à Diane.

— Cadeau. Tu peux le garder, dit-elle.

Un timide sourire vient éclairer le visage du renardeau, envahit le regard : confiance, reconnaissance, candeur. Ce regard qui a dû faire craquer Thibaut, cette innocence qu'il cherche à sauver.

— Al a dit qu'il allait se venger, bredouille l'enfant. Il a son couteau à cran d'arrêt.

Je lui souris.

— Tu n'as pas à avoir peur. Diane et moi, nous sommes là pour te protéger. Et la porte est fermée à clé.

Les yeux se remplissent à nouveau de larmes.

— C'est pas moi, madame. C'est Saint-Jean qu'ils vont attaquer.

CHAPITRE 40

Tous nos petits-enfants fréquentent le collège Saint-Jean où leurs parents ont eux-mêmes fait leurs études. Collège sans histoire, sous contrat avec l'État, dans un quartier calme de Caen.

C'est là que, quelques heures plus tôt, Thibaut avait déposé Justino.

Il était dix heures et il s'affairait à *L'Étoile* lorsque Doumé, hors d'haleine, avait débarqué. Cette nuit, alors que l'enfant dormait avec sa mère, Al était passé. Il les avait réveillés et menacés de son couteau à cran d'arrêt. Puis il était reparti en emportant un gros sac.

Et ce matin, sur le chemin de son école, Doumé avait appris par un camarade que Al et sa bande se préparaient à faire une descente à Saint-Jean, en représailles pour la cave.

Thibaut avait aussitôt conduit l'enfant au loft et appelé Diane. Puis il avait foncé au collège afin d'avertir le proviseur.

Il était déjà trop tard.

Al et sa bande, profitant de l'ouverture de la grille qui laissait passer la camionnette de la cantine, envahissaient la cour.

Pour un certain nombre de classes, l'heure de la récréation venait de sonner. Face à cette douzaine de garçons casqués, armés de battes de base-ball, les enfants, épouvantés, s'étaient massés contre les murs. Tim, Gauthier et Justino se trouvaient parmi eux. Un surveillant, qui tentait de s'interposer, avait été frappé et gisait à terre.

Cela va très vite de tout casser lorsqu'on n'a pas d'états d'âme, seulement la haine. Tandis que les enfants criaient, que le proviseur appelait la police, les vitres des classes qui donnaient sur la cour volaient en éclats et les Apaches s'y introduisaient.

Moins un.

Celui qui portait un casque rouge et faisait lentement le tour de la cour, semblant chercher quelqu'un.

— Al Yacine !

Au hurlement de Thibaut, le garçon au casque rouge s'immobilise. Puis il se retourne lentement et lui fait face.

Qui est Thibaut pour Al ? L'homme qui lui a volé son petit frère, qui l'humilie depuis des mois, à cause duquel la police est à ses trousses.

Qui est Al pour Thibaut ? Celui qui a détruit sa guitare et tenté de détruire son fils. Celui qui, peut-être, lui a ouvert les yeux sur une réalité qu'il refusait de voir : pour certains êtres, il peut y avoir un point de non-retour.

Tandis que Thibaut marche vers Al, on entend les premières sirènes de police et, le long des murs, tous les élèves se tournent vers la grille que le concierge a laissée ouverte. Les Apaches qui saccagent les classes ont, eux aussi, entendu. Ils s'en échappent et fuient.

Thibaut et Al sont maintenant face à face. Il y a la haine dans le regard de Al.

— Ne recommence jamais, ne t'attaque plus jamais à mon fils, menace Thibaut.

Al ricane.

C'est alors que le fils entre en scène. Justino se détache de la masse des élèves et galope vers son père. Si Tim ne le retenait, Gauthier suivrait.

— Mais qu'est-ce que tu fous là ? Va-t-en, supplie Thibaut. Je n'ai pas besoin de toi.

Justino ne bouge pas.

Il fixe le garçon au casque rouge qui lui a donné l'ecstasy, celui qui ricane de plus belle en le voyant collé aux jambes de Thibaut.

L'un d'Afrique, l'autre du Brésil. L'un seize ans, l'autre douze. Vêtus du même uniforme : jean, blouson, baskets.

L'un sans père, l'autre avec.

Les sirènes sont à présent toutes proches. Par-dessus son épaule, Al surveille la grille ouverte, puis il revient à Justino.

— Alors, c'était bon, tu en veux encore ? aboie-t-il et il plonge la main dans sa poche.

En voyant jaillir le couteau, Thibaut pousse Justino qui s'écrase sur le sol, et se jette sur Al. Les enfants hurlent, la police envahit la cour.

L'attaque n'aura pas duré le temps de la récréation. Il est onze heures.

Il est midi dans le loft et Doumé vient de nous révéler que le collège Saint-Jean risquait d'être attaqué. La peur au ventre, sans me douter que tout est consommé, j'essaie de joindre le collège. Occupé. Je tente en vain d'avoir Grégoire à la maison. Personne.

Je décide d'aller à Saint-Jean lorsque des coups sont frappés à la porte.

— Ouvrez, c'est moi, c'est Thibaut.

Je n'ai pas remis la clé sous la gouttière.

Son bras est bandé, son visage blême. Doumé se jette dans ses jambes au risque de le renverser. Thibaut ébouriffe les cheveux du petit.

— Tout va bien, le rassure-t-il. C'est fini.

Puis il se tourne vers nous et, avec le rire grelottant de celui qui l'a échappé belle, il plaisante.

— Y'en a une qui manque ! Où est donc Marie-Rose ?

C'est moi qui crie :

— Arrête !

Et puis :

— Qu'est-ce qui t'est arrivé ? Qu'est-ce qui est fini ?

Il regarde son bras comme s'il l'avait oublié.

— Rien qu'une écorchure. Al ! Ce cinglé a réussi à s'enfuir en sautant le mur. Maman, en cherchant bien, tu devrais trouver une bouteille de rhum à la cuisine. Pour commencer, j'aurais sacrément besoin d'un verre.

La cuisine... Un Butagaz, une pile d'assiettes ébréchées, des casseroles à moitié pourries : nos restes. Dénichant la bouteille dans un carton de conserves, j'ai envie de pleurer. J'ai envie que Thibaut redevienne tout petit, le nourrir, le vêtir, l'aimer. L'aimer mieux. Tout recommencer.

On ne recommence rien, on continue comme dit la chanson. Comme dit la vie.

Diane a obligé Thibaut à s'allonger. Elle a glissé des coussins sous sa tête. Tandis qu'il boit son rhum à petites gorgées, Doumé agenouillé près de lui le couve d'un regard d'idolâtre.

— Heureusement que tu m'as averti, lui dit Thibaut. Sinon, je me demande bien ce qui se serait passé.

— Que s'est-il passé ? On peut savoir ?

J'ai à nouveau crié et il daigne enfin raconter : l'attaque, la cour, Al. Et tandis qu'il parle, l'enfant, lui, ne cesse de répéter, comme en accompagnement : « Je voudrais qu'il soit mort, je voudrais qu'il soit mort. »

Je m'en souviendrai.

D'une voix tremblante, pas encore totalement rassurée, je demande :

— Où est-il en ce moment, Justino ? Qu'est-ce que tu en as fait ? Tu es sûr qu'il n'a rien eu ?

— Il aura un sacré bleu... Quand j'ai vu le couteau, je n'y suis pas allé de main morte, répond Thibaut avec un rire. Ne t'en fais pas pour lui. Ils sont tous restés au collège. Un psy va passer dans les classes pour leur parler. Certains ont été assez secoués par le spectacle. Le surveillant est à l'hosto : une jambe cassée. Il y a eu pas mal de dégâts dans les classes du bas. On va avertir les parents.

Il se redresse. Un peu de couleur est revenue à ses joues.

— Pourras-tu appeler Audrey, maman ? Et lui demander de prendre Justino cette nuit ? Tant que Al est en cavale, il vaut mieux se méfier. Il connaît le chemin de la maison.

Puis il se tourne vers Doumé.

— Pas question que tu rentres non plus ! Qu'est-ce qu'on va bien pouvoir faire de toi ?

C'est alors que la princesse au mouchoir parfumé, qui jusque-là s'était discrètement tenue à l'écart de la scène familiale (mijotant ce qu'elle raconterait à Marie-Rose ?) prend la parole d'un ton autoritaire.

— Je l'emmène à *La Résidence*. Aucun risque que Al vienne l'y chercher puisque les enfants sont interdits.

Pourparlers délicats en perspective si on attrape l'ambassadrice, cachant dans ses appartements un petit bronzé pur soleil d'Afrique.

— Tu m'aides à me relever, maman ?

Thibaut me tend son bras valide. Je tire.

— Il faut que j'aille à la police, sinon ils me croiront en cavale moi aussi. Je risque d'en avoir pour un moment. Peux-tu avertir papa ? Il devait aller chercher Justino si je me souviens bien. Tu lui diras qu'il peut être fier de son petit-fils. Quand le danger est là, en voilà un qui ne se défile pas !

CHAPITRE 41

Grégoire n'était toujours pas rentré lorsque j'ai poussé la porte de la maison, vers quinze heures. Mon message – périmé – sur le tableau m'a sauté au visage : « Appelle-moi au loft. URGENT. » Les mots de Thibaut à propos de Justino me battaient aux tempes. « Quand le danger est là, en voilà un qui ne se défile pas. »

Hier, chacun avait senti monter le danger. Grégoire s'était défilé.

J'ai eu Audrey sur son portable. Elle faisait des courses avant d'aller chercher ses enfants au collège. On l'avait mise au courant des événements. Aucun problème pour prendre Justino et le garder jusqu'à ce que Al soit mis hors d'état de nuire. Devant le danger, ma fille non plus ne se dérobait pas.

— Sans doute verras-tu ton père à la sortie du collège, lui ai-je dit. Raconte-lui tout. Je n'arrive pas à mettre la main sur lui depuis ce matin.

Elle n'a même pas relevé. Pour mes filles, pour tout le monde, Grégoire et moi formons un couple indestructible. Je me suis sentie plus seule encore.

Ils sont rentrés, Thibaut et lui, un peu avant vingt heures. La pluie tombait toujours. Elle n'avait cessé de la journée. Les cheveux de Thibaut étaient trempés. Grégoire avait un visage gris, les traits creusés, une mine de déterré. Le remords ? Après avoir parlé à Audrey, il avait rejoint son fils à la police. Al restait introuvable.

Sitôt Thibaut monté dans sa chambre, j'ai traîné Grégoire à la cuisine et lui ai désigné le message.

— Où étais-tu ? On avait besoin de toi. Qu'est-ce que tu as fait depuis ce matin ?

Toutes bonnes résolutions balayées, j'étais prête à sortir le paquet. Il m'a fixée d'un air glacial. On parle de regard noir, le bleu peut être plus meurtrier encore.

— Arrête, Joséphine ! Tu ne crois pas que c'est assez difficile comme ça ?

Et il s'est bouclé dans son carré.

Je me suis enfermée dans ma chambre.

Difficile comme quoi ?

Comme d'avoir été dans les bras d'une autre alors que Thibaut et Justino risquaient leur peau ?

Comme de devoir choisir entre le devoir et le plaisir ?

Je suis tombée sur mon lit. Je me suis regardée tomber sur mon lit : une pauvre vieille au bout du rouleau. C'est beau, à vingt ans, de pleurer et donner des coups de poing dans l'oreiller pour un chagrin d'amour. À soixante, c'est laid et ridicule. À soixante, aucun prince charmant, passant par là, ne sera ému par vos larmes.

Plus tard, Thibaut a frappé à la porte. J'ai vite caché mes boursouflures sous mes lunettes fumées. Seule la lampe de chevet était allumée. Il n'a rien vu.

— Tu ne veux pas descendre dîner, maman ? Papa prépare des pâtes à l'italienne.

Maman. Papa.

— Je suis un peu barbouillée avec tous ces événements. Dînez sans moi.

Grégoire a dormi sur le divan de son carré.

On dit que si l'on pouvait voir l'avenir, on ne pourrait plus vivre.

Si, ce soir de désespoir, j'avais pu voir les jours à venir, je n'aurais certainement pas eu cette envie de mourir.

Mais en attendant...

Le jour se levait à peine, ce vendredi matin, à plus de cent kilomètres de la maison, sur la route de Granville, lorsque Michel Meunier, artisan boulanger, allant livrer son pain à l'*Auberge du Voyageur*, distinguait une moto rouge écrasée contre un arbre. Un casque de même couleur avait roulé dans le fossé. Quelques mètres plus loin, un jeune garçon gisait dans un champ, face contre terre.

Avertis par le boulanger, les gendarmes arrivaient bientôt sur les lieux et constataient le décès de l'accidenté. Dans le blouson de celui-ci, ils trouvaient, outre ses papiers d'identité, une importante somme d'argent et un couteau à cran d'arrêt. Un gros sac de voyage avait également été éjecté lors du choc et des vêtements, dont un maillot de bain, traînaient un peu partout. De toute évidence, la victime avait l'intention de s'absenter quelque temps.

L'enquête démontrerait que le moteur de la moto avait été trafiqué. Au moment de l'impact, Al Yacine roulait à cent trente à l'heure. La route était glissante, il avait beaucoup plu dans la région.

Accident. Pas suicide.

Ce qui n'a pas empêché Thibaut d'être torturé par le remords.

Si...

« Regarde ton fils et demande-toi ce qui se serait passé SI tu n'étais pas arrivé au collège à temps », a tempêté Grégoire.

Pour moi, c'était l'antienne de Doumé qui me poursuivait : « Je voudrais qu'il soit mort. » « Je voudrais qu'il soit mort. »

La mort de Al, solitaire, brutale, que l'on ne pouvait imputer à nul autre qu'à lui, a ramené la paix chez sa mère, à *L'Étoile* et à la maison.

Cela va mieux en le disant.

CHAPITRE 42

Bleu outremer, ocre rouge, le ciel s'est embrasé, le sable a saigné, un cri est monté de la falaise. À grands coups de brosse, peinture prise à la sortie du tube, sans médium, sans concession, j'ai dit la haine, le déscspoir, la mort.

Où était-elle, dans cette désolation, ma dame blanche, l'oiseau-espoir ? Quelque part en moi elle ouvrait ses ailes mais je ne le savais pas.

C'est souvent au moment où tout vous semble perdu, où le désespoir est total, que soudain, la lumière...

Ce matin, m'apprêtant à appeler ma mère dans le Midi, je trouve sur la table, près du téléphone, les lunettes de Grégoire et son agenda. Celui-ci ouvert, offert si l'on peut dire, à la page du jour. Comment ne pas y jeter un œil ? À onze heures, deux noms sont inscrits : Caen. Flaubert.

Caen ? Flaubert ?

Le cœur battant, je referme l'agenda et emporte l'appareil sur le canapé où je joins maman. Tandis qu'elle me raconte ses prouesses à la Bourse – elle fait partie d'un club d'investisseurs du quatrième âge – Grégoire apparaît, l'air inquiet. Il furète, retrouve ses biens, les empoche avec un visible soulagement puis vient m'embrasser sur le front. C'est mon jour de *Caverne*.

— À ce soir.

Disparaît.

— Je dois te quitter, maman. On m'appelle.

Je raccroche. Le moteur de la voiture ronronne dans le garage. Grégoire portait sa tenue numéro deux.

Caen... Flaubert...

Sur le plan de la ville que je consulte fébrilement, se trouve bien une rue portant le nom de l'écrivain. Le rendez-vous (?) était marqué à onze heures ; la pendule en indique un peu moins de dix. Dans la cour, Grégoire manœuvre puis passe le portail. J'attrape mon sac, n'importe quelle veste au porte-manteau et j'embarque dans ma Rugissante. Qu'est-ce que je risque ?

À cette heure, la circulation est fluide et je passe le pont sans problème. Al Yacine. Voici que ce pont où je m'exaspérais alors qu'à Saint-Jean le destin du jeune garçon se nouait, porte son nom pour moi. Et je me connais, je ne pourrai plus y passer sans l'évoquer.

La rue Flaubert n'est pas très éloignée de celle où officie mon dentiste : une chance ! Je me gare près de l'immeuble de celui-ci et fais le reste du chemin à pied. Il ne s'agirait pas que Grégoire repère ma deux chevaux. S'il est là.

Il est là !

Ou plutôt sa voiture, garée, elle, au bout de la rue qui se révèle être une impasse.

Sol pavé, quelques arbres, trois maisons de chaque côté. Celle du fond, la plus haute, a un balcon fleuri. La plus petite – un étage seulement – est une boutique de troc. « Nous ne prenons que les grandes marques. » Ce n'est pas pour moi. Moi qui avance à pas de Sioux dans mon pantalon *Caverne*, mes mocassins avachis tachés de peinture, sans maquillage, à peine coiffée.

Une camionnette de livraison est garée à l'entrée de l'impasse. De là, j'ai une vue imprenable sur la voiture de Grégoire et pourrai me cacher si besoin est. J'attendrai le temps qu'il faudra. Il n'y a plus de « Tais-toi », ni de « Arrête ». Cette fois, il ne m'échappera pas.

Je n'aurai pas à attendre longtemps : le voilà.

LES voilà.

Elle est blonde, fine, élégante, la petite quarantaine. Soixante-huit moins quarante, le calcul est vite fait. Quel salaud ! Elle vient de sortir avec mon mari de l'immeuble du fond, celui au balcon fleuri. Arrêtés sur le pas de la porte, ils discutent. Cet air radieux, depuis combien de temps ne l'avais-je vu à Grégoire ? Voici qu'il rit. Voilà qu'elle pose la main sur son épaule. S'il l'embrasse, je hurle. Il ne l'embrasse pas. Un reste de prudence ? Elle lui adresse un signe de connivence puis rentre dans la maison. Paralysée, je le regarde monter dans sa voiture. Il démarre. Alors qu'il frôle la camionnette derrière laquelle je meurs à petit feu, il me semble qu'il sourit.

Voilà, je sais ! Ma preuve, je l'ai ! Et maintenant ? Le cœur en débandade, poussée par le désespoir, je marche vers la maison où elle a disparu. Dans quel but ? Je l'ignore. Mais il me semble avoir atteint, moi aussi, un point de non-retour. Perdue pour perdue, allons jusqu'au bout.

Il y a deux plaques près de la porte d'entrée. L'une porte le nom d'un avocat : « Maître Antonin, premier étage, sur rendez-vous. » L'autre est celle d'un cabinet médical. Trois noms de médecins y sont inscrits avec leur spécialité. Rez-de-chaussée.

Me voici dans le hall de l'immeuble. Je m'apprête à monter lorsque, à travers la porte vitrée du cabinet médical, je la vois.

Elle discute avec une employée en blouse blanche, assise derrière un comptoir. Tandis que j'entre d'un pas chancelant et me dirige vers le comptoir, elle s'éloigne. L'employée se tourne vers moi.

— Bonjour madame, vous avez rendez-vous ?

Elle va disparaître... Alors, d'une voix impossible, une sorte d'aboiement, assez fort pour qu'elle entende, je réponds.

— Non. Je n'ai pas rendez-vous. Je suis Mme Rougemont. Mon mari sort d'ici.

La jeune femme blonde s'est immobilisée. Mon cœur bat à se rompre. Elle se tourne vers moi et un sourire éblouissant éclaire son visage.

— Alors, vous êtes contente ? Vous connaissez la bonne nouvelle ?

Je tombe dans les pommes.

Tout est blanc alentour et les enfants diraient que ça « sent la piqûre ». Je suis étendue sur un lit de repos dans un petit bureau, la jeune femme penchée sur moi.

— Ça va mieux ?

J'acquiesce du menton.

— Je suis le docteur Poli, c'est moi qui me suis occupée de votre mari, m'apprend-elle.

Docteur Poli. Sur la plaque, le gastro-entérologue.

— Mon assistante nous prépare un café. Il semble que vous en ayez besoin. Une bonne nouvelle peut assommer davantage qu'une mauvaise, lorsqu'on s'est préparée au pire.

J'acquiesce à nouveau. Le pire, oui ! Même si nous ne parlons certainement pas du même. Qu'a-t-elle voulu dire ? Elle semble me croire au courant. Au courant de quoi ? Si je veux savoir, je dois cacher mon ignorance. Je me contente de murmurer :

— J'ai eu si peur !

— Alors soyez tout à fait rassurée, répond-elle avec chaleur. L'ensemble des résultats concorde : votre mari n'a rien de fâcheux, c'était une fausse alerte.

L'assistante fait son entrée avec le café. Le docteur Poli m'aide à me redresser, me soutient jusqu'à un fauteuil :

— Ça ira ? Elle me tend une tasse.

— Du sucre ?

J'en prends deux, tant pis. On ne ressuscite pas tous les jours. « Fausse alerte »... c'était si bon d'entendre ça.

— J'avoue m'être un peu étonnée de ne jamais vous voir accompagner M. Rougemont, constate-t-elle. Surtout pour certains examens délicats. Mais vous êtes très occupée, je crois. Il m'a confié que vous étiez peintre.

La voix me manque de tant de ressources cachées chez mon homme. Peintre ? Alors que, pour lui, mes escapades à la *Caverne* tiennent, les bons jours, de l'ouvrage de dame, les mauvais, de l'abandon de foyer.

En attendant, son médecin semble me considérer comme une belle égoïste.

— Peindre ne m'empêchait pas de me faire du souci. Mais, à vrai dire, mon mari ne tenait pas tellement à ce que je l'accompagne.

Elle incline la tête. Me croit-elle ? Quoi qu'il en soit, tout en dégustant le meilleur café du monde, je vais entendre la plus belle histoire de ma vie.

Grégoire, mon pauvre Grégoire, s'est cru mort.

Les radios, ordonnées par le docteur Vérat, indiquaient la présence d'un ulcère. Les analyses, un déficit de globules rouges.

L comme laboratoire...

— C'est le sang dans les selles qui a beaucoup soucié le docteur Vérat. Inutile de dire que lorsqu'il nous a envoyé M. Rougemont, celui-ci n'en menait pas large : on ne lui avait pas caché la possibilité d'un cancer.

Grâce à maman, je suis particulièrement sensible aux intonations d'une voix, l'éloignement nous empêchant de nous voir aussi souvent que nous le souhaiterions. Il suffit qu'elle m'appelle pour que je détecte immédiatement si cela va ou non, s'il s'agit d'une simple visite téléphonique ou si elle a quelque chose derrière la tête.

À l'expression du docteur Poli, j'ai nettement perçu un soupçon de désapprobation.

Il y a deux sortes de médecins : ceux qui ont du cœur et de l'imagination, qui savent se mettre à la place de leur patient, faire en sorte de ne pas trop alerter celui-ci, de laisser place à l'espoir, et ceux qui, jugeant que la vérité est toujours bonne à dire, lui font partager les différentes hypothèses que soulève son cas.

Voyant en face de lui un ex-commandant de la Marine nationale aux épaules déployées, le docteur Vérat n'avait pas hésité à lui faire part de ses inquiétudes.

Ce qu'ignorait cet imbécile, c'est que le seul domaine où Grégoire, lui, fait montre d'imagination, c'est lorsqu'il s'agit de sa santé. Il se voit dans son cercueil sitôt que le thermomètre dépasse trente-huit. Bien entendu, il avait choisi la pire de ces hypothèses : le cancer. Auquel il avait probablement ajouté le mot « foudroyant ».

Alors, on vide le garage, on règle les vieux comptes avec son fils, on fait place nette.

— L'ennui, enchaîne le docteur Poli, c'est que votre mari ne voulait pas entendre parler de recevoir chez lui les résultats des divers examens et analyses de peur qu'un enfant ne tombe dessus. Votre famille a, paraît-il, été très éprouvée cet hiver. Il se refusait à y ajouter ses propres préoccupations et faisait donc la navette entre les différents... corps de métier. Cela a beaucoup ralenti les choses. D'autant qu'il lui arrivait de... lambiner dans ses démarches. Une certaine peur du résultat. Bref, c'est seulement aujourd'hui que, tous les éléments en main, ainsi que le résultat de la dernière fibroscopie, nous avons pu le rassurer tout à fait.

Je demande faiblement.

— Cette dernière fibroscopie, quand a-t-elle eu lieu, déjà ?

— Jeudi dernier. Je l'ai pratiquée moi-même, sous anesthésie. J'avais insisté pour que vous veniez le chercher, rien à faire !

Jeudi, le jour de l'attaque de Saint-Jean.

« Arrête, tu ne crois pas que c'est assez difficile comme ça ? »

Elle rit :

— Et sitôt réveillé, voilà qu'il voulait filer. Nous avons dû le retenir de force à la clinique jusqu'à ce qu'il soit en état de conduire. Pardonnez-moi, mais c'est une sacrée tête de mule, votre mari !

— Vous ne m'apprenez rien.

Ai-je dit que l'adorable docteur Poli avait de superbes yeux bleus ? À faire chavirer le cœur des plus endurcis ? J'ai envie de rire. De moi, de tout. Il me semble avoir un retard considérable à rattraper. On va m'entendre.

— Quelques pansements gastriques, des antibiotiques, tout sera oublié dans une quinzaine. Veillez à ce qu'il suive bien son traitement.

— Ça, vous pouvez compter sur moi !

Mon enthousiasme la fait sourire. Je me penche vers elle. Elle sent bon la jeunesse.

— Puis-je vous demander une faveur, docteur ? Si vous revoyez mon mari, ne lui parlez pas de ma visite.

— Je comprends, approuve-t-elle. Vous préférez le laisser vous annoncer lui-même la bonne nouvelle. Et une confirmation est toujours bonne à prendre, n'est-ce pas ? Mais sachez que nous espérons bien ne pas le revoir de sitôt.

Le téléphone sonne.

— Excusez-moi.

Elle décroche. Oui, oui, elle a terminé, que son client ne s'impatiente pas, elle le reçoit tout de suite.

Je mets pied à terre, ça tangue un peu.

— Vous ne voulez pas vous reposer encore un moment ? Vous êtes sûre que ça va aller ?

— Ça n'a jamais été aussi bien.

Elle regarde sa montre.

— Il est plus de midi et vous n'habitez pas tout près, je crois. Si j'étais vous, j'irais prendre quelque chose avant de rentrer.

La Grande Marée était un restaurant où, depuis des années, nous allions Grégoire et moi fêter les événements exceptionnels. Exceptionnels, les prix l'étaient aussi. C'est là que j'ai décidé de me remettre de mes émotions.

Devant l'établissement, l'écailler ouvrait ses huîtres ; je l'ai salué joyeusement. Je n'ai compris son regard étonné que devant celui du maître d'hôtel sur ma tenue vestimentaire. La clientèle ne devait pas venir souvent ici en jean et chaussures peinturlurés.

— M. Rougemont gare la voiture ? s'est-il enquis.

— M. Rougemont est en voyage. J'ai eu envie de me consoler.

Il a désigné les tables vides. Le monde n'était pas encore arrivé.

— Préférez-vous déjeuner en terrasse ou à l'intérieur ?

— Comme vous voudrez.

Il a eu l'air soulagé et m'a placée à l'intérieur, tout au fond, là où ma tenue d'artiste ne déparerait pas trop.

Avec Grégoire, nous commandions toujours le « Grand Spécial », plateau de fruits de mer abondamment garni. Je n'ai pas failli à la tradition. J'ai précisé que l'on ne me mette pas de bulots (je déteste), mais davantage de crevettes en échange. Et, comme boisson, madame a choisi une demi-bouteille de blanc fumé de Pouilly. Une folie, un parfum, une légèreté !

Le garçon, un échalas aux cheveux roux, que je n'avais encore jamais vu, était aux petits soins pour moi. Il m'a réapprovisionnée plusieurs fois en mayonnaise (j'adore). J'ai eu la faiblesse de lui faire un peu la conversation. Je me sentais en verve.

Ne voulant pas rentrer avant l'heure habituelle afin de ne pas mettre la puce à l'oreille de mon cachottier, j'ai eu tout loisir de régler quelques comptes avec moi-même.

Je m'étais déshonorée.

Égarée par la jalousie, j'avais agi comme la dernière des dernières vis-à-vis d'un malheureux qui n'avait jamais aimé que moi et aurait été bien incapable de me tromper. Cette jalousie, ces soupçons qui m'avaient conduite à agir de façon indigne de moi, à commettre ce qu'on appelle des vilenies, Grégoire devrait tout en ignorer. Toujours. Lorsque lui-même, dès ce soir probablement, m'avouerait ses propres divagations, s'il m'interrogeait sur mes sautes d'humeur, je les mettrais sur le compte des soucis que me procurait son étrange comportement : la pure vérité finalement.

Mais comment avait-il pu me cacher tant d'angoisse ? À quoi sert de former un couple si on ne partage pas le bon comme le mauvais ? Confiance, mot clé. Sans doute en avais-je manqué.

Mais toi, toi mon Pacha ?

CHAPITRE 43

En tenue numéro dix, Grégoire posait des planches dans le garage ; le garage dans sa splendeur depuis qu'il l'avait vidé et nettoyé.

J'ai passé le nez.

— Mais qu'est-ce que tu fais ?

— C'est pour mes vieux outils de jardinage, a-t-il répondu, un peu confus. Je veux dire ceux dont je pourrais encore avoir besoin un jour, on ne sait jamais.

— Parlerais-tu d'une nouvelle génération d'« aucazou » ?

Il a ri.

— Tu ne vas pas recommencer ! J'ai fait place nette comme tu voulais, non ?

On pouvait dire ça.

Je suis ressortie, portée par mon nuage au parfum de Pouilly fumé. Il m'a rattrapée à la porte de la cuisine.

— Fais-toi belle, je te sors.

Ainsi, c'était ce soir que Grégoire avait prévu de vider son cœur. En tête à tête. À quoi bon en effet faire partager ses affres à Thibaut, qui depuis le retour d'Anastasia, nous honorait de sa présence une nuit sur deux ? Ou au pauvre petit Justino qui imaginait son grand-père solide comme le roc. N'en avaient-ils pas assez supporté ces derniers temps ?

J'ai pris un long bain mousseux où j'ai bien failli m'endormir. Outre les rires, il me semblait avoir des semaines de sommeil à rattraper.

Lorsque Grégoire est monté prendre sa douche, je lisais en musique sur le lit. Il m'a regardée de l'œil apaisé d'autrefois.

— Cela fait plaisir de te voir un peu détendue, a-t-il remarqué en pliant avec soin son innommable pantalon. À un moment, j'ai craint que tu ne te remettes pas.

— Que je ne me remette pas de quoi ? ai-je demandé de ma voix la plus légère.

— Mais de Justino, l'ecstasy, Al, tout ça. Si tu t'étais vue après cette attaque à Saint-Jean, ma pauvre ! Tu étais dans un de ces états !

Son regard m'a parcourue :

— D'ailleurs, n'aurais-tu pas maigri ?

Il recommençait à me voir, c'était bon signe.

— Il me semble que je ne suis pas la seule.

— Moi, c'est mon régime, c'est normal, a-t-il soupiré allègrement.

Il a fait un petit tour sur lui-même.

— Tu ne m'aimes pas mieux comme ça ?

— Je trouve que tu pourrais reprendre un peu, ça plisse.

— Merci ! Merci beaucoup !

Puis la douche coulait, il chantait son air préféré : *Le Régiment de Sambre et Meuse*. Quoi de plus exaltant pour une femme au lit qu'un homme sous l'eau, fredonnant des airs guerriers ? Il a remis la tenue numéro deux du matin avec une chemise propre et une cravate.

— Peut-on savoir où tu m'emmènes ? ai-je demandé.

— On ne peut rien savoir du tout. J'espère simplement que tu as faim.

Un certain « Grand Spécial » était encore très présent dans mon estomac et je me serais volontiers contentée d'une verveine, mais comment gâcher son plaisir ? Il y a le mensonge par charité, celui par gentillesse existe aussi.

— J'ai très faim. Je n'ai mangé qu'une pomme à midi.

Thibaut et Justino étaient rentrés depuis un moment, on les entendait discuter au salon. Grégoire est descendu les avertir qu'ils dîneraient sans nous. Était-il déjà dix-neuf heures ? Le bonheur fait galoper le temps. J'ai quitté à regret la chaleur du grand lit.

Comment allais-je « me faire belle » ? Devant ma penderie ouverte, une idée sadomasochiste est venue me chatouiller l'esprit – cela m'arrive. Pourquoi pas le tailleur-pantalon en chintz saumon que je portais à *La Dernière Chance* ? J'ai finalement opté pour la classique petite robe noire et, pour me faire pardonner ma vilaine pensée, je ne l'ai éclairée que du seul cœur offert par l'homme de ma vie.

Nos pensionnaires dînaient dans la cuisine.

— Comme tu es belle, Babou ! s'est exclamé Justino en arrosant son merlan pané de ketchup sous l'œil bienveillant de son grand-père.

— Babou est TOUJOURS belle, a remarqué Thibaut.

Il s'est tourné vers Grégoire :

— Où allez-vous ?

Avant que celui-ci ait pu répondre, le téléphone a sonné au salon. J'y ai couru pour le laisser les mettre dans le secret.

C'était la voix empesée de maître Petitjean, notre notaire.

— Mes hommages, madame. Votre époux est-il là ?

— Je vais vous le chercher.

Apprenant qui le demandait, Grégoire s'est tortillé d'un air gêné.

— Comme si c'était une heure pour appeler !

— Tu sais bien que les notaires n'ont pas d'heure.

Il a refermé la porte de la cuisine derrière lui. Je l'ai rouverte aussitôt et j'ai tendu l'oreille.

— Tu espionnes papa, maintenant ? a plaisanté Thibaut.

— Et comment ! Imagine qu'il me déshérite en douce. Taisez-vous, je n'entends rien.

Justino a éclaté de rire et je n'ai perçu que la fin de l'entretien.

— Je vous rappellerai, chuchotait Grégoire.

Drapée d'innocence, je l'ai rejoint au salon où il venait de raccrocher.

— Que te voulait notre cher notaire ?

Il s'est éclairci la voix.

— J'avais appelé son assistante hier pour prendre éventuellement rendez-vous. Avec une telle famille, je pensais qu'un petit point s'imposait. Imagine qu'il m'arrive un pépin quelconque. Tu n'as jamais rien compris à l'argent ; sauf quand il s'agit de le dépenser, bien sûr.

— Trop aimable, ai-je répondu en riant. Puis-je espérer que s'il t'arrive un « pépin quelconque », ton épouse serait mise au courant avant ton notaire ?

— De toute façon, rien ne presse, a-t-il éludé. Sinon que nous allons être en retard au restaurant. Qu'est-ce que tu attends pour mettre ton manteau ?

Je commence à paniquer sitôt le pont passé, en voyant dans quelle direction Grégoire s'engage. Comment ne me suis-je pas méfiée ? Sans doute l'idée était-elle trop abominable pour que mon esprit se l'autorise.

À occasion exceptionnelle, lieu exceptionnel : nous allons droit vers *La Grande Marée*.

Faire changer Grégoire de projet ? Impossible. Avouer que je suis venue là à midi – avec Marie-Rose, pourquoi pas ? – mais je viens de lui affirmer n'avoir mangé qu'une pomme pour déjeuner.

De toute façon, j'ai perdu ma voix.

Il tourne vers moi son bon visage d'homme sans détours.

— J'ai réservé notre table sur la terrasse.

Comme à midi, l'écailler ouvre ses huîtres à l'entrée de l'établissement. Me voyant de retour, il ouvre de grands yeux. Je détourne les miens. Grégoire me précède dans le restaurant : une tradition qu'il aime à respecter. L'homme passe devant au cas où sévirait à l'intérieur quelque bandit armé d'un colt. Par-derrière l'épaule de Grégoire, j'adresse au maître d'hôtel des gestes désespérés : CHUT ! Un bref hochement de tête m'indique qu'il a compris ; le brave homme ! Le bel établissement ! La discrétion n'est-elle pas la règle d'or d'un restaurant haut de gamme comme celui-ci, où tant de tartuffes emmènent leur petite amie alors que, pour leur femme, la pizzéria du coin est toujours assez bonne ?

Bref, il en fait même trop.

— Monsieur, madame, quel plaisir ! Voici si longtemps qu'on ne vous avait vus.

Il nous précède vers notre table habituelle, sur la terrasse, entre plantes vertes et aquarium. Grégoire ne demande même pas à consulter la carte.

— Ce sera comme d'habitude : le Grand Spécial pour deux.

— Et comme boisson, monsieur ? Un petit sancerre ?

(Petit ou non, infiniment moins bon et moins cher que le pouilly fumé.)

— Du champagne, annonce Grégoire. Pouvez-vous nous l'apporter tout de suite, nous en prendrons en apéritif.

Le maître d'hôtel s'éloigne. D'une voix encore affaiblie par trop d'émotion, je demande :

— Qu'est-ce qu'on fête ?

— Nous ! répond Grégoire avec tendresse. Toi et moi dans un paysage enfin apaisé.

Il se racle la gorge, ne sachant visiblement comment entamer sa confession. Je décide de l'aider.

— Te souviens-tu de notre dernier restaurant ? C'était après *La Dernière Chance*. Je touchais vraiment le fond ce soir-là. Je n'oublierai jamais le moment où tu as soulevé le rideau, à la *Caverne*.

— Aurais-tu voulu que je te laisse te noyer sans bouger ? m'interrompt-il d'une voix bourrue.

— C'était seulement pour t'indiquer que si un jour, toi aussi tu te… noyais un peu, tu pourrais compter sur moi.

Il rit.

— Me noyer ? La différence, vois-tu, c'est que je suis marin : les coups de roulis, ça me connaît !

L'arrivée du champagne nous interrompt. Le maître d'hôtel considère avec satisfaction ma petite robe noire, me préférant visiblement ainsi qu'en artiste pouilleuse. Voici à présent le grand échalas roux qui s'est si gentiment occupé de moi à midi. En posant sur notre table, beurre, pain bis et mayonnaise, il cache mal son désarroi. Deux « Grand Spécial » servis à une même personne à quelques heures d'intervalle, cela ne doit pas lui arriver tous les jours. Et n'ai-je pas commis l'imprudence de lui raconter, sous l'emprise du pouilly, que mon mari était à l'étranger ? Mensonge par ébriété.

Son regard cherche le mien.

— J'ai mis beaucoup de mayonnaise, me glisse-t-il, complice. N'hésitez pas à en redemander.

— Mais qu'est-ce qui lui prend ? demande Grégoire, étonné.

Je me plonge dans la contemplation de l'aquarium où de malheureux crustacés, pinces liées par un élastique, se traînent sur le sable en attendant d'être croqués. Ce soir, je me sens un peu langouste.

Par bonheur, Grégoire n'insiste pas. Il étale sa serviette sur sa poitrine, regarde autour de lui et déclare avec un soupir de grand seigneur :

— Finalement, cet endroit me manquait. On devrait venir plus souvent. On n'a qu'une vie.

C'est lorsque cet imbécile de serveur a posé le plateau sur la table que j'ai bien cru être perdue.

— J'ai demandé que l'on ne mette pas de bulots pour vous, madame, a-t-il annoncé avec un clin d'œil appuyé. Et un peu plus de crevettes à la place.

— Comment cela, pas de bulots pour ma femme ? s'est indigné Grégoire. Sachez, jeune homme, que MOI j'aime les bulots, j'adore les bulots, et ma femme me donne toujours les siens en échange de mes crevettes. Et d'abord, qui vous a dit qu'elle n'aimait pas les bulots ?

Alerté par les éclats de voix de mon Commandant, le maître d'hôtel s'est précipité. Il a foudroyé le serveur.

— Veuillez l'excuser, monsieur Rougemont. Il a cru bien faire. C'est qu'ici nous connaissons les goûts de nos bons clients.

Grégoire a accepté l'explication. On lui a apporté quelques bulots supplémentaires et j'ai gardé mes crevettes. Inutile de préciser que son cher mollusque n'est pas remonté dans mon estime, ce soir-là.

Et tandis qu'il dégustait son plateau (et une partie du mien que je lui refilais en douce), j'ai compris qu'il ne parlerait pas. Il garderait pour lui les tourments passés, tout comme je tairais mes idées folles, dictées par la jalousie. Peut-être se sentait-il un peu ridicule de s'être si facilement vu mort. Je me sentais bien stupide, moi, de m'être cru trompée par cet homme délicieux, droit, fidèle et nul en mensonges. Finalement, chacun d'entre nous s'était inventé une histoire de séparation. Ce soir, nous nous retrouvions comme avant, plus proches qu'avant. À quoi bon remuer le passé ?

Le regardant vider le plateau avec un bel entrain, je n'ai pu m'empêcher de jouer avec le feu. C'est mon tempérament, et la raison pour laquelle il arrive à Marie-Rose de remarquer que je ne suis pas totalement irrécupérable.

— Apparemment, ton estomac te laisse plus tranquille, ai-je constaté avec aménité.

(Pour le mien, il me semblait avoir avalé toute la mer.)

— Je ne t'ai pas dit ? Maurice avait vu juste. Le résultat des analyses a montré un simple petit ulcère sans gravité. Probablement causé par les soucis. Si ma famille daigne me laisser quelque répit, je pourrai abandonner mon régime d'ici deux à trois semaines.

Il a posé sa main sur la mienne. À son regard de prédateur, j'ai pensé qu'il allait me mener à nouveau à l'hôtel. Mais non ! Et nous n'avons même pas fait l'amour cette nuit-là, car lorsque je me suis présentée dans mon déshabillé de rêve, le ressuscité dormait déjà du sommeil du juste.

CHAPITRE 44

— D'abord, le Pacha nous a emmenés à *L'Étoile*, raconte Tim. Comme c'était mercredi, il y avait surtout des jeux. On a vu Doumé. Lui, il était scotché à Gustave. Tu sais qui c'est, Gustave, Babou ?

— J'en ai entendu parler.

— Thibaut nous a expliqué que les enfants qui venaient là avaient mon âge, intervient Capucine. Mais que chez eux, ça manquait de place pour leur travail, ou que les parents parlaient pas la même langue qu'à l'école, ou qu'il y avait trop de bruit, ou je ne sais pas quoi encore. C'est pour ça que Thibaut s'en occupe et des gens très généreux, et qu'on paye même pas, les aident à lire et à écrire par exemple.

— Débile de ne pas être payé, dit Gauthier. Super débile.

— Moi, j'aimerais bien aller à *L'Étoile* après le collège, déclare Adèle. C'est plus cool qu'à la maison où maman gueule tout le temps.

— On dit pas gueuler, on dit « crier », la reprend Tim.

— De toute façon, on t'acceptera pas à *L'Étoile*, explique Justino à sa cousine. C'est seulement pour les bandits.

— Je suis une bandite des grands chemins, chantonne Capucine en roulant des yeux terribles.

— Moi aussi, je suis une bandite ? demande Tatiana.

— Toi, t'es une moins que rien du tout, on te voit même pas, répond aimablement Victor, toujours en veine de gentillesse pour « la vraie ».

— Après *L'Étoile*, le Pacha nous a invités à la brasserie Wagner comme le musicien, poursuit Tim. On a eu droit à un seul choix mais ce qu'on voulait.

— Sauf de la bière, de l'alcool, du caviar et des trucs trop chers. Gauthier a pris des frites, m'apprend Capucine.

— DES FRITES ? À quatre heures de l'après-midi ?

Gros rire général devant mon incrédulité.

— Avec du ketchup, confirme Adèle.

— Moi, j'ai pris un café liégeois, dit Victor. J'ai pas trop le droit à cause de la chantilly mais pour une fois ça pouvait passer.

— Le Pacha a dit qu'on allait faire un petit bilan. Les petits bilans, j'aime pas des masses, ça sent l'école, observe Tim. On a commencé par la télé. Il voulait savoir ce qu'on avait pensé de ton émission, Babou. L'amour, les préservatifs, Vanessa, la famille. Il a dit qu'on avait le droit d'être sincères mais il s'est quand même mis en colère quand Gauthier a dit que le garçon et la fille qui t'avaient interrogée étaient supercools. Il a même renversé son porto sur la table.

— DU PORTO ? À quatre heures de l'après-midi ?

— C'était juste pour une fois, comme moi, me rassure Victor.

— On lui en a apporté un autre qu'on lui a pas fait payer, approuve Gauthier.

— Les préservatifs, l'amour, on était tous pour, reprend Tim, imperturbable. On aurait voulu en parler encore un peu avec lui, mais c'était surtout la famille qui le branchait.

— Il a dit que la famille était là pour apprendre à bien se laver les dents, ne pas mettre ses doigts dans son nez comme Victor, lacer ses souliers, pas comme Gauthier, mais surtout pour apprendre à l'enfant à aimer, intervient Capucine. Tu sais ce qu'il a dit, Babou ? Que l'amour se boit avec le lait. C'est joli.

— C'est débile, ouais, hurle Gauthier en se renversant en arrière sur sa chaise pour mieux rire. Il va tomber. Il tombe.

— Bien fait ! dit Adèle. On dit pas que le Pacha est débile quand Babou est là.

— Il a dit qu'un enfant à qui sa maman n'avait jamais souri, cet enfant, quand il serait grand, ne saurait pas sourire non plus, reprend Capucine tandis que Gauthier allonge des coups de pied sournois à sa sœur. Tu te rends compte, Babou ? Comment on fait pour pas sourire ?

— Comme ça, propose Victor en faisant une grimace monstrueuse.

— Ma poupée à moi, elle sourit tout le temps, c'est peint, dit Tatiana toute fière.

— Ce qu'elle peut être con, celle-là, soupire Capucine.

— On dit pas « con », on dit « tarte », la reprend Tim.

— Nous deux, par exemple, explique Justino, assis en tailleur sur le tapis à côté de Victor, on n'a plus de mère mais on a eu les sourires du début alors c'est gagné.

— Pas sûr, glisse Adèle la cruelle.

— Après, le Pacha a dit que les sourires c'était très bien mais que punir c'était au moins aussi important, reprend le narrateur. Si la famille ne punit pas, les enfants sont sur des carrefours sans savoir dans quelle direction aller et c'est pas l'école qui peut tout faire si la famille lui casse le coup par-derrière. Il faut punir et apprendre le respect. J'aime bien ce mot-là, le respect.

— Évidemment, ça fait pet, remarque Victor.

— Si on avait puni Al, quand il était encore temps, peut-être qu'il ne serait pas mort à l'heure actuelle, soupire Adèle.

— LE PACHA VOUS A PARLÉ DE AL ?

— Juste un peu pour voir si on était traumatisé, mais on l'a rassuré. On en a discuté avec le psy à l'école, le directeur aussi, et même que Justino est un héros, tu le savais Babou ?

— Tu es un héros, mon Justino ?

L'Indien prend l'air modeste.

— Parce qu'il a volé au secours de son père, explique Tim.

— Moi, je voulais voler aussi. Pourquoi tu m'as empêché ? râle Gauthier.

— Qu'est-ce que c'est, un héros ? demande Tatiana.

— Et puis la drogue, dit Victor. On a parlé des ravages de la drogue sur la jeunesse, l'ecstasy, par exemple.

— LE PACHA VOUS A PARLÉ DE L'ECSTASY ?

— Moi, je préfère le hasch, pavoise Gauthier.

— Qu'est-ce que c'est, le hasch ? demande Tatiana.

— C'est le doigt dans l'engrenage et après on y passe tout entier. Et il a dit aussi que si quelqu'un, au collège ou ailleurs, nous en proposait, on avait intérêt à lui en parler immédiatement. Ou à toi à la rigueur, Babou, mais t'es une femme.

— Je vois.

— Moi, j'ai pris une glace coco-banane, c'était hyper bon, est-ce que tu pourras en acheter au supermarché ? demande Capucine.

— C'est bio ? s'inquiète Adèle.

— Dans la voiture, on a caché Tatiana sur le plancher à cause du surnombre et on a parlé du mariage, raconte Tim. Le Pacha a dit qu'à votre époque, on était marié pour horriblement longtemps alors que c'était super difficile mais sympa quand même parce que, quand on rentre à la maison, on est sûr de trouver une personne. C'est comme ce que tu nous dis pour les livres, Babou, que quand on aime lire, on a toujours un ami à la maison.

— Sauf qu'on change de livre si celui qu'on lit est chiant, observe Victor.

— C'est pour ça qu'il a dit que la femme a intérêt à être légère et à faire confiance au mari.

— ! ! ! ? ? ?

— Et intérêt à faire de bons petits plats dans les grands, ajoute Gauthier.

— Dans ma classe, y en a six qui sont divorcés, nous apprend Adèle.

— C'est quoi « divorcé » ? demande Tatiana.

— C'est ton papa et ma maman, explique Capucine.

— Moi, j'aurai huit enfants, surtout des filles, c'est moins bête, décide Adèle.

— La famille piège à cons, conclut Gauthier.

Tim va à la fenêtre, colle son front au carreau.

— Il pleut plus, qui veut faire une partie de croquet ?

Grand galop vers la porte.

— Je veux pas être arbitre, je veux avoir un maillet..., hurle déjà Tatiana devinant ce qui l'attend, en courant derrière la troupe.

Seul mon Gauthier est resté, assis sur le sol, appuyé à sa chaise renversée. Blessé ?

De ses doigts de jardinier, il tire de sa poche un petit sac en plastique renfermant un carré de tapisserie, quelques fils de couleur, une aiguille, et me tend l'ensemble.

Le dessin représente une fraise à moitié bâclée.

— À l'école, on pouvait choisir entre une boîte d'allumettes à décorer ou la tapisserie. J'ai pris la tapisserie mais je crois que je regrette. Est-ce que tu peux m'en faire un morceau, Babou ? La fraise, ça va encore mais la feuille, j'y arrive pas. C'est le fil vert, tu vois ? Comme on est tous nuls, on s'y prend très à l'avance. C'est pour la fête des Mères.

Sur ma troisième couche bien sèche, j'ai passé du vernis à peindre puis j'ai tracé les lignes de mon oiseau avec un pinceau en martre. Un trait d'une seule coulée, comme, sur son violon, le coup d'archet du musicien, qui va directement de son âme à la nôtre. Ou comme la phrase d'un livre, lorsqu'elle nous paraît couler de source et fait vibrer, au plus profond, une vérité que l'on ne savait pas déchiffrer.

J'ai préparé mon glacis : blanc d'argent et blanc de zinc, étendus de térébenthine et d'huile de lin pour la transparence. Puis, à amples coups de brosse plate, j'ai peint le corps et les ailes de l'oiseau. À la facilité de l'exécution, j'ai compris qu'il était déjà là.

La lumière de ce premier jour de printemps était douce et transparente. On pouvait voir, à travers les ailes largement déployées de ma dame blanche, les anciennes couches de peinture et c'était comme si l'oiseau portait, emportait, la souffrance, le doute, la peur, le cri. Par endroits, clin d'œil adressé à l'apprentie du début, on percevait le fond gris-bleu exécuté en tout premier sur la toile.

Lorsque j'ai eu terminé, j'ai signé en bas et à droite, de mon nom de jeune fille : Provençal, et non Rougemont comme je l'avais fait jusqu'ici. Pas de prénom : Provençal, c'est tout.

Et tandis que je traçais les lettres, je pensais au poème de Prévert qui s'intitule : *Pour faire le portrait d'un oiseau.*

« Si l'oiseau ne chante pas,
c'est mauvais signe,
signe que le tableau est mauvais.
Mais il chante, c'est bon signe,
signe que vous pouvez signer. »

Mon oiseau faisait mieux que chanter : il s'envolait.

Après, j'ai nettoyé mes pinceaux et je suis rentrée à la maison.

CHAPITRE 45

— Ne m'engueule pas, dit Marie-Rose. Tu sais comment sont les gens. Celui-là a poussé ton rideau, il est tombé sur ta *Dame blanche* et il est ressorti fou : « Qui a peint ça ? Je veux le voir, il y a une force là-dedans, une puissance, un feu... » J'ai dit que ton tableau n'était pas à vendre, il s'en foutait. C'est l'artiste qui l'intéresse. Figure-toi qu'il s'agit d'un expert connu à Paris. Il imagine derrière ta toile un jeune mâle débutant. Je n'ai rien dit sinon que je ferai mon possible pour organiser une rencontre...

Elle rit. Moi aussi. Toutes les deux sans trop y croire. Lorsque j'ai montré ma *Dame blanche* à Marie-Rose, elle en a perdu le souffle.

— C'est vraiment toi qui as fait ça ? On peut dire que ça vous pète à la gueule.

Quant à Diane, accourue dès l'autorisation accordée et qui, en tant que femme de diplomate, a hanté nombre de musées et d'expositions, elle s'est contentée de déclarer :

— Ça s'appelle de l'avant-garde, ma vieille.

Quand on ne peut espérer faire mieux que Rembrandt, autant faire autrement.

Voyant se profiler à l'horizon une nouvelle aventure, Marie-Rose réfléchit déjà à la tenue qu'il me faudra revêtir pour séduire Bruno Callois, son fameux expert.

— On fera ça ici, à la *Caverne*. Et, s'il te plaît, évite de citer tes innombrables petits-enfants, ça la ficherait mal.

Je l'arrête tout de suite.

— Pas d'accord. S'il veut connaître l'artiste, ton Bruno devra venir à la maison, j'embarque ma *Dame blanche*. Grégoire ne l'a pas encore admirée et il n'est plus question de faire quoi que ce soit derrière son dos.

La brocanteuse soupire.

— Tu me tueras avec ton Grégoire. Tu es grande, non ? Tu ne peux pas marcher toute seule ?

— J'aime bien marcher à deux. Et reconnais que j'ai fait un pas de géant avec mon tableau !

Elle n'a pas dit non.

L'œil de Grégoire a tout de suite sauté à la signature et il a froncé le sourcil.

— Tu signes Provençal, maintenant ? Avant, il me semble que tu signais Rougemont, non ?

— Je n'ai pas fait exprès. C'est venu tout seul sous mon pinceau.

— Alors c'est encore pire !

Il a quand même daigné lever les yeux un peu plus haut.

— On se demande pourquoi tu as appelé ta toile *La Dame blanche*. Moi, je vois plutôt un aigle bariolé.

L'aigle bariolé, ça m'a plu. Ça sonnait Indien et, ces derniers temps, les Indiens de tous poils n'avaient pas été sans jouer un certain rôle dans ma vie.

Apprenant qu'un fameux expert brûlait de rencontrer l'artiste, là, Grégoire s'est montré franchement inquiet.

— Tu ne vas pas recommencer ? Passer à la télévision, tout ça ?

— Tu me flattes ! Tu vois souvent des peintres à la télé, toi ? Il faut être au moins Picasso. Ou mort et enterré. Au mieux, quand j'aurai peint une douzaine de toiles comme celle-là, on pourra envisager une exposition.

Rassuré, Grégoire a pris du recul pour regarder mon œuvre d'un œil plus serein et il a eu cette belle parole.

— Je ne sais pas ce que tu as voulu dire, mais ton volatile, il vous emporte.

Avril.

Justino s'est installé dans le loft. Sa chambre, décorée par Anastasia, lui plaît bien et il peut se rendre tout seul au collège sur son vélo ce qui lui plaît encore davantage. Nous ne l'avons pas perdu pour autant : il revient chaque vendredi nous caresser les oreilles avec sa musique techno.

Jamais Thibaut n'a paru si heureux. Audrey avait raison : il était temps qu'il quitte la maison. L'aurait-il fait sans Anastasia ? Sans doute les cloches de Pâques apporteront-elles à la jeune fille cette vraie bague que, jusque-là, personne n'a pensé à lui offrir.

Ce matin, je me suis réveillée heureuse, sans bien savoir pourquoi, comme ça ! Le calme régnait à la maison, une odeur de pain grillé montait. On ne jette pas le pain ! J'ai ri toute seule en pensant que des années d'économies sur cette noble denrée ne suffiraient pas à payer un seul « Grand Spécial ».

C'est ça, la vie, faite de petites choses avec parfois un coup de folie.

Aujourd'hui, jour important pour Grégoire. Il plante ses tomates et ses haricots. Normalement, il devrait attendre le mois de mai à cause des gelées encore possibles, mais il a décidé que, cet hiver, nous avions été assez gâtés comme ça en gelées de toutes sortes et qu'en dédommagement, le ciel nous devait bien de se montrer clément. L'ennui avec ses tomates, c'est qu'elles ne sont mangeables qu'en septembre, quand tous en ont une indigestion et que la rentrée des classes vide la maison.

Un grand magazine vient de lancer une enquête intitulée :

« QU'EST-CE QU'AIMER AUJOURD'HUI ? »

... où le mariage est à la baisse, le divorce en passe de devenir une simple formalité. Où, pour faire des enfants et les élever, on ne ressent plus forcément le besoin d'être deux.

Enquêtez, enquêtez... À mon humble avis, on n'aime pas aujourd'hui autrement qu'hier et, demain, ce sera encore la même chanson.

Chevillés au cœur et au corps de chacun, il y aura toujours cette aspiration à trouver l'âme sœur qui nous regarde comme si nous étions la perle rare tant attendue, et ce désir d'être unique pour quelqu'un. Les pingouins l'ont bien, paraît-il.

C'est seulement plus compliqué aujourd'hui où les pingouins humains font une fixation sur leur petit sexe chéri : plaisir, plaisir et moi, moi, moi. Alors on commence par s'intéresser à ce qui se passe en bas, en espérant que le haut suivra. Et quand en bas ça devient moins palpitant, on découvre que, en haut, il ne se passait rien, ou pas grand-chose. La perle rare était du toc et on se retrouve tout seul comme devant. On a pris l'amour par le mauvais bout.

C'est au cœur que frappe l'âme sœur. C'est dans la tête que se forgent des rêves qui laissent espérer des toujours. Si le reste suit, c'est « géant » comme disent les petits.

Mais voilà, le reste ne suit qu'un temps.

Aimer aujourd'hui, ce serait peut-être se faire à l'idée que malgré toutes les recettes, les gris-gris, la corne de rhinocéros et la petite pilule bleue, entre les plus amoureux et les mieux assortis, le désir s'use.

Bon ! Bien ! Et après ?

Une bonne soupe à l'oseille avec croûtons frits pur beurre de Normandie, dégustée sans bla-bla-bla et sans chichis en compagnie d'une personne qui vous accepte bon an mal an tel ou telle que vous êtes, certes pas la perle rare, mais quand même unique en votre genre, un genre sans lequel la vie vous paraîtrait tout bonnement... invivable, c'est pas mal non plus.

Et on est plutôt confortable sous la couette de douces habitudes que d'adorables et insupportables pingouineaux ne se privent pas de secouer pour vous obliger à rester dans le coup.

C'est tout, Joséphine ? Tu es sûre de n'avoir rien oublié ?

Peut-être bien qu'aimer aujourd'hui, où on vit ensemble « horriblement longtemps » comme me l'a fait remarquer, par petits-enfants interposés, quelqu'un que je connais et où il est devenu tout simple, sinon facile, de claquer la porte au nez de l'infidèle, ce serait de ne pas faire une maladie nerveuse s'il arrivait à l'autre de goûter à l'herbe tendre du jardin voisin.

D'accord, c'est dit ! Mais si Grégoire me trompe, je le tue.

Hier, je suis montée au grenier et j'ai sorti de la malle les lettres d'un marin en peine de sa belle. Voilà ce qui s'appelait « écrire », ce qui s'appelle « aimer » ! Lorsque j'aurai tout relu, entre larmes et sourires, j'en ferai un beau feu de joie. Inutile que les gamins tombent un jour sur quelques lignes brûlantes – eh eh ! – qui pourraient bien les choquer. Ils discutent en pros de préservatifs mais aiment à imaginer leurs ancêtres comme de purs esprits, sachant d'instinct que c'est là-haut que se forgent les racines et se gage leur future sécurité.

Cette nuit, un grand remue-ménage au-dessus de nos têtes nous a réveillés en sursaut.

— Tu as encore laissé le vasistas ouvert, m'a reproché mon vieux grognon. Je me demande d'ailleurs ce que tu fabriques toute la journée dans le grenier. N'as-tu pas mieux à faire ?

Pas sûr.

Et ce matin, voici que je trouve, non loin de la malle aux amours, un petit tas de pelotes de réjection, indiquant que la dame blanche – qui vit en couple très uni – a décidé de nidifier chez nous.

D'après Justino, nous pourrions avoir jusqu'à six poussins.

C'est une soirée de printemps, alanguie par l'une de ces petites pluies fines et persistantes comme on sait les goûter par ici. Le jour tombe à regret sur le vert murmure des pommiers en bourgeons. Marie-Rose dans tous ses états vient de m'appeler.

Tandis que je rejoins Grégoire sur le canapé, face au feu allumé rien que pour nous, je ne peux m'empêcher de rire.

— Qu'est-ce qui te prend ? demande mon Pacha. On dirait une gamine en plein âge ingrat.

C'est que la gamine imagine la tête de l'expert, Bruno Callois, lorsqu'il découvrira que son jeune artiste mâle est une grand-mère.

Il vient demain.

Qui sait ?